战典 ⑪

李 涛 著

第四野战军征战纪实

作家出版社

前　言

　　中国人民解放军是中国共产党缔造和领导的人民军队，诞生在武装斗争中，成长于浴血奋战里，至今已经走过了八十八年的辉煌历程。

　　这支历经磨难、英勇善战、百炼成钢的军队自诞生起便展现出历史上一切剥削阶级军队从未有过的风貌，英勇顽强，不怕牺牲，冲破艰难险阻，纵横山河疆塞，战胜了一个个强悍凶恶的敌人，创造了无数个军事史上的奇迹，上演了一场场气势恢宏的英雄活剧。众所周知，我军所走过的并非一条平坦大道，是极其曲折和无比艰辛的。其间经历过苦难，遭受过挫折，甚至陷入过绝境，充满着鲜血与泪水。八十八年来，我军历经大大小小上千次战役战斗，既有陆战、海战、空战，也有山地战、平原战、丛林战；既有敌后游击战、运动战、阵地战，也有大兵团围歼战、追击战、攻坚战；既有进攻战、伏击战、奇袭战，也有防御战、遭遇战、突围战；既有运筹帷幄、决胜千里的经典传奇，也有英勇果敢、以柔克刚的战争奇观；既有酣畅淋漓的大胜，也有刻骨铭心的失利……这一次次战役战斗汇成了人民军队从无到有、由弱转强的发展壮大史，令世人叹为观止。

　　习近平总书记指出：历史是最好的教科书，也是最好的清醒剂。只有熟悉历史、读懂历史、借鉴历史，才会认清昨天、珍惜今天、放眼明天，不会为浮云遮望眼；才会热爱党、热爱祖国、热爱人民军队，不会迷失政治方向；才会以史鉴今、承前启后、继往开来，不会在前进的行途中走弯路。在不久前召开的全军政治工作会议上，习近平着眼实现中国梦强军梦的战略运筹，强调要着力培养有灵魂、有本领、有血性、有品德的新一代革命军人。军队因战争而存在，军人以打赢而荣耀。当前，我军由机械化向信息化迈进任重道远，必须牢记强军目标、坚定强军信念、献身强军实践，认真学习和研究人民军队的战争史，从历史的角度加以审视，用辩证的眼光加以剖析，更好地把握治军规律、带兵要则、指挥方略，不断提高驾驭未来信息化战争的能力，勠力同心追寻强军兴军的光荣梦想。这也正是编写《战典》丛书的初衷。

本丛书按照土地革命战争、抗日战争、解放战争和抗美援朝战争四个历史时期，分别撷取了中国工农红军第一方面军、第二方面军、第四方面军和西北红军；八路军、新四军和东北抗日联军；中国人民解放军第一野战军、第二野战军、第三野战军、第四野战军和华北野战部队，以及中国人民志愿军所属各支部队具有鲜明代表性的近 300 个战例，力求在浩瀚的史料中寻找那幅血与火、生与死的历史画卷和不朽传奇。需要指出的是，这些林林总总的战役战斗，根本无法穷尽人民军队所走过的惊心动魄的战斗历程、所书写的荡气回肠的英雄传奇、所孕育的凝心聚魂的革命精神，只是力图运用权威的文献资料、珍贵的历史照片和当事人的亲身经历，以纪实的手法和生动的语言，崭新的视野和独到的见解，还原历史真相，讲述传奇故事，展现英雄本色，揭示我军血脉永续、根基永固、优势永存的根本所在。

由于作者水平及查阅资料等因素所限，书中难免有不当之处，恳请读者批评指正。在编写过程中，参考了一批历史文献和当事人的回忆文章，得到了军事图书资料馆等单位和有关同志的大力支持与帮助，并由军事科学院军史专家进行审读把关，军事科学院政治部宣传部包国俊副部长为丛书的最终付梓付出了艰辛劳动，在此表示衷心感谢。

李 涛

2015 年 3 月

第四野战军征战纪实
目录

1. 秀水河子战斗

1945年9月2日，在停泊于日本东京湾的美国密苏里号战列舰上，日本政府正式签署投降书，从而宣告了日本帝国主义的彻底失败和世界反法西斯战争的最后胜利。

久经战乱的中国人民渴望和平民主，希望重建家园。然而，以蒋介石为首的国民党统治集团却不肯答应。为在全国范围内重建大地主、大资产阶级的统治，国民党统治集团采取了与中国共产党进行和平谈判，在谈判的掩护下全力进行内战准备的策略。

国共重庆谈判时，蒋介石宴请毛泽东

经过 43 天曲折复杂的谈判，10 月 10 日，国共双方在重庆签订了《国民政府与中共代表会谈纪要》，也就是通常所说的《双十协定》，宣布必须以和平、民主、团结为基础，坚决避免内战，建立独立、自由和富强的新中国。

然而，蒋介石只是把和谈看作争取时间以调集兵力的手段。正如毛泽东在《关于重庆谈判》的报告中向全党指出的，"已经达成的协议，还只是纸上的东西。纸上的东西并不等于现实的东西。"

为抢占抗战胜利果实，蒋介石紧锣密鼓地调兵遣将，按照其"控制华北，抢占东北"的方针，调集 113 个师约 80 万人，连同收编的 30 万伪军，沿平绥（今北京—包头）、同蒲（大同—风陵渡）、正太（正定—太原）、平汉（今北京—汉口）、津浦（天津—浦口）五条铁路东进或北上，企图打通铁路线，大举进军平津地区，再向东北地区推进。

东北地区幅员辽阔，总面积 130 万平方公里，当时有人口 3800 余万，资源丰富，交通便利，是中国现代工业较发达的地区。以 1943 年的统计数据为例，煤产量占全国总量的 49.5%，发电能力占 78.2%，生铁产量占 87.7%，钢材产量占 93%。同时东北地区还是全国主要产粮区，盛产大豆、高粱、玉米、小麦，其中大豆产量占当时世界总产量的 60% 以上。林业资源丰富，森林面积为 2615 万公顷，占全国的 1/3。铁路有 1.4 万公里，占全国铁路全长的一半以上，公路有 10.8 万公里，几乎占全国的一半。

在地理环境上，东北地区北靠苏联，西接蒙古，东邻朝鲜，南与华北相接，并与山东半岛隔海相望。境内既有黑龙江、松花江、乌苏里江、辽河及其

美国军舰帮助国民党运兵

支流，航运贯通，还有大连、旅顺、安东（今丹东）、营口、葫芦岛等优良港口，战略地位十分重要。因此，国共两党都将东北视为必争之地。

客观地讲，对于东北的争夺，蒋介石还是颇有远见的。1945年4月，国民党"中央设计局东北复员设计委员会"在蒋介石的授意下，制订了一个抗战胜利后接收和统治东北的计划，企图占领东北，对关内各解放区形成南北夹击，以消灭共产党及其领导的武装力量。

延安窑洞里的毛泽东几乎同时也把目光投向了遥远的东北。5月31日，在中国共产党第七次全国代表大会上，毛泽东高瞻远瞩地提出了争取东北的战略任务：

东北是一个极其重要的区域，将来有可能在我们的领导下。如果东北能在我们领导之下，那对中国革命有什么意义呢？我看可以这样说，我们的胜利就有了基础，也就是说确定了我们的胜利。现在我们这样一点根据地，被敌人分割得相当分散，各个山头、各个根据地都是不巩固的，没有工业，有灭亡的危险。所以，我们要争城市，要争那么一个整块的地方。如果我们有了一大块整个的根据地，包括东北在内，就全国范围来说，中国革命的胜利就有了基础，有了巩固的基础。

由于蒋介石在抗战中把大批主力部队退集于大后方，距东北万里之遥，在东北地区并无一兵一卒。故日本投降后，国民党军想迅速抢占东北十分困难。

关内解放区部队一部进军东北

而中国共产党领导的东北抗日联军早已在东北生根，群众基础较好，同时在华北与东北的接合部创立了冀热辽根据地，便于迅速向东北进军。

抗战胜利后，国共双方都不约而同地争分夺秒向东北进军。

9月中旬，中共中央制定了"向北发展，向南防御"的战略方针，一面将原先坚持在长江以南和皖中、豫西地区的部队，转移到华中、华北老解放区；一面派中央政治局委员、中央委员和候补中央委员15名，率领从各老解放区抽调的11万部队和2万干部，海陆并进，日夜兼程挺进东北。同时决定成立以彭真为书记的中共中央东北局。后来，毛泽东曾评价：派十几万部队去东北，"这是有共产党以来第一次大规模的军事调动""是又一个几千里的长征"。

10月31日，中共中央和中央军委决定，将所有在东北的部队统一组成东北人民自治军（不久改称东北民主联军），林彪任司令员、彭真任第一政治委员，罗荣桓任第二政治委员，指挥所属部队消灭拒绝投降的日伪军，摧毁伪满政权，建立根据地。

为迅速控制东北地区，蒋介石决定在东北设立军事委员会委员长东北行营，并重行划分东北三省为九省二市。随即任命熊式辉为东北行营主任，委任了东北九省主席和二市市长；成立了东北保安司令长官部，杜聿明出任司令长官，招兵买马，收编伪满军。

在几条纵贯南北的主要铁路一时无法打通的情况下，为迅速抢占东北，蒋介石求助美国政府，从九龙和越南将国民党军第13、第52军等部海运东北。10月下旬，在美国军舰的帮助下，国民党军由秦皇岛登陆，沿北宁线进攻山海关。东北人民自治军以6个团万余人，抗击国民党军的6个师近7万人。至11月16日，终因实力过于悬殊而撤退，山海关失守。26日，国民党军攻占锦州。

蒋介石一面继续向东北增运兵力，以便扩大进攻规模；一面准备空运部队"接收"长春、沈阳、哈尔滨等城市，并强令东北人民自治军退出各大城市。

鉴于东北地区形势的变化，中共中央决定改变方针，从大城市及主要交通线退出，而以控制长春路以外之中小城市、次要铁路及广大乡村为工作重心。

12月28日，中共中央发出由毛泽东起草的给东北局的《建立巩固的东北根据地》的指示，指出："我党现时在东北的任务，是建立根据地""建立根据地的地区，是距离国民党占领中心较远的城市和广大乡村"。指示要求部队要以相当部分，分散从事发动群众、消灭土匪、建立政权和组织游击队、民

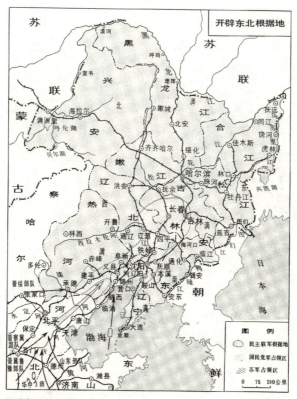

开辟东北根据地示意图

兵、自卫军等工作,以便稳固地方,配合野战军粉碎国民党军的进攻。

根据指示精神,东北民主联军一面分兵发动群众,开展剿匪,建立基层民主政权,巩固根据地;一面大力发展武装,编成21个师(旅),并组建了锦热、辽宁、辽东、辽西、辽北、吉林、松江、三江、嫩江、北安等10个军区(后合并为东满、南满、西满、北满4个军区)。

时任东北民主联军第1师政治委员的梁必业回忆道:

1946年1月,东北境内大雪铺地,冰冻三尺。面对自然气候寒冷等困难,我们主要考虑的是如何执行毛主席关于"我党现时在东北的任务,是建立根据地,是在东满、北满、西满建立巩固的军事政治根据地"和下定决心"在西满和热河,坚决地有计划地粉碎国民党的进攻"的指示。为了实现毛主席的战略部署,总部命令我师由海州、阜新出发,奔赴彰武、法库地区,整训部队,发

1.
秀水河子战斗

东北民主联军在冰天雪地里行军

动群众，开辟根据地，准备打击进犯之敌。部队干部战士踏着厚厚的白雪，在辽阔的原野上行进。透骨的北风翻扬着大雪，发出尖厉的吼叫。在零下30摄氏度的严寒中，同志们虽然穿着薄薄的棉衣，有的同志还穿着夹鞋，但是抗日战争的胜利和党中央关于"建立巩固的东北根据地"的指示，形成一股巨大的暖流，沁入每个干部战士的心中，产生了抗寒御冷的无穷力量，鼓舞着指战员们前进……

国民党反动军队不顾全国人民的谴责和我军的一再警告，仍然十分骄横地向彰武、法库一带北进，向我军寻衅。看到这些情况，我们的干部战士们对国民党反动派进攻人民，挑动内战的激愤情绪，达到了顶点，要求战斗、要求坚决消灭进犯之敌的决心，通过各种形式反映上来……在秀水河子，我们向东北民主联军总司令林彪汇报了部队官兵对国民党不执行"停战协定"，继续向我们进攻，感到十分愤慨，要求出击消灭敌人的情况，并提出了我们的三点工作意见：第一，加强部队的形势教育，提高指战员的阶级觉悟，保持高度的革命警惕性。第二，开展军事大练兵，进一步提高部队的战术技术水平。第三，迅速发动群众建立根据地。对此，总部领导作了肯定。

我们师的几个领导同志，都分散下到各团的部队中，同干部战士一起搞教育，练战术，访群众。

一天，我在去2团的路上，看见战士们用疏散、快速、跃进的队形和动作，十分熟练地向着一个用雪堆成的碉堡前进（"雪碉堡"是战士们在雪厚地硬、挖不动的情况下的一种发明）。我停下来观看部队的动作，忽然有人在

大雪过后的秀水河子

我身后喊了一声："政委！"一听声音，就知道是2团团长江拥辉同志。他满身是雪，满脸是汗，向我行了个举手礼，带着一种十分欢快的心情问我："你看怎么样？"我还未来得及答话，一群战士围了上来，一个个都和他们团长一样，满身是雪，满脸是汗。我说："同志们擦擦汗吧？"

"平时多流汗，战时少流血！"不知哪个战士高声地说。

江拥辉朝我笑了笑，说："战士们的劲头可大啦！"

我和江拥辉一边谈着话，一边观看战士们表演的战术动作，一直到天近黄昏。

部队集合开晚饭的时候，我和江拥辉随在部队后边往村里走去。

虽然天气十分寒冷，但村子里一片热烈气氛。大街小巷贴满了标语和战士们自己画的宣传画。各连开饭的场院上，歌声四起，口号声不断。晚饭后，战士们有的给老乡们挑水，有的打扫院子；不少人爬在屋顶上为老乡们的房子压草。那些顽皮的孩子尾追着战士们跑来跑去，高兴得像过年似的。

这一派动人的情景，使我回想起我们刚到这个地区的时候，老乡们因为不了解我们，不让我们进房子，不借给我们东西，战士们只能睡在草棚里、草垛旁。但是没出几天，情况完全变了。我们不但像战士们说的"进了院"、"上了炕"，而且成了群众的好朋友，最亲近的人。不少群众因为当初没让部队住进房子而懊悔，一次再次地请我们原谅。

一阵清脆的锣声，打断了我的思路。伴随着锣声，一个中年男子高声喊道："贫农团到东场院开会了！贫农团到东场院开会了！"不一会，一群群男女老幼，说着笑着往东场院走去。

1.

秀水河子战斗

东北人民积极支援前线

　　2团的政治处主任，告诉了我许多有关贫农团进行减租减息和斗争恶霸地主的故事。

　　群众刚刚集合完毕，部队又唱着歌子出发了。江拥辉告诉我，这是2营4连到野外演习夜战和巷战，并说这是一个善于夜战的连队。

　　冬季的夜晚，北风的吼叫声特别刺耳。大片的雪花，向我们的脖子里钻来，不等抖掉就化为冰水，顺流而下，不太好受。但是战士们严肃认真的演习却使我忘掉了这些。他们在"敌人"外围的动作非常肃静；进入纵深战斗后，端着刺刀，奋勇前进，猛打猛冲，劲头十足；把"敌人"包围起来后，"缴枪不杀，宽待俘虏！"以及"同志们，杀！""共产党员们，前进！"等雄壮的呼喊声，震得大地发抖。我信心百倍地想到，在未来的战斗中，没有任何力量可以战胜这些具有崇高革命理想的战士！我也进一步体会到，首先把部队思想工作做好，才能在战场上消灭敌人的深刻意义。

　　我们的整训和发动群众的工作，刚刚进行了大约15天，国民党的军队便打来了。

　　1946年1月10日，国共双方签署《停止国内军事冲突的协议》，并据此分别发布了停战令，规定从13日午夜起停止一切战斗行动。

　　停战令本应包括东北地区，但国民党顽固坚持"东北九省在主权的接收没有完成以前，没有什么内政问题可言"，不承认中国共产党及其领导的人民军队在东北的合法地位，不承认东北各县民主自治政权，拒绝与中国共产党谈判东北问题。

果然，停战协议刚刚签署，蒋介石继续从陆地、海上、空中加紧向关外运兵，并把国民党军"五大主力"中的两张王牌——新编第1军和新编第6军调到东北，抢占战略要点，进攻刚刚建立的东北解放区，形成"关外大打，关内小打"的局面。

2月上旬，东北国民党军以4个美械装备师，兵分三路沿北宁（今北京—沈阳）路沟帮子至新民一线，向铁路南侧发动进攻，企图驱逐东北民主联军，维持北宁路运输线，为

萧华、莫文骅在军调部东北小组

其后续部队开进东北和占领沈阳创造条件。

其中，南路新编第6军新编第22师由沟帮子、打虎山（今大虎山）之线出动，向盘山、台安、辽中攻击前进；中路第52军（欠第195师）由北镇、黑山出动，向新民、皇姑屯攻击前进；北路第13军第89师分由阜新、彰武出动，向法库方向攻击前进。

调进东北的国民党军基本上都是蒋介石的嫡系主力，不仅齐装满员，全套的美式装备，而且训练有素，战斗力颇强，压根也瞧不起"小米加步枪"的土八路，气焰十分嚣张。

9日，农历正月初八，北路第89师第267团由阜新进占广裕泉、鸳欢池；第265团第1营由彰武出发，经叶茂台进占法库县西南秀水河子村。两天后，第266团和师属山炮连、输送连，由打虎山乘汽车经新立屯，进至秀水河子。

秀水河子是辽宁省沈阳市法库县西部的一个普通村镇，位于北南流向的秀水河与彰法公路（彰武—法库）的交界处，距沈阳130里，因秀水河而得名。当时有500余户人家，东南地势平坦，西北地势起伏，北山和西山是制高点。

原本普通得不能再普通的秀水河子，因发生在1946年春节期间的激战而变得不再普通。

进占秀水河子的国民党军从山海关一路追击过来，烧杀抢掠，无恶不作，

1.
秀水河子战斗

秀水河子战斗遗址

胆大手狠，比日本鬼子还有过之而无不及，老百姓纷纷逃离家园。据当地村民回忆：

国民党部队进占秀水河子后，横行霸道，强令老百姓拿出好吃的东西给他们，并不顾老百姓的死活，抢杀猪、鸡、羊，抢夺牲畜，还抓壮丁为他们运送军火，有的群众稍有反抗，便惨遭毒打。敌人为了站稳脚跟，达到阻拦我军主力之目的，不顾道义上的谴责，将秀水河子村500多户上千人，用枪逼至北街小学校，四周架起机枪，强令其"不许私通八路，不许为八路办事，发现者杀……"他们还强令老百姓拆墙、扒房、拆门板，在村内、村外修工事、挖战壕，将村内所有的树木从中截断，堆积成障碍物，并将手榴弹挂在树枝上。为阻止我军进攻，敌人还将村东西公路两端挖成深沟，妄图以此扼守秀水河子。

据此，东北民主联军总部决心集中优势兵力，围歼秀水河子之敌，打击国民党军的嚣张气焰。理由主要有三：一是该敌兵力不多，且又集中一地。二是敌远离主力约一日行程，不能及时得到增援。三是我军经初步休整补充，士气高昂，且人数较对方占优势。

10日5时，林彪发出命令：以第3师第7旅、第1师和保安第1旅第1团等部，共7个团的优势兵力，实施围歼。具体部署是：

第7旅第19团由西南向东北、第1师第2团由北向南担任主攻，第7旅第21团由东南向西北、第1师第1团由西北向东南担任助攻。第1师第3团为预

林彪（中）在东北前线指挥战斗

备队，在秀水河子向榛子街及彰武县叶茂台方向警戒，歼击可能西窜之敌。第7旅第20团和保安第1团，负责新民及新立屯方向阻援。第7旅旅长彭明治和第1师师长梁兴初分别担任战场的正、副指挥。

15时30分，林彪又电示前线指挥员："这一仗关系重大，必须打得很艺术，很坚决，切不可鲁莽、草率，务须严密弄清敌情，干部须亲自侦察地形，选择攻击与布置火力，当面详细交代任务，切实取好联络，规定统一动作时间，一切布置好后，即行猛打。最好明日进行秘密包围（但须防止分散主力）免敌走脱，明夜或后日夜攻击，如情况许可时，亦可白天攻击，一切望机断处置。"

就当时的形势而言，东北民主联军的确已到了万分危急的时刻。

部队刚由关内各个根据地长途跋涉而来，甚为疲劳，着装单薄，一时还不适应东北寒冷的气候，加之当初认为会得到苏军帮助，接收东北投降日军的武器装备，为加快行军速度，将武器留在当地，多数官兵都是赤手空拳。各部队间的通讯联络尚未完全畅通，军事指挥统一不起来，指挥机关也不健全，因此无力遏止国民党军的迅速推进和迅猛攻势，自山海关阻击战起可谓屡战不胜，节节后退。

法库为沈阳的北大门，秀水河子是法库的交通枢纽。欲夺沈阳，必先占法库；要占法库，就须先下秀水河子。中共中央也看到了这一点，在给彭真、林彪、黄克诚的电报上指出："你们如不能在东北打一个好胜仗，以后你们在东北的政治地位就要低得多，因此你们必须立即准备好一切，集中尽可能多的兵力，不怕以最大牺牲求得这一作战的胜利。"

此时的秀水河子俨然成为国共双方在东北得失的关键，民主联军急需要一

1. 秀水河子战斗

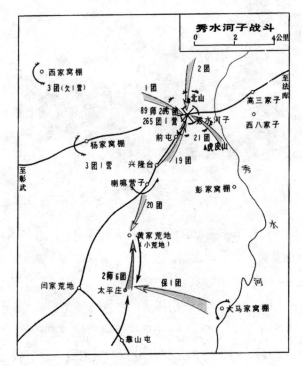

秀水河子战斗示意图

次胜利来鼓舞士气。更何况当时民主联军总部就在法库一带，已经到了不能再退的地步。

为打好这一仗，林彪亲自在战前到秀水河子察看地形，并召开参战部队营级以上干部动员会。在战前动员中指出："国民党新六军逗留于沟帮子、彰武之线，证明这一仗是不能避免的。这一仗的意义，是争取我军在东北的地位。只有英勇顽强的浴血奋战与辉煌伟大的战果，才能较多地分给我们以生存的根据地，才能打下国民党的威风，才能取得广大群众对我们的信任，才能巩固与提高新老部队的信心，才能争取我党在国内国际的地位……这一仗是必然能胜利的。"

据当时给梁必业当警卫员的鲁铭回忆：

我们师到东北后，约在一九四五年十二月左右，在锦州高桥同国民党十六军打了遭遇战，这是到东北后第一仗。由于当时形势不利于我军，经过几小时的战斗后，部队迅速转移到锦州的羊杖子，后又转移到阜新的海州、法库的秀水河子。在秀水河子过的春节。春节过后，便出师打彰武。部队刚开到彰武，便接到了我军根据《双十协定》发布的停战命令。我们师为遵守停战命令，即返师秀水河子。在秀水河子一面扩军休整，一面加强战术学习。主要是学习"四快一慢"、"一点两面"、"三三制"、"三猛"等战术。这时国民党不遵守停战协议，突然以一个加强团即四个营约一千多人的兵力，由彰武向秀水河子逼近。其目的之一是先占领秀水河子，再进一步占领法库、康平。为打击国民党反动派的嚣张气焰，吃掉这股敌人，我军主动撤离了秀水河子。当时，我们一师师部撤到了距秀水河子二十五里远的榆树坨子村，敌人到秀水河子村刚稳住脚，我军就对其施行了包围。

13 日黄昏，天寒地冻、滴水成冰。东北民主联军参战各部踏着皑皑白雪，悄然完成了对秀水河子守军的包围。

17 时 30 分，信号弹划破死寂的冬日夜幕。骤然之间，枪炮声四起，大地震颤起来。东北民主联军首先以炮兵压制射击东南及西北高地，而后第 1 师第 2 团展开攻击。

参加战斗的第 1 师和第 7 旅都是八路军第 115 师的老底子，林彪的老部队，战斗力自然不同凡响。经过半小时战斗，第 1 师第 2 团就占守军外围黄家窝栅及北山附近阵地；第 1 团驱逐五里山子守军警戒后，进至西山附近；第 7 旅第 19、第 21 团也分别向虎皮山、洋桥、大架山守军展开进攻；第 19 团将守军第 265 团第 1 营包围。

22 时整，总攻打响了。梁必业回忆道：

天气出奇的冷，哈气成霜，滴水成冰。嘴里喷出的热气像吐云吞雾一

电影《秀水河子歼灭战》（剧照）

1. 秀水河子战斗

样，不一会儿帽檐全结上白霜，鞋底也冻硬了。天色越来越暗，敌人不断打出照明弹给自己壮胆，大炮和机枪也响个不停。

在总攻之前的短暂时刻，我同各团政委通了一次电话，他们告诉我，此时部队正在召开总攻前的最后一次动员会。

一些官兵在会上表示："一定要发扬孤胆精神，迅速、果断、勇敢地进入街心，哪里有敌人就往哪里打，发挥我们刺刀的作用。"

干部都在指定自己的代理人："我如果牺牲了，副排长是我的代理人。大家一定要听指挥。"

党员们都向群众做个别的鼓动工作。各连都有一批年轻的战士，他们决心在战斗中接受党的考验，希望组织上吸收他们入党。第1团"何万祥连"有一个战士，贫农出身，在战斗动员会上，他一手握着枪，一手拿着一个红纸包，用激动的声音对指导员说："指导员，我现在还不是党员，我请求党组织在这次战斗中考验我。这是我的入党决心书和第一次党费，如果我牺牲了，请党批准我成为一名党员！"他说完了，好像还不放心，又紧接着补充道："指导员，一定……啊！"

在战争年代里，有多少英雄的战士，看清了政治方向，为了人民，为了胜利，南征北战，无所畏惧。在革命战士们面前，是没有克服不了的困难的。

时间静悄悄地过着。我们虽然经历了无数次总攻前的沉寂，但是每到这种时刻，内心里总难免有一点紧张。

22点整，总攻的信号升起。战场上顿时活跃起来，战士们生龙活虎，异常

秀水河子歼灭战烈士纪念碑

《秀水河子歼灭战》（连环画）

兴奋。我们的部队立即向敌人发起猛烈攻击。炽烈的步枪、机枪声和手榴弹爆炸声与重重的炮火声响彻大地，战场在抖动着，照明弹把战场照得如同白昼一般。敌人的炮火也十分猛烈，但这对于我们部队的人员疏散、进攻动作迅速的战斗小组来说，却发挥不了多大的作用。

战斗在激烈地进行着。

我看了看表，时针指在 22 点 10 分上——总攻开始 10 分钟了。但是我军 7 旅方面仍然没有一点动静，师长看了看我，我看了看他，我们都有些疑惑，7 旅为什么还不行动呢？

又过了 5 分钟，7 旅方面仍旧没有动静。总攻开始后 15 分钟的战斗，我们师几乎吸引了敌人全部的炮火。炮声隆隆地响着，秒针继续向前移动着。战斗中时间是极其宝贵的，可是 7 旅方面仍然没有动静，我们师的负担更重了。

第 1 师是山东八路军最精锐的部队，第 2 团的突破口北山正好是敌军主要防御点，双方打得难解难分。敌人的火力实在是太炽盛了，射出的燃烧弹在阵地前筑起一道火墙，冲上去的战士变成了火人，有的在雪地上打滚，有的扑倒不动了，鲜血染红了白雪覆盖的沟沟坎坎。

见进攻受阻，第 2 团团长江拥辉急得直跺脚。这时，他突然发现东北角的敌人火力较弱，再仔细一看，那里竟还有一个弯曲的小河沟，形成天然的隐蔽沟，便于隐蔽接近敌人。

秀水河子战斗结束后，第7旅召开祝捷大会

喜出望外的江拥辉立即调整部署：命令第3营继续争夺北山，牵制敌人；同时将团主力转移至村东北角上，以全团的主要火力支援第1营进行突破。

1营营长刘海清按江拥辉的命令，以2连在正面佯攻，吸引敌人火力，以3连由敌人侧翼隐蔽迂回，猛插过去。

3连利用河床及雨裂沟，隐蔽接近敌人，突然一个猛冲，还没等敌人调转其主要火力，就一举拿下敌人的阵地。

此时，西南方向枪炮声大作，撼动了整个战场，是第7旅发起了攻击。

原来，为了迷惑敌人，收取突然攻击之奇效，担任由西南向东北方向主攻的第7旅第19团故意晚20分钟发起进攻。敌人果然中计，把兵力和兵器统统投到第1师第2团方向。结果当敌人发觉上当后，已经来不及调整部署，转移火力了。

第1师和第7旅犹如两把锋利的尖刀，以南北对进之势，相继突入镇内，穿墙院，多路勇猛地实施穿插、分割和包围，将守敌切成数块，打乱了其防御体系，而后运用手榴弹、小包炸药和抵近射击，逐街逐院逐屋与敌争夺。

守敌全是美式装备，自从进入东北后还没有吃过败仗，也从来遇到过如此坚强勇猛的部队。双方短兵相接，打得你死我活，深夜的天空被火光映得通红。

战至凌晨1时，秀水河子村内仍杀得难分难解，国民党第52军第2师的1个团由打虎山前来增援，距离秀水河子只有十里路了，情况非常紧急。

东北民主联军总部一面命令阻援部队第7旅第20团和保安第1团坚决截住敌军，一面命令攻击部队加紧攻击，最迟于拂晓前解决战斗。

此时，战士们早已杀红了眼，与守敌进行着反复冲杀，逐屋争夺。

激战中，江拥辉两处负伤，仍坚持不下火线。卫生员杜林桢将他背到隐蔽处，初步包扎了伤部。江拥辉命令杜林桢，对他的负伤要严格保密，说完又返回一线指挥作战。

时任第 2 团卫生队队长的李士杰回忆道：

江拥辉的伤情经团卫生队医生检查，他头部负伤，胸部左肋下缘炸伤较重，创口留有弹片，还夹杂有许多泥土、棉布碎片等物，污染严重，需要马上做手术处理。由于当时的医疗设备和技术条件所限，困难很大，需送后方医院治疗，但江拥辉坚决不愿离开自己的部队。经多次研究，只好采取保守疗法。医生多次劝他转院治疗，可他却总是说："不用担心，在这儿我挺好的，哪里也不去。"他还对医生们说，"秀水河子战斗，是我军出关后打的第一个歼灭战，不但政治意义重大，军事上打美式装备的敌人，也取得不少经验，战场救护工作，你们也要好好总结。"

战斗一直持续到拂晓，第 1 师和第 7 旅终于在敌人指挥所会师。

此役，处于运动防御中的东北民主联军，以劣势装备打败了美式装备的国民党军主力，共歼敌 1600 余人，其中毙伤 500 余人，俘虏 900 余人，缴获各种火炮 38 门、轻重机枪 100 余挺、步枪 800 余支、汽车 32 辆及弹药、电台等军

战场救护伤员

秀水河子战斗结束后，清点缴获的战利品

用物资。

战斗刚刚结束，太阳还没有完全升起，梁兴初和梁必业走进了秀水河子街里。

经过一场战斗，秀水河子已完全变了模样。不少房屋仍然冒着呛人的浓烟，洁白的雪地被炮火融化了。

最引人注目的还是满街的战利品：印着"USA"字样的弹药箱、汽油桶、十轮大卡车、火炮等。战士们带着胜利的微笑清理战利品。有的战士站在十轮大卡车上，威风十足地高声喊着："请把运输大队长蒋介石送来的武器交到这里来！"

当战士们乘坐缴获的美制"大道奇"汽车，浩浩荡荡地驶出秀水河子村时，老百姓连连赞叹："这土八路可真小看不得呀！"

在秀水河子街中心的一间小房子里，梁兴初、梁必业见到了林彪、彭明治。交谈中才知道，第7旅晚出击20分钟是东北民主联军总部相机决定的。

正说着，一个参谋进来报告：抓到了敌人一个团副。

敌团副被带进屋里，只见他满脸污垢，长长的头发上沾满了鸡毛和乱草，上身穿一件美式皮夹克，脚下蹬一双日本大马靴，腿上却穿着一条老百姓的黑棉裤，显得十分狼狈。看样子是化装逃跑未逞就做了俘虏。

鲁铭回忆道：

打扫战场时，在一个老百姓家的柴火垛里搜查出一个大个子敌人，他穿着很不可身的老百姓的小棉袄，头戴一个小毡帽头。经查问他承认自己是少校副团长。之后，把他押送到总指挥部。我军进村后，总指挥部设在秀水河子后街东头一个老百姓家。敌副团长押到后，由林彪亲自审问。林彪坐在炕上，让敌人副团长在炕边坐下，我们这些警卫人员都在窗外，挨着开着的窗子，师首长们都在里屋。听敌人副团长讲，他们的团长不在指挥所，夜间一点钟左右，团长打电话给他，让他到指挥所指挥战斗。团长要到前沿阵地了解战况，实际上是带着警卫人员逃跑了。

如果单从战果上看，秀水河子战斗在解放战争中简直不值一提。激战一夜，歼敌1600余人，而自身伤亡高达770余人。但此役是国共双方在争夺东北初期，东北民主联军取得的第一个歼灭战胜利，沉重地打击了国民党反共反人民的反动气焰，一扫前期屡战不胜的被动局面，提高了中国共产党和东北民主联军的地位，拉开了东北解放战争的序幕。因此，秀水河子战斗在解放战争史上具有重要地位，曾被称为东北解放战争的第一个春天。

中央军委给东北民主联军总部的电报指出："在秀水河子歼灭敌五个营甚喜，在顽敌进攻下如能再打两次这样的战斗，国民党将不能不承认我在东北地位……"

国民党东北保安司令长官杜聿明在回忆秀水河子之战时说："这是蒋军在东北第一次整个团被消灭的开始。"

秀水河子歼灭战纪念馆

1.
秀水河子战斗

东北民主联军某部准备发起冲锋

秀水河子战斗之所以如此有名，还有一个很重要的原因——这是林彪总结倡导并推广演练的战术在第一次大规模战役中的检验。这些战术包括"一点两面""三三制"等，在整个解放战争中大放异彩，后来又被美国西点军校奉为经典。

所谓一点，就是集中优势兵力于主要的攻击点上，反对在各点上平分兵力的办法。所谓两面，就是不应将突击队与钳制队统用在正面。通常应将突击队应用在敌人侧面，钳制队用在敌人正面。如只从正面攻击，则敌无后顾之忧，必顽强抵抗。"一点两面"注重的是包围、突破后的全歼。

"三三制"战术是指一个班内分为三或四个小组，每组三至四个人。正副班长为当然小组长。另在班内挑选政治表现较好、战斗勇敢，或有经验的战士充当组长。在战斗时各组以班长为核心，在班长指挥下，率领本小组根据敌情地形，散开距离间隔进行作战，不超过班长口令指挥范围以外，在平时使"三三制"编制与日常生活管理教育公差勤务等一切活动相结合，在战斗中求得灵活运用发挥其效能。

此役过后，东北民主联军指战员不仅树立了敢打和能打败国民党军队的胜利信心，取得了集中绝对优势兵力歼灭分散孤立之敌的成功经验，而且对战略战术指导思想的认识也大大提高。

2. 四平保卫战

　　四平，别称四平街，位于中长（即中国长春铁路，包括由满洲里至绥芬河的中东铁路干线和由哈尔滨经长春至大连、旅顺的中东铁路支线）、四洮（四平—洮安）铁路的交会点，北邻长春，南近沈阳，为东北交通、工业及军事重镇，也是东北平原中部的交通枢纽，进入北满的门户。城东北山峦重叠，属长白山余脉的丘陵地区，西南河流纵横，为松辽平原的一部分，历来为兵家必争之地。

　　1946年1月，蒋介石任命原东北军第107师师长刘翰东为辽北省主席，命其出兵抢占四平，并特别叮嘱：东北很重要，党国的命运在东北；而要控制东

四平今貌

抗战胜利后，中共中央制定了"向北发展，向南防御"的战略
方针，抽调大批部队进军东北，组建东北民主联军

北，就必须夺取战略要地四平。

按照蒋介石的部署，刘翰东与国民党辽北省保安司令张凯，勾结伪满靖安军"铁石部队"、伪警察、土匪等3000余人，进占四平，并在市内构筑了大量的防御工事，等待国民党军主力北上"接收"。

1月13日，毛泽东致电林彪、彭真，指出："国民党拒绝与我谈判东北问题。国民党军队进入东北后，要向我们进攻是不可避免的。望东北局立即布置一切，在顽军进入东北向我进攻时，坚决击破其进攻。"

就这样，国共双方在东北地区排兵布阵，针锋相对，大战一触即发。

为避免内战的爆发，国共两党曾就东北问题举行过数次谈判，但毫无进展。至3月中旬，进入东北的国民党军队已有正规军6个军20余万人，加上地方保安部队，总兵力达31万余人。他们以沈阳为基地，同时分两路向本溪、四平方向大举进攻，企图以武力夺占东北。

国民党军的多路进攻，给东北民主联军造成巨大的压力。3月14日，林彪致电中央军委，建议夺取四平。中央军委考虑到四平的战略地位，复电同意了林彪的建议。

林彪立即命令黄克诚指挥西满军区第3师2个旅和辽西军区保安第1旅共6000余人，向四平展开攻击。

17日凌晨4时，东北民主联军向四平守军发起攻击。战至下午2时，攻克四平，全歼守军3000余人，生擒刘翰东，缴获轻重机枪69挺、大小火炮32

门、长短枪 2000 余支、汽车 20 辆、马 300 余匹。

蒋介石勃然大怒，立即下令发起攻势作战，妄图消灭东北民主联军。

21 日，国民党军进占辽阳；22 日进占抚顺，随后攻占铁岭。同日，蒋介石致电国民党东北行营主任熊式辉、东北代理保安司令官郑洞国，命令他们由沈阳派重兵向四平发动进攻，并限令在 4 月 2 日前夺取四平。

熊式辉、郑洞国召集手下众将开会研究，决定集中 11 个师的兵力，分南北两个方向同时发起进攻，企图首先夺占本溪、鞍山、四平等战略要点，继而进占长春、哈尔滨，以达占领全东北之目的。其中，孙立人的新编第 1 军为右翼、陈明仁的第 71 军为左翼，分两路进攻四平，并派长官部副司令长官梁华盛到铁岭设立前线指挥所。

鉴于东北的严峻形势，毛泽东连电中共中央东北局和林彪，要求东北民主联军坚决反击国民党军的猖狂进攻，保卫东北的战略要地。

3 月 24 日，毛泽东在给东北局和林彪、彭真等人的电报中指出："我党方针是用全力控制长（春）、哈（尔滨）两市及中东全线，不惜任何牺牲反对蒋军进占长、哈及中东路，而以南满及北满为辅助方向。……动员全力控制四平地区，于顽军北进时，彻底歼灭之，决不让其向长春前进。"

东北民主联军总部决定以钟伟率领的第 3 师第 10 旅在铁岭以北、四平以南地区进行阻击，掩护第 1、第 2 师，第 3 师主力和第 7 纵队等部共 6 个师（旅），迅速向四平集结。

25 日，毛泽东再次致电林彪、彭真，指出："谈判数日内即可谈妥，派停

林彪（中）与东北民主联军其他领导人研究作战方案

战小组至东北，望你们准备一切，尤其是不惜牺牲，打一二个好胜仗，以利谈判与将来。同时，速将美方运兵、蒋军进攻消息公布，使苏联好在华盛顿安全理事会上讲话。"

同日，中共中央致电林彪、彭真，告知周恩来已到重庆，东北无条件停战的协定可能于日内签订，但执行小组到东北并召集双方代表协议实际停战还须若干时日。因此，东北民主联军至少还须经一两个星期也许更长时间的恶战，才能实际达到停战。在此时间内，国民党军会拼命进攻，企图控制更多的战略资源要地，而民主联军应尽一切可能，不惜重大牺牲，保卫战略要地，特别保卫北满地区。

根据中共中央和毛泽东的指示，为阻止国民党军长驱直入，配合国共两党停战谈判，促进东北和全国和平民主的实现，林彪、彭真决定力争控制北满地区和长春、哈尔滨两市及中长铁路满洲里至绥芬河段，坚决扼守四平地区。以一部兵力在南满保卫本溪，牵制进攻南满的国民党军；以一部兵力收复被匪伪武装占据的长春、哈尔滨、齐齐哈尔等地；集中主力于四平地区阻止国民党军北进。

由于此战关系重大，部署完毕后，林彪立即带领民主联军司令部的人员赶往四平，亲自指挥这场保卫战。

4月3日，林彪致电黄克诚、李富春：

我此刻已到四平街，对情况尚不了解，明天南去侦察地形。此次集中6个

四平保卫战指挥部旧址

旅的兵力，拟坚决与敌决一死战。望以种种方法振奋军心，一定要争取胜利，以奠定东北局面。请将此报即转东北局与中央。

此时，国民党军正气势汹汹地直扑四平。蒋介石极为关注，不断给熊式辉打电话，催问各部队展开进攻后的情况。

然而，天公不作美，连日大雨滂沱，道路泥泞，美式机械化部队行动困难。根本不是在走，而是在"滚"，官兵们个个浑身泥污，走走停停，停停走走。加上沿途遭到钟伟第10旅的顽强阻击，新编第1军虽以两个主力师轮番冲锋开路，实施不间断的进攻，但费尽九牛二虎之力，直到4月2日才进入昌图县境内。

眼见前线战事进展不顺、南京的蒋介石逼得甚急，熊式辉也不顾兵家大忌，决定临战换将，派副司令长官郑洞国赶赴开原，接替梁华盛指挥。

4日，新编第1军进占昌图县城，第71军（欠第88师）攻占法库，而后继续向四平方向推进。

东北民主联军以第1、第2师，第3师（辖4个旅另3个团）和第7纵队等部在昌图以北、四平以南地区实施运动防御，阻敌进攻，并力求歼其一部。

6日，毛泽东电示林彪、彭真：

集中6个旅在四平地区歼灭敌人，非常正确。党内如有动摇情绪，哪怕是微小的，均须坚决克服。希望你们在四平方面能以多日反复肉搏战斗，歼敌北进部队或大部，我军即有数千伤亡，亦所不惜。……如我能在3个月至半年内组织多次得力战斗，歼灭进攻之敌6至9个师，既可锻炼自己，挫折敌人，开辟光明前途。为达此目的，必须准备数万人伤亡。要有此决心付出此项代价，才能打得出新局面。而在当前数日内，争取四平、本溪两个胜仗，则是关键。

8日晚，东北民主联军第1、第2师和第7纵队、第3师主力向进至四平西南兴隆泉地区的新编第1军第38师发起反击；第3师第7旅向进至朝阳堡的第50师1个团发起反击。战至9日，共歼敌1000余人。这是新编第1军踏上东北黑土地后遭受的首次重创。

林彪认为进攻四平的两路国民党军中，右翼孙立人的新编第1军是国民党

1946 年四五月间被俘的国民党部队从汤岗子押解海城途中

军的王牌，精锐中的精锐，号称"天下第一军"，不仅齐装满员，清一色的美式装备，而且训练有素，战斗力颇强，曾作为中国远征军在滇缅路战场上痛击日军。左翼陈明仁的第 71 军虽也是国民党军嫡系主力部队，但人数、装备和战斗力均不如新编第 1 军。林彪权衡利弊后，决定选择弱敌打，首先拿第 71 军开刀。

巧合的是，对阵的国共两军指挥官竟然是黄埔军校的"师兄弟"。守卫四平的总指挥是黄埔四期生、东北民主联军总司令林彪；进攻四平的则是黄埔一期生、国民党军第 71 军军长陈明仁。

陈明仁，字子良，国民党陆军中将。1903 年生于湖南醴陵。1924 年春到广州入孙中山的建国陆海军大元帅府军政部陆军讲武学校，不久转入黄埔军校第一期。参加过讨伐陈炯明的第一、第二次东征等作战。因战绩卓著，由排

抗日战争时期的陈明仁

长递升为军长。

在国民党军将领中，陈明仁堪称一员猛将，从军20多年，南征北战，战功显赫，深得蒋介石的器重。更为有趣的是，陈明仁的身世和毛泽东的身世颇有不少相像之处。

陈明仁也是湖南人，比毛泽东整整小10岁。和毛泽东一样，陈明仁性格刚烈，从小就叛逆性十足。在他只有五六岁时，有一次拿了家里供奉的祖宗牌位当玩具玩耍，被管教很严的祖母看见，重重责打了一顿。可陈明仁硬是忍着痛不求饶，不肯认错，气得祖母大骂他是孽种。

陈家祖上世代务农，到父亲陈保廉时，家道中兴，便把陈明仁送去上私塾。陈明仁聪颖过人，学业出众。但他更喜欢听父亲讲岳飞"精忠报国"、文天祥"誓死抗元"、于谦"刚正不阿"的故事，尤其对岳飞这位爱国英雄的崇高气节更是敬佩不已。但同时封建忠君思想给他幼小的心灵以潜移默化的影响，使他日后甘心成为蒋介石镇压革命的急先锋。

1920年，陈明仁考入长沙兑泽中学。毕业后，和毛泽东一样当上了教书匠。封建家庭的束缚，使陈明仁的叛逆性格中产生了向往革命的思想，并最终促使他于1924年毅然离家出走，报考程潜任校长的广州陆军讲武学校，投身到大革命的洪流中去。

新中国成立后，当陈明仁向毛泽东提起早年的家庭生活时，毛泽东风趣地

1959年，毛泽东接见国防委员会委员、中国人民解放军第21
兵团司令员陈明仁上将

说："看来咱俩在家全是在野党了，我家的执政党是我父亲，你家是你祖母，斗争的结果也一样，达成协议，执政党让步，组成广泛的联合政府。"

在讲武学校里，陈明仁也极富反抗精神。1924年9月，讲武学校与黄埔学校合并。讲武堂监督周贯虹为了培植亲信，想将部分学生带到他担任总司令的赣军中去。学生们不满此种做法，公推陈明仁出面与校方交涉。经多方努力，终于使校方让步，讲武学校全部合并于黄埔军校。这与毛泽东在湖南第一师范搞的"驱张运动"异曲同工，同样是敢于坚持正确的意见，敢于藐视权威。

陈明仁对曾是自己校长的蒋介石十分忠诚，东征北伐，为蒋家王朝立下了赫赫战功。但同时，他对蒋介石叫嚣"攘外必先安内"的政策十分不理解，眼睁睁看着自己尊敬的校长一面高唱着民族复兴、仁义道德，一面大肆屠杀爱国的骨肉同胞，并将东三省拱手让给了日本侵略者。陈明仁的心在流血，一次又一次地想象自己同岳飞那样，扛起民族救亡的大旗，搏杀在抗日的战场上，让侵略者尝一尝中国人民的铁拳。

抗日战争全面爆发后，陈明仁怀着一颗赤诚爱国之心，驰骋疆场。在桂南会战、昆仑关大战、滇西缅北战役中，屡建奇功。1944年，陈明仁率部参加中国远征军，围剿滇缅边境上的日军残敌，以打通滇缅国际公路。回龙山一役，陈明仁指挥若定，战术运用精妙，率部全歼了日军滇西部队，威名远扬，蜚声中外。

捷报传到国内，毛泽东盛赞陈明仁是抗战名将，对其在回龙山一役中的作战指挥十分赏识，称之为战术杰作。

后来，毛泽东以此告诫东北民主联军的领导人不可轻敌，要认真研究陈明

1949年9月，陈明仁与毛泽东在天坛合影

仁的战术思想运用。

蒋介石对陈明仁的勇猛善战十分欣赏，对他的耿耿忠心更是惬意非常。因此，抗战结束后就急调陈明仁率第71军开赴东北，到内战的第一线冲锋陷阵。

眼看国内和平无望，陈明仁闷闷不乐，内心充满矛盾。他不理解蒋介石为何不把人民渴求的和平给予人民，却一手挑起内战。但"绝对效忠蒋介石"在陈明仁的思想中根深蒂固，只能无奈地表示："军人唯军令是听，校长下了命令，就是死在东北也要去。"

4月13日，东北民主联军侦察得知第71军第87师正由法库县金家屯向八面城北进，立即报告了东北民主联军总部。

林彪认为这是消灭第87师的好机会，即令梁兴初第1师、罗华生第2师和彭明治第7旅、张天云第8旅、钟伟第10旅、吴信泉独立旅等部共14个团，迅速包围第87师，予以歼灭。

15日黄昏，当第87师孤军冒进至金山堡、秦家窝棚一带时，东北民主联军突然发起猛攻，将其逐步压缩于大洼以南金山堡等10余个村落内。

激战至16日晨，歼第87师4000余人，并击毁飞机1架，缴获汽车30辆。师长黄炎率残部仓皇南逃。

第71军遭受重大打击后，士气低落，一蹶不振。国民党东北行营和保安司令长官部不敢向蒋介石报告。但进入东北的军统特务则利用秘密渠道密报蒋介石，并称第71军之所以遭受重挫，是因为军长陈明仁躲在沈阳，没有随军行动。

蒋介石接到密报后，龙颜大怒，感到要夺取四平，控制全东北，非得严明

四平战役中，东北民主联军登上被击毁的敌机欢呼胜利

2.
四平保卫战

纪律，惩治玩忽职守者不可，便口授了一份给东北保安司令长官部并杜聿明的电报：第87师受此意外损失，据报陈明仁并未随军前进，着即查办具报。

东北保安司令杜聿明认为：临战换将，兵者大忌，更何况陈明仁很会带兵打仗。思考再三后，他对东北保安司令长官部参谋长赵家骧说：此事拖一下，如蒋委员长再来电催问，就说在战斗发起前已派车将陈明仁送到前方了。第87师作战失利，事出有因。另外，你赶快告诉郑洞国，要他立即通知陈明仁火速赶往前线整顿部队，鼓舞士气，在夺取四平的战斗中立功赎过。

为取得四平保卫战的胜利，林彪决定在城内设立城防司令部，任命保安第1旅旅长马仁兴为司令，具体负责四平前沿阵地的作战指挥。他本人亲率民主联军总部移至四平城近郊的梨树县城，指挥作战。

17日，郑洞国也将昌图指挥所前移至双庙子，并下令各部马上进攻四平城区。当日，新编第1军和第71军主力逼近四平以东、以南地区，东北民主联军部队即转入四平城郊实施防御作战。

18日，新编第1军第30师在飞机、坦克的支援下，向四平城南郊海方屯、泊罗林子、鸭湖泡等地发起连续进攻，遭到东北民主联军第7纵队第56团和保安第1团的顽强抗击。

第二天，郑洞国在指挥所召开作战会议。会上，各军、师将领结合第一天进攻的情况提出改变方向，向东北民主联军防守的薄弱点发动猛攻，企图一鼓作气打开突破口。

四平保卫战中东北民主联军机枪阵地

东北民主联军炮兵部队在四平保卫战中

郑洞国感到东北民主联军的阵地牢固，不能从正面硬攻，只能采取寻其弱点或迂回攻击的办法，才能打开缺口。于是决定将突破口选在保安第1团和第56团之间的接合部。

21日，新编第38师迂回四平城西北郊，凭借其强大的火力，向三道林子北山发起猛攻，于22日一度攻占保安第1团部分警戒阵地。

东北民主联军立即组织保安第1旅、第7纵队、第3师和第7师等部，采取昼守夜袭的战法顽强抗击，对一些主要阵地反复争夺。国民党军攻击受挫，停滞不前，战局呈现出相峙状态。

为保障四平翼侧安全，东北民主联军逐步向东西两侧延伸防线，在东起火石岭、西至八面城的百里战线上部署了6个师（旅）的兵力。

27日，毛泽东以中央军委的名义致电林彪："四平守军甚为英勇，望传令奖励；请考虑增加一部分守军（例如一至两个团），化四平为马德里。"

马德里是西班牙首都。1936年，德、意法西斯为控制西班牙这一战略要地，打击英国在地中海的势力并从侧后包围法国，决定对西班牙进行武装干涉，支持佛朗哥叛乱势力。佛朗哥叛军在外国反动势力的支持下，于当年9月向马德里发动大规模的军事进攻。西班牙共和国军队在由54个国家的共产党人和进步人士组成的"国际纵队"的配合下，进行了马德里保卫战。此战残酷激烈，长达数年，对阵双方均伤亡巨大，直到1939年3月底才告结束。

28日，中共中央又给参加四平保卫战的全体官兵发去嘉奖电："为和平民

坚决保卫四平

主，你们坚守四平，甚为英勇，特传令嘉奖！望你们再接再厉，坚守到最后胜利，把四平变成'马德里'！"

为"化四平为马德里"，林彪令第3纵队主力和保安第3旅由南满北上，第359旅由哈尔滨南下，使参加保卫战的兵力增加到14个师（旅）。同时对四平城内防卫也做出调整：

调第3师第7旅21团、第7师炮兵旅第2团和配属的第67团进入四平城内，增加守城力量；四平城区外围的第7纵队第19旅第55、第58团配置在城东南角正面；第1、第2师放在四平城西北；第3师第7、第10旅部署在四平城以东；第359旅作为预备队驻公主岭。另外将第3纵队第7、第8旅作为机动部队，部署于昌图、开原之间，开辟第二战场，以切断国民党军的后勤补给线。

四平之战，国共双方数十万大军杀得难分难解。蒋介石认为东北战局处于进退两难局面的症结在于对四平的争夺。只要四平城一攻破，东北局面就会大为改观。于是，他除严令郑洞国迅速攻占四平、继续向北推进外，还积极调兵遣将，将第52军第195师、新编第6军和第71军第88师由南满北调增援四平。至此，国民党军进攻四平的兵力已增加到10个师。

5月15日，杜聿明调集9个师的兵力，分三路向四平发动全面攻击。其中，左路第71军2个师沿八面城以北推进，从西面迂回四平；中路新编第1军3个师由南向北对四平实施正面攻击；右路新编第6军等4个师沿开原至西丰、开原至叶赫站两条公路并肩推进，从东面迂回四平。

围绕四平，国共双方展开了殊死搏杀。

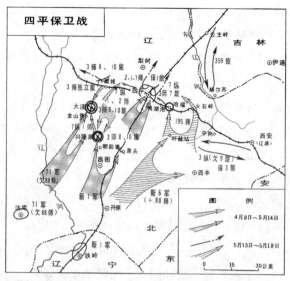

四平保卫战示意图

四平保卫战中，坚守三道林子阵地的2营指挥所部分官兵合影

    第71军主力进至四平城西北欢子洞、海清窝棚一线受阻，其第91师以整营、整团兵力连续进行10余次集团冲锋，均遭东北民主联军第1师第1、第2团的顽强抗击，停滞不前；新编第1军左翼第38师在三道林子地区遭东北民主联军第7旅第20团的阻击，右翼第50师经两天激战于17日攻占第7纵队第19旅扼守的高地；新编第6军在飞机、坦克支援下，于16日攻占叶赫站，17日攻占火石岭子、平岗等地，并向四平城东北赫尔苏急进。担任总预备队的国

民党军第 195 师投入战斗后，于 18 日攻占哈福屯。至此，国民党军对东北民主联军第 3 纵队扼守四平城的咽喉阵地塔子山构成三面包围之势。

见进攻颇有进展，杜聿明甚为兴奋，暗忖攻下四平指日可待，便向蒋介石报喜。

蒋介石仍不放心，命副参谋总长白崇禧赶赴东北了解战况。来到沈阳后，白崇禧顾不上鞍马劳顿，立即听取了杜聿明关于进攻四平城的情况汇报，并说：蒋委员长对四平战役极其关心，特派我来了解作战情况。蒋委员长说，四平城这一仗打得太长了，不能再往下拖。只要把四平城打下，对中共和谈就有面子了。至于进攻长春的问题，暂不攻击为好，一则为缓和舆论的非难，再则可以整训部队，养精蓄锐，待与中共和谈不成再进行大举进攻。

塔子山被国民党军三面包围后，东北民主联军处境危险。一旦阵地失守，国民党军就可以从民主联军的侧后迂回，封闭四平守城部队的退路。民主联军将完全陷入被动，有被敌围歼之险。

位于四平城东南约 10 公里处的塔子山，是东部最高的一座山头，又是民主联军全部防线的最东端。它的得失将关系到整个战局的走向。

杜聿明深知此阵地的重要，于 18 日上午集中新编第 6 军和新编第 1 军两大主力，在 10 余架飞机的配合下，从东、南、西三个方向猛攻塔子山。

战斗打响后，国民党军先以猛烈炮火轰击。在这块只有百余平方米的小山头上，每分钟落下 30 余发炮弹。山上树木、杂草全部被炸飞，工事大多被炸塌。

防守塔子山的东北民主联军第 7 旅第 19 团奋力抗击，连续 6 次打退敌军以

四平保卫战中，当地百姓为东北民主联军送饭

营为单位的冲锋。战斗异常惨烈，攻守双方均伤亡很大。

林彪立即命令第10旅紧急向塔子山增援，同时向中共中央、毛泽东电告四平保卫战的近况："四平以东阵地失守数处，此刻敌正猛攻，情况危急。"

然而遗憾的是，第10旅在过辽河时没有组织人员下河试探水情、采取徒涉过河的方式，而是绕道过河，结果耽误了时间，未能及时赶到塔子山增援。

战至下午，第7旅第19团终因寡不敌众，伤亡太大，被迫撤出塔子山阵地。国民党军占领塔子山后，继续向四平东北迂回，企图封闭东北民主联军退路。

此时，林彪感到战场形势对民主联军极为不利，如果继续与占据优势的国民党军在四平硬拼死守下去的话，将会付出更大的无谓牺牲。为保存实力、摆脱被动，林彪致电毛泽东：

敌本日以飞机大炮坦克车掩护步兵猛攻，城东北主要阵地失守，无法挽回，守城部队处于被敌切断的威胁下，现正进行退出战斗。

形势紧迫，林彪不待中央回电同意，即下达了主动撤离四平城的命令。当晚，东北民主联军参战各部在黑夜的掩护下有序撤出阵地。至午夜时分，全部撤离四平城，分别向南满、东满、西满转移。由于组织严密，国民党军竟然没有察觉。

四平战役纪念馆

四平烈士陵园纪念塔

19 日上午，毛泽东复电林彪：

（1）四平我军坚守一个月，抗击敌军十个师，表现了人民军队高度顽强的英勇精神，这一斗争是有历史意义的。（2）如果你觉得继续死守四平已不可能，便应主动地放弃四平，以一部在正面迟滞敌人，主力撤至两翼休整，准备由阵地战转变为运动战。

当日，国民党军进占了林彪主动放弃的四平城。

四平保卫战，是中共中央从战略全局出发，在特定情况下决定进行的一次较大规模的城市防御战。从 4 月 18 日国民党军进攻市郊开始，至 5 月 18 日夜东北民主联军撤出为止，历时 31 天，是解放战争战略过渡阶段打得时间最长、规模最大的一个战役。

此役，国民党军凭借其美式装备的优势，在飞机、大炮、坦克掩护下，对四平发动了疯狂进攻。东北民主联军昼夜浴血奋战，以伤亡 8000 余人的代价，毙伤俘国民党军 1 万余人，迟滞了国民党军的北进行动，对巩固北满根据地起了重要作用。

3. 新开岭战役

1946 年 6 月 26 日，蓄谋已久的蒋介石撕毁停战协议，调集重兵向中原解放区发动大规模进攻，全面内战终于爆发了。

蒋介石之所以敢冒天下之大不韪，悍然挑起内战，所倚仗的是装备精良的 430 万大军，背后还有美国主子的撑腰，根本不把仅靠"小米加步枪"作战的 120 余万"土八路"放在眼里，狂妄地叫嚣要在三个月内消灭共产党，"因为我们有空军，有海军，而且有重武器和特种兵，是他们匪军则绝对没有的。"

随着内战的全面爆发，共产党与国民党，革命与反革命，光明与黑暗，在神州大地展开了生死较量。

1946 年 5 月 15 日，毛泽东起草的《时局与对策》给全国各战区及东北局的指示电

由于东北地区战略地位十分重要，北靠苏联，西接蒙古，东邻朝鲜，南与华北相接，并与山东半岛隔海相望，交通便利，且土地肥沃，资源丰富，工业发达，蒋介石势在必得。

然而，事实是无情的。数十万美式装备的国民党军在东北民主联军面前屡战屡败。至1946年10月，国民党军虽在东北调集了7个正规军，连同地方保安部队共约40万人，并占据了沈阳、长春、锦州、四平等重要城镇，但因战线过长，已无力向东北民主联军发动全面进攻。

国民党军参谋总长陈诚奉蒋介石之命飞赴沈阳，召开东北国民党军高级将领会议，采取"南攻北守、先南后北"的作战方针，企图首先集中兵力消灭或驱逐东北民主联军南满部队，占领南满解放区，切断东北解放区与华北解放区的联系，阻隔东北解放区与山东解放区的海上通道，解除后顾之忧，而后等待关内抽兵增援东北，再集中全力进攻北满解放区，最终占领全东北。

10月19日，陈诚调集8个整编师34个团近10万大军，分左、中、右三路，向南满解放区大举进攻，企图相互配合，将辽东军区主力压缩、围歼于安东（今丹东）、凤城、宽甸地区，进而侵占南满解放区。具体部署是：

左路以新编第1军第30师、第52军第195师、第71军第91师，沿营盘、兴京（今新宾）、柳河向辑安（今集安）、临江（今浑江）进犯，企图阻止南满军区第3、第4纵队会合，切断南满和北满的联系；右路以新编第6军第14、第22师和第60军第184师沿海城、大石桥向庄河、大孤山进犯，企图

在东北内战前线的国民党军一部集结待命

迁回安东，切断安东与大连的联系，从侧翼配合中路之敌占领辽东军区机关所在地安东；中路以第52军第2、第25师分左右两翼从桥头、本溪直逼安东。另以第71军（欠第91师）附保安团队由郑家屯、八面城地区进犯西满通辽，策应南满主要方向的作战；以新编第1军（欠第30师）及第60军暂编第21师利用松花江障碍，防御东北民主联军北满部队南下。

当时，在南满解放区的部队是东北民主联军第3、第4纵队及南满军区独立第1、第2、第3师，与进攻之敌相比，不仅兵力少，而且装备差，明显处于劣势。在敌人重点进攻的安东方向，东北民主联军只有第4纵队第11、第12师两个师的兵力（第10师在纵队副司令员韩先楚的率领下，开往永陵、兴京地区配合第3纵队作战）。时任纵队参谋长的李福泽回忆道：

我纵队的装备，主要是在日本投降后搜集的散落在民间的步兵武器。新建的纵队直属炮兵团，重炮仅有从鸭绿江里打捞出来的八门三八式野炮，弹药也不足。整个的形势是敌强我弱，敌众我寡。加之东北的10月已进入寒冬季节，部队的棉衣尚未发下来，这对部队的行军打仗，又增加了许多的不利因素。

南满军区根据东北民主联军总部关于集中兵力打运动战、寻找小股分散之敌予以各个歼灭的指示，决定主动撤离安东、凤城等城市，集中兵力坚持东部山区，并寻机在运动中歼敌一路或一部。具体部署为：

第4纵队司令员胡奇才、政治委员彭嘉庆率第11、第12师，以一部兵力实施运动防御，迟滞国民党军中路的进攻，掩护军区主力集中及后方机关转移；主力隐蔽待机。

19日，国民党军中路第52军（欠第195师）分成两路，右路第2师和第25师第75团从桥头出发，沿铁路向安东方向攻击前进；左路第25师主力从本溪出发，沿公路向赛马集、宽甸方向攻击前进。

第4纵队以第12师第35团沿桥头至安东的铁路线节节阻击国民党军第2师，掩护辽东军区机关和群众向临江转移；以第11师和第12师主力撤至安奉线（今丹东—沈阳）东侧赛马集、分水岭、牛蹄崖一带，隐蔽集结。

20日拂晓，沿安奉线正面推进的国民党军已逼近第12师防守的连山关、摩天岭、下马塘等阵地。至当日下午，国民党军第25师先后侵占小市、碱厂等

东北民主联军某部在行军途中

集镇，向辽东重镇赛马集直扑过来。

黄昏时分，位于通远堡的第4纵队司令部里灯火通明。围绕如何应敌，纵队司令员胡奇才、副政治委员欧阳文和参谋长李福泽等人正在研究对策，形成了两种方案。

一种方案是按照辽东军区的指示，第11、第12师扼守现有阵地，节节抗击来犯之敌，争取时间，掩护军区机关及后方物资安全转移，在安奉线上选择有利时机和地形歼敌一部，迟滞敌人的进攻，而后撤至凤城一带，向东转移。

另一种方案是不在安奉线恋战，第12师除留1个团阻击右路敌人外，其余部队立即向第11师靠拢，把两个师的主力集中起来，寻找战机，打个歼灭战，哪怕是吃掉敌人的1个团也是好的。

这时，东北民主联军总部来电指示："敌人分数路进攻南满，你们应集中优势兵力，以运动战的方法，寻找时机，歼敌有生力量。"

第4纵队遂决心全力打击东路之敌第25师。胡奇才打电话告诉正在安东开会的纵队政委彭嘉庆，请他向南满军区司令员兼政治委员萧华报告。萧华当即批准了这一作战计划。

对于国民党军第25师，东北民主联军并不陌生。该师是蒋介石的嫡系部队，半美式装备，战斗力较强，曾作为中国远征军在缅甸与日寇作战，素有"千里驹"之称。自1945年冬进入东北后，这匹"千里驹"耀武扬威，气焰嚣张。但没过多久，1946年1月，在营口的一次战斗中被东北民主联军全歼1个

加强营。此后，外号"李大麻子"的师
长李正谊到处扬言要报仇雪恨。

根据当前的敌我态势，第4纵队决
定以第11师坚守分水岭阵地，堵住第
25师，以争取时间，保障第12师主力
和纵队直属队向赛马集和以南的新开岭
地区转移集结；以第12师除第35团在
安奉线正面边打边走，迟滞敌人前进，
掩护安东后方安全转移和配合纵队主力
在新开岭地域作战外，主力则自连山
关、摩天岭防区撤出，迅速转移到新开
岭地区，等待战机。

解放战争时期的萧华

赛马集虽然不大，但地理位置相当
重要，是通向安东的交通要道，也是辽东军区及第4纵队指挥部的前哨阵地。
如果赛马集被敌人占领，将直接影响第4纵队集中兵力、寻机歼敌的战略计划。

为了掩护纵队主力迅速向赛马集附近地区转移集结，胡奇才命令第11师在
分水岭坚决阻击来犯之敌，以便拖延时间。

经过两个昼夜的激烈战斗，第25师主力（欠第75团）于23日进占赛马
集，第2师则受阻于凤城以北地区。第52军军长赵公武误以为第4纵队主力在
凤城一带，遂电令第25师除留2个营驻守赛马集外，主力即转往凤城方向，企
图与第2师协力会歼第4纵队，并夺占安东。

为牵制第25师，减轻第12师第35团的压力，同时也为不让左右两股敌人
速进会合，争取时间保障军区机关安全转移，第4纵队以第12师2个团及军区
警卫团2个营的兵力，从东、东南两面向赛马集立足未稳的守敌发起攻击，杀
了一个漂亮的"回马枪"。战斗于24日夜打响，至25日拂晓结束，歼守敌第
74团一部200余人，重新夺回了赛马集。

赵公武发觉判断失误后，急令正在南进的李正谊回返，寻歼第4纵队主力。

李正谊率第25师第73团和第74团1个营自离开赛马集后，一路上山高坡
陡、水流纵横、道路崎岖，加之沿途不断遭到东北民主联军小股部队和地方武
装的袭扰，疲惫不堪，士气沮丧，战斗力大减。好不容易进至距凤城东北30公

3.
新开岭战役

东北民主联军重机枪阵地

里的松树嘴子地区，忽然又接到军部电令，得知赛马集遭东北民主联军偷袭，命其立即调头回援。

时任第 25 师副师长兼政治部主任的段培德回忆道：

> 李正谊、黄建墉（第 25 师副师长——作者注）二人，在赛马集情况不明的情况下，为了争取时间，不顾泄露军事秘密，直接用无线电和赵公武通话，说明师现时只有一个团和一营的兵力，若回攻赛马集，兵力单薄，有被解放军各个击破的危险，表示不愿回师。而赵公武则坚定即刻回援七十四团。李等无奈，就要求七十五团归还师建制。

27 日凌晨，李正谊率部回师赛马集。途中，第 75 团和从赛马集败逃的第 74 团 2 个营残部相继归建。这样，第 25 师的兵力达到了近 3 个团 8000 余人。

然而，第 4 纵队对此并不清楚。在获悉第 25 师调头北上后，仍认为第 75 团尚在安奉线上作战，回援之敌不足 2 个团 5000 余人，遂决心放弃赛马集，乘敌仓皇回援、立足未稳之机，在赛马集西南 30 余里的狭长山谷地带——双岭子设伏歼敌。

是日下午，当第 25 师主力返至双岭子地域时，第 4 纵队以第 11 师和第 12 师主力共 5 个团的兵力，突然发起攻击。战斗进行得异常激烈，一直打到黄昏仍是难解难分。

入夜后，第 4 纵队发现当面敌军火力越来越猛烈，不像只有 1 个多团的兵

1946年4月，国民党空军飞机穿越沈阳进驻大会上空，展现军力。东北战事初期，国民党动用空军对东北民主联军进行轰炸，对于初期缺乏空军和防空的中共军队而言，战况艰苦惨烈

力，感到事情有些蹊跷，立即指示前沿部队火速查明情况。

凌晨2点，从抓获的第57团俘虏口供中得知敌情真相。鉴于敌军兵力大增，继续恋战不利，第4纵队遂果断决定停止攻击，转移寻机再战。

彭嘉庆回忆道：

部队撤出不打，往何处撤呢？撤出后下一着棋该怎么办？当时，我们几个领导同志在山上的指挥所开会，分析研究了这些问题，认为双岭子这一仗，我虽未能达到歼敌之目的，但也不吃亏，而且从中进一步摸清了敌情，心里有了底。我与敌打了十天"蘑菇战"，敌竟不顾劳师费时，损耗兵力，仍寻我作战。这次我撤出以后，敌肯定还会缠住不放。我们要利用这一机会将这股敌人吃掉。我经十天作战，错乱了敌人部署，争取了时间，掩护了军区机关、后方和群众转移，现已具备了吃掉敌人的有利条件和主动权。

28日，第25师重占赛马集，气焰愈加嚣张。李正谊错误地判断第4纵队已溃不成军，便率部于29日沿赛（马集）宽（甸）公路继续攻击前进。

29日，第25师大摇大摆地向新开岭疯狂冒进，妄图抢占宽甸，一口气打到鸭绿江边，向蒋介石报功请赏。

第4纵队鉴于已完成掩护各后方机关转移的任务，配属第3纵队阻击左路国民党军的第10师即将归建，可以迅速集中全纵队兵力等情况，乃决定利用第

新开岭战役示意图

25 师恃强骄横、孤军冒进的弱点，将其诱至新开岭以东地区进行围歼。具体部署为：

第 11 师在第 25 师正面示弱，且战且退，诱其冒进；第 12 师主力和刚归建的第 10 师分别进至新开岭东北邵家堡子、伯林川地区隐蔽集结；第 12 师第 35 团进至石头城地区阻援。

30 日晨，第 25 师分两路向宽甸进犯，在第 11 师的阻击引诱下，于当晚进至新开岭以东、叆阳边门以西的狭长谷地。

新开岭位于宽甸以西约 35 公里的一个狭长谷地，四周高山重峦，宽甸至赛马集的公路及叆河穿越其间；北有 746 高地（即老爷岭，亦称老爷山）为屏障，东有叆阳边门东山可控制公路向东之出口，南有 404 高地（黄家堡子南山），可俯瞰黄家堡子一带，西有潘家堡子北山 571、586 高地可封闭公路向西之出口。诸高地中以老爷岭地势最为险要，控制该山即可掩护黄家堡子一带之东北、正北、西北三个方向。山上留有日军修筑的碉堡，战壕纵横交错，易守难攻，极利于兵力隐蔽集结和在进攻中实施迂回与包围。

第 4 纵队决定以第 10 师担任主攻，从东北面沿老爷岭、黄家堡子方向攻敌侧翼；第 11 师在叆阳河以南向西攻击；第 12 师从西北方向进攻，并占领新开

新开岭战役旧址

岭以东公路两侧高地，断敌退路；纵队炮团主要支援第 10 师主攻；纵队指挥所设在小边沟。总攻时间定于 31 日凌晨 5 时。

31 日晨，当第 25 师进至老爷岭和 404 高地附近时，第 4 纵队突然发起猛烈攻击。

第 25 师旋即控制老爷岭和 404 高地等制高点，倚仗强大火力，负隅顽抗，同时向沈阳呼救，乞求增援。第 4 纵队第 10、第 11 师因战术部署上兵力与火力不够集中，反复攻击不克；第 12 师主力攻占了公路北侧的制高点。战斗一时呈现胶着状态。

第 4 纵队利用近战、夜战的优势，不断消耗敌人，缩小包围圈。至 11 月 1 日，第 11 师攻占 404 高地，与第 12 师主力堵截了第 25 师东进或西撤的通路。第 25 师见势不妙，将兵力龟缩在公路一侧突出的有利地形老爷岭、黄家堡子一线，拼死抵抗。

2 日拂晓，第 11 师主力渡过嗳阳河进至北岸，从侧后向老爷岭守敌攻击；第 12 师攻占老爷岭以西高地，孤立了老爷岭守敌；第 10 师再次组织力量攻击老爷岭，但由于老爷岭北陡南缓，易守不易攻，担任主攻的第 28 团连续冲击 8 次均受挫，而且伤亡很大。

第 25 师凭借日军遗留的永备工事，在空军火力支援下拼死抵抗，并向沈阳呼救，妄图坚守待援。而此时，国民党各路援军正向新开岭地区步步逼近。进攻通化的敌人已占领通化城，南路敌军两个半师进至庄河、大孤山，中路敌军

新开岭战役纪念碑

进占安东、宽甸，新编第6军第22师也已赶到了双岭子附近。

形势万分危急。赢得时间就是赢得胜利，能否迅速攻下敌人最后的依托阵地老爷岭成为新开岭战役成败的关键。

第10师师长杜光华提出为速战速决，改用"黑虎掏心""腹内开花"的战法，集中全师主力，利用夜暗，猛插进去，直捣敌人的"心脏"黄家堡子。

纵队副司令员韩先楚则认为："从侧翼上观察，一是老爷岭的后坡上，在白天就有敌人约一个营的兵力集结，天黑前后，又增添了一些人。据判断，这是敌人的总预备队。敌人企图全力扼守。可见这一高地的重要性，是敌我双方都十分明白的！二是黄家堡子的周围，敌人一直在层层构筑工事。显然敌人对我们的'黑虎掏心'，也是有所戒备的。"

胡奇才、彭嘉庆、李福泽等纵队领导纷纷点头，表示赞同。

韩先楚接着说："依我看，地形不好，敌人的工事和火力很强，这的确都是摆在面前的不利条件，都是老爷岭未能顺利攻克的客观因素。但是，如果从我们自己方面再来检查一下，炮火的零打碎敲，部队的随到随上，这种'加油战术'，恐怕也是攻击不力的重要原因吧？"

说到这里，他扫了大家一眼，继续说："'黑虎掏心'、正面强攻，这是两个打法，而照当前的具体条件看，采用后一个打法，即集中火力、兵力于一点，一鼓作气干到底，这可能更有把握一些。"

韩先楚转头问站在一旁的第4纵队第10师参谋赵梗："我们的火炮、炮弹情况如何？"

"两小时前运来榴弹炮弹160发，野炮弹200发，师山炮营还有山炮弹300余发，炮团的九四式山炮连拂晓可赶到，弹数尚不详，加上各团的数十门迫击炮，集中起来，突击一点，我们的火力密度还是十分强的。"赵梗回答得干脆利落。

纵队领导们当即决定：把各种火炮统一组织起来，以所有的榴弹炮与迫击炮射击山后的敌预备队，以所有的野炮山炮压制山头上的堡垒，密切配合强大的突击队，强攻老爷岭。只要攻下老爷岭，胜利解决战斗就有把握了。

李福泽回忆道：

1955 年被授予上将军衔的韩先楚

纵队几个领导同志深夜不眠，交换了意见，统一了看法，一致认为：目前的战局是要坚决攻下老爷岭，消灭敌二十五师，别无选择，否则想撤出战斗也是不可能的。这是一场艰苦的攻坚战。会后，司令员、政委来到了前沿第十师指挥部，亲自帮助十师组织战斗。我们把二十八团和预备队三十团布置在老爷岭的正面，同时加强了炮兵力量。副司令员率领纵队警卫营加强了正面阻敌，防止敌反冲锋武装袭我前沿阵地。全纵队的口号是："打下老爷岭，全歼二十五师，活捉敌师长李大麻子！"一声令下，我纵队的炮兵向敌人猛烈轰击，压住了敌人的气焰。我英勇善战的指战员们，在我炮火的掩护下，灵活而机智地冲了上去，逐渐接近了敌人的主阵地，有的已摸到距敌人阵地十几米远的地方。

第 10 师作战科长段然带领由第 28 团组织的突击队向老爷岭制高点发起冲锋，迅速占领了敌人前哨阵地。突击队从四面八方突破了敌人阵地，与敌人展开了白刃格斗。经过几番激烈的争夺战，敌人终于支撑不住了，全线溃败。8 时半，第 10 师攻占了老爷岭。各部随即乘胜扩张战果，将第 25 师余部围困在黄家堡子的狭长谷地内。

正所谓兵败如山倒，第 25 师士无斗志，像惊散的羊群乱作一团，仓皇逃命。不可一世的李正谊如丧家之犬，慌忙组织突围队，以装甲车开路，带着残

东北民主联军某部炮兵在战斗中

兵败将，迅速沿公路向西朝第 12 师第 34 团指挥所冲过来。

当时，指挥所里连一个战斗班也没有。紧急关头，电话员、卫生员、通信员挺身而出，丢下电话机和药箱，拿起步枪、冲锋枪和手榴弹，迎头向敌猛烈开火，终于把敌人的退路死死堵住了。

谷地里，第 25 师残部人车相挤，全线混乱，向南、向西突围均被民主联军击退。第 4 纵队逐步紧缩包围圈，激战至中午，将第 25 师全歼。李正谊连忙脱掉将军服，剃了光头，企图混入队伍里趁乱逃跑，但还是没有逃脱阶下囚的命运。

赵梗回忆道：

被打伤了左腿的敌师长李正谊，化装成伙夫企图逃走，可是没跑多远，就当了俘虏。敌副师长段培德、黄建庸也在高喊"缴枪不杀"的战士面前，举起双手，声音颤抖地说："不用缴了，我们是没有带枪的。"就在昨天，李正谊还趾高气扬，在给杜聿明的电报里吹嘘"只须空投炮弹，不要援兵"。然而，曾几何时，摩托化的"远征军"二十五师，彻底被消灭了。曾经显赫一时的"千里驹"，在猛虎般的人民军队面前，变为驯服的"哈巴狗"了。

下午，枪声渐渐稀疏下来。新开岭地区以黄家堡子为中心的狭长山谷中，敌人的伤兵和尸体到处是，大批俘虏、美式枪械装备排列在公路两侧。这时，5 架敌机飞临战场上空，准备空投武器弹药和食品。战士们高喊："不打收条的运输队长，你们来得太晚了！""东西投得太少了！"有的战士诙谐地说：

"这是为25师送葬来了！"

此役，辽东军区第4纵队伤亡2000余人，全歼蒋介石嫡系、号称"千里驹"的第25师8000余人，其中俘虏5000余人，缴获长短枪4274支，轻重机枪325挺，各种火炮110门，开创了东北民主联军在一次作战中歼灭国民党军1个整师的先例，狠狠地打击了敌人的嚣张气焰，粉碎了敌人对南满解放区的作战计划。

彭嘉庆回忆道：

事后获知，号称"虎师"的敌新二十二师为增援二十五师，已进至距新开岭十五公里处，但听到二十五师如此之快被歼，极为惊愕，待在那里

东北民主联军某部押解俘虏

徘徊两天多不敢前进。国民党东北"剿匪"总司令得知二十五师被全歼后，"痛心至极"，在对新一军三十八师校级以上军官训话时，曾哀叹："如果大家今后都像二十五师，就会亡党亡国。"

捷报传来，萧华欣然赋诗：

北风凛冽奉天空，敌军倾巢犯辽东。
发扬运动歼灭战，十大原则显神通。
英勇杀敌擒师长，新开岭上建奇功。
冰天雪地驰长白，艰苦奋战浑江东。
遥望临江敌气沮，铜墙铁壁谁敢碰。
奇兵突降魔窟后，钢刀直插敌心胸。
军号马嘶声满天，枪林弹雨战地红。
夺回通化古柳河，扫清辽南克安东。

4. 三下江南四保临江

1946 年秋，东北民主联军在战略上被国民党军隔离成几大块区域，野战兵团被分割在南满、北满，且相距甚远，均处守势状态。

东北国民党军控制着松花江以南、以西大部地区，其中城市 48 座、重要乡镇 127 座，大部分城镇及其周围乡村富饶，面积约占全东北区域的四分之一，人口为东北的半数以上，给东北民主联军在兵员补充、财经支持、粮食供给方面都造成了极大的困难。

但国民党军也面临着战线过长、"包袱"过重、兵力明显不足、无力同时

东北民主联军在梨树县指挥部旧址

四面出击的困境。据此，11月，国民党军东北保安司令长官杜聿明为实现其"南攻北守、先南后北"的作战计划，准备调集重兵向临江（今浑江市）地区发动重点进攻，企图消灭或驱逐东北民主联军南满部队；以新编第1军主力扼守长春、永吉（今吉林市）以北、松花江以南各要点，阻止东北民主联军北满部队过江南援；同时配以"清剿"辽南、辽西北，企图彻底切断东北与华东两大解放区的海上联系，而后再攻略北满，最终达到控制全东北的目的。

进入11月后，东北民主联军南满根据地的形势日趋恶化。虽然第4纵队于11月2日在新开岭一役中，全歼号称"千里驹"的国民党军第25师8000余人，但在强敌的步步紧逼之下，还是被迫放弃了安东（今丹东）。随后，通化、辑安（今集安）等重要城镇也相继失陷。整个南满根据地只剩下长白山麓的临江、濛江（今靖宇）、长白、抚松四县。

在这个荒凉狭小的地区里，长白山和两条大通沟占据了大部分土地，交通落后、人烟稀少，同时还聚集着机关、部队和当地百姓20多万人。时值隆冬季节，粮食供应困难，装备不足，兵员无着，衣食住藏都成了大问题。

这时，中共中央东北局经报请中共中央和中央军委批准，将原辽东、辽宁两个军区合并成新的辽东军区（亦称南满军区），由东北局副书记、东北民主联军副政治委员陈云兼任中共中央南满分局书记、辽东军区政治委员，东北民主联军副总司令萧劲光兼任辽东军区司令员，到临江统一领导坚持南满根据地的斗争。

临江是一座小县城，北面是险峻的长白山脉和广袤的原始森林，东面是鸭

临江雪景

绿江，西、南面是气势汹汹的敌人，南满军区已经到了与敌人一决死战的紧要关头。

在此情况下，是坚持南满还是退到松花江以北，成为一个两难的抉择。萧劲光回忆道：

> 对于能否坚持南满，当时在军区领导认识上是不够一致的。我们到来之前，由于局势严重，我南满主力部队3纵、4纵已做了必要时撤过松花江，与北满部队会合的准备，地方武装也在积极准备上长白山打游击。因此，对我们坚持南满的主张，一部分同志一时转不过弯来。我在这次会上说："南满可以坚持，不过要经过几个来回，像武松打虎一样，经过几个来回的反复搏斗。"我的话音刚落，一些同志不以为然地笑了，一时竟成了笑柄……
>
> 南满的情况确实严重：美式装备的敌人大军压境，分局和军区机关及主力部队三四万人被压缩在长白山脚下的狭长地带。这一地区，满打满算只有23万人口，23万穷苦百姓要担负三四万部队的支前工作，本来就很困难，加上土匪、特务、伪警察、地主武装到处活动，不少干部被杀害，被胁迫，我们的一些地方武装哗变，广大群众尚未发动起来，不敢与我接近，使我军的处境更加困难。在零下40度的严寒中，我们部队不少人没有棉衣、棉帽、手套御寒。吃的是冻得啃不动的窝窝头和酸菜，住的也很困难，部队经常露宿在冰天雪地中，靠烤火过夜。

1946年12月至1947年4月，林彪指挥东北民主联军采取"南打北拉，北打南拉"的战术，粉碎了杜聿明"南攻北守、先南后北"的战略计划。图为林彪在召开会议

生死攸关之际，东北民主联军总司令兼政治委员林彪决心采取南打北拉、北打南拉，南满和北满部队紧密配合，集中优势兵力主动打击敌人的作战方针，迫使国民党军两面作战，破坏其"先南后北、各个击破"的企图。

基本部署是：以南满部队在临江地区迎击进攻之敌，保卫南满根据地；以北满部队主力伺机南渡松花江，在长春、永吉以北地区寻歼分散之敌和由长春、永吉出援之敌，策应南满部队作战。

12月11日，辽东军区在七道江召开师以上干部会议，讨论下步行动方案。当时陈云有事在临江，会议由萧劲光主持。时任第4纵队政治委员的彭嘉庆回忆道：

会议重点是讨论作战问题。究竟怎么打？开始时众说不一，随着争论问题的深化，不知不觉大家都把话题集中到是坚持南满还是放弃南满到北满的问题上来。有的同志主张放弃南满北上，有的同志主张坚持在南满斗争，也有的同志主张大部到北满，小部留在南满。当时气温虽在零下三十多摄氏度，外边滴水成冰，但房子里争论这些问题时，就像开水在锅里翻腾一样，热闹得很。

萧劲光在会上分析了敌我形势后，指出："从目前来看，南满的严重情况已经到来，而且可能发展。但这决不能改变我们坚持南满的决心。我们要有克服困难长期打算的思想。在任何情况下，应坚持南满。"并据此提出：以军事反"清剿"为主，以有力的游击兵团深入敌后，广泛开展游击战争，破坏敌人的"清剿"，恢复广大乡村，恢复政权，迟滞与打击敌人新进攻；主力集中于适当位置，准备于敌人进攻中，消灭其一部，配合游击战争。确定了坚持南满根据地的指导思想和作战部署。

与会人员围绕萧劲光提出的军事行动方针进行了激烈争论。一种意见是少数同志支持萧劲光，坚持南满斗争，作长期打算；另一种意见则认为，长白山区地形狭窄，大部队作战没有回旋余地，同时兵员、武器装备不足，敌众我寡，对坚持南满斗争没有信心，主张尽早撤过松花江，以保存力量，日后反攻。

会议一连开了两天，仍没有统一思想。这时，萧劲光接到情报：敌2个师已向梅河口、辑安进犯。

敌人进攻迫在眉睫，必须从速决断。于是，萧劲光决定各师负责人立即返

1947 年 8 月，辽东军区军事会议合影。萧劲光（前排右 1）、罗舜初（2 排右 1）、程世才（2 排右 3）、韩先楚（前排左 3）、解方（1 排右 6）

回部队做准备，先打一仗看看，打得赢就留在南满；打不赢，2 个纵队的主力 5 个师北上，到北满解放区，留下第 4 纵队第 11 师和辽宁独立师坚守长白山。同时纵队以上干部留下来继续讨论南满斗争方针和作战问题，并致电陈云请示。

13 日晚，陈云冒着鹅毛大雪赶到七道江，连夜与大家交谈，了解情况。第二天，陈云在会上发言，形象地把东北的敌人比作一头牛，牛头牛身子是向着北满去的，在南满留了一条牛尾巴，如果我们松开了这条牛尾巴，那就不得了，这头牛就要横冲直撞，南满保不住，北满也危险。如果我们抓住了牛尾巴，那就了不得，敌人就进退两难。因此，抓牛尾巴是个关键。

在全面分析形势后，陈云对"留下"和"撤走"的利弊反复比较，说明留下坚持的重要意义和可能性。

陈云晚年曾回忆：

我当时是这样讲的：如果我们不坚持南满，向北满撤，部队在过长白山时要损失几千人。撤到北满，敌人还要追过来，还要打仗，从南满撤下来的部队又会损失几千人。由于我们从南满撤了，敌人可以全力对付北满，那时北满也很可能保不住，部队只得继续往北撤，一直撤到苏联境内。但我们都是中国共产党人，不能总住在苏联，早晚有一天还要打过黑龙江，打到北满，打到南满。在这些战斗中，以前从南满撤下来的部队又要损失几千人。而且，当初主

陈云和萧劲光在南满

力撤回北满后留下来的地方武装也会受到很大损失。相反，如果我们留下来坚持南满，部队可能损失四分之三，甚至五分之四，但只要守住南满，就不会失去掎角之势，就可以牵制敌人大批部队，使他们不能集中力量去打北满。两相比较，还是坚持南满比撤离南满损失小。

萧劲光在回忆录中写道：

最后，他（指陈云）加重语气说，我是来拍板的，拍板坚持南满。我们在背靠沙发（指苏联、朝鲜的支援）的形势下向前进，虽然是艰苦奋斗的前进，还是比退到北满最后被敌人打出国境线再打回来要合算。陈云同志的话虽然不多，但掷地有声，分量很重，意味深长，中心意思是南满一定要坚持，3、4纵队全部留下，一个人都不走，坚持就是胜利。这是关键时刻决定性的一板。这是陈云对坚持南满斗争的一大贡献。

会议很快统一了思想，通过"巩固长白山区，坚持敌后三大块（即辽南一分区、辽宁二分区、安东三分区）"的指导思想，以及正面与敌后两大战场密切配合、内线作战与外线作战相结合、运动战与游击战相结合的军事作战指导方针，并于16日电告东北局。

东北局很快复电，指出："南满的斗争必须准备如同热河或冀东及华北抗

电视剧《陈云在临江》（剧照）

战困难时期的那种局面下的奋斗，主要是巩固内部，结合群众，依托广大的山区，加强下层领导，采取大胆而精细的处置，各个歼灭分散的敌人。使敌人不敢分散，使敌人劳而无功，且常被我逐一消灭。只有在这种斗争中采取局部的坚持，以待东北与全国形势之逐渐好转。"

七道江会议形成的坚持南满、敌后"大闹天宫"与正面战场作战相结合的重大决策，为四保临江作战的胜利奠定了重要基础。后来，陈云把 13 日夜至 16 日称为"重要的七十二小时"。

12 月 17 日，国民党东北保安司令长官部调集新编第 1、第 6 军和第 52、第 60、第 71 军各一部共 6 个师的兵力，在东北保安副司令长官郑洞国的指挥下，分路由辉南、柳河、通化、桓仁、宽甸等地向临江地区发起进攻。

其中，国民党军第 52 军第 195 师为左路，由通化向八道江、临江进攻；第 52 军第 2 师为右路，由桓仁东沙尖子出发，攻占辑安后沿鸭绿江北上，直取临江；第 71 军第 91 师担任中路，由桓仁向通化南之六道沟门地区迂回八道江，而后向临江进攻；位于辉南、金川之第 60 军第 182 师和暂编第 21 师各一部，向濛江地区进犯；新编第 1 军第 30 师于柳河、三源浦地区，新编第 6 军第 22 师于山城镇以东地区，均向八道江地区迂回。另以第 207 师守备兴京（今新宾）、抚顺线，以第 14 师主力于宽甸以西之灌水为预备队，以该师一部配合第 184 师第 550 团于貔子窝、普兰店线，企图首先打通通辑线（今通化—集安），完成对通辑铁路线的封锁，而后将东北民主联军南满主力消灭

白崇禧在东北督战

或困绝在长白山中。

为摆脱险境，挫败敌人进攻，辽东军区遵照东北民主联军总部的命令和七道江会议确定的作战方案，决定以第4纵队向外线出击，深入敌后，打乱敌之部署；以第3纵队在内线实施运动防御，寻机歼灭孤立分散之敌。

第4纵队在彭嘉庆和副司令员韩先楚、副政治委员欧阳文的指挥下，将3个师组成3个挺进纵队。具体部署是：

以第12师第34团为先遣部队，于14日从辑安县横路、台上一带先期出发，跨过浑江直插敌后；第36团留守辑安，归军区指挥；第35团在宽甸、石城子地区活动。以第10师组成右路纵队，在师长杜光华、政治委员葛燕章率领下于18日从通化东升堡一带出发，越过梅辑铁路（今梅河口—集安）西进。以第11师组成左路纵队，在纵队机关的率领下于18日由临江六道江一带出发，越过梅辑铁路、通永公路（通化—永陵）向敌后挺进。

第4纵队三路大军全部跳出封锁圈后，犹如三把钢刀直插国民党军占领区，对敌后方守备之重点宽甸、桓仁、凤城、赛马集地区和安奉铁路（今丹东—沈阳）两侧，实施远程奔袭。

当时天寒地冻，风雪交加，对于缺衣少食的东北民主联军来说，无疑是一个严峻的考验。萧劲光曾回忆道：

在零下三四十度的严寒下，我们不少同志由于没有棉衣棉裤，不得不将草绑在身上御寒。在伤亡的人数中，冻伤多于枪伤。我记得战斗打响以前，我让

驰骋在松花江畔的东北民主联军骑兵部队

参谋通知保三旅旅长彭龙飞到指挥所受领任务。彭龙飞冒着风雪赶到指挥所时，连件大衣都没有，胡子眉毛上都是冰，冻得浑身哆嗦，半天说不出话来。我一阵心酸，连忙让他坐到炉子边烤烤火，待他半天才缓过劲来，流着泪，向我报告了部队坚持斗争的艰苦情况。一个旅长冻成这样，部队便可想而知。

英勇的民主联军指战员顶风冒雪，忍饥受寒，以顽强的意志战胜了极端恶劣的天气。

先遣部队第12师第34团于24日攻克桓仁县八里甸子，歼敌300余人，开辟了前进道路。28日，越过安奉线转战至通远堡以西之隆昌州一带，坚持斗争。

右路纵队第10师于22日进抵兴京红庙子一带，与安东军区第3分区会合。随后向本溪、抚顺、营盘三角地区挺进。23日，攻克平顶山。27日，攻克苇子峪。29日，再克碱厂镇。31日，第29团向国民党军重要守备据点小市攻击，守军向牛心台方向溃窜。至此，第10师打开了平顶山以西、碱厂以北之局面，威胁抚顺、本溪地区。

左路纵队第11师第32团在西进途中首克桓仁县二户来，再克钓鱼台、双山子、牛毛坞、太平哨，开辟了牛毛坞地区之局面。

经过10余日的艰苦转战，第4纵队在地方部队配合下攻克据点20多处，毙伤俘国民党军3000余人。

国民党东北保安司令长官部见第4纵队远程奔袭其后方，连克守备据点，并直接威胁沈阳，被迫改变部署，从临江方向调新编第22师和第91师回援后方，围堵第4纵队。辽东军区遂命第4纵队第10、第11师分散撤至外围活动，向主力靠拢。

1947年元旦，在辞旧迎新的鞭炮声中，国民党军第52军第195师进至六道沟门、铁厂子一带与第91师换防，并掩护其西调。

辽东军区第3纵队乘机于4日开始向通化、辑安一线反击。至20日，第7、第8师在果松川、大小荒地歼国民党军第52军第2、第195师各一部，迫使敌军停止进攻，暂取守势。

为配合南满斗争形势，5日，东北民主联军总部命令在北满的第1、第2、第6纵队和独立第1、第2、第3师共12个师另3个炮兵团，冒着零下40度的严寒，越过冰封的松花江南下，向长春、永吉以北的国民党军发起进攻，执行"南拉北打"的作战任务，拉开了"一下江南"的序幕。

1月的东北，万里冰封，寒气逼人。时任第1纵队司令员的梁兴初回忆道：

我军每个战士都有厚厚的棉衣、大衣、棉手套和皮帽子、靰鞡鞋，御寒装备应该说可以了，但是，呼啸着的寒风夹杂着雪片席卷全身，立刻使人感到透骨之寒。战士们把全身裹得严严实实，脸和嘴也都用毛巾包起来了，只留两只眼睛看路。人民的战士们在没过膝盖的雪地里艰难跋涉，勇往直前。

第1纵队在其塔木、张麻子沟、浴石河等地，歼守军新编第38师第113团

东北民主联军某部冒着严寒越过松花江打击敌军

东北民主联军战士在战斗中（剧照）

及保安团一部；第1纵队主力和第6纵队分别在焦家岭、城子街，歼击由九台、德惠出援的第50师第150团（欠1个营）及保安团一部；第2纵队沿中长铁路（哈尔滨—满洲里—绥芬河—大连）两侧出击长春以北之敌，克据点多处。至13日，北满部队共毙伤俘国民党军5000余人。

　　眼见南满共军还没消灭，北满又频频告急，国民党东北保安司令长官部被搞得手忙脚乱，可手中的兵力实在是不够用，最后只好拆了东墙补西墙，匆忙由南满抽调新编第1军第30师和第71军第91师，由西满抽调第71军第88师，驰援北满。

　　东北民主联军总部令东满、西满部队趁隙向当面之敌积极出击，并翻轨破路，以牵制国民党军机动和相互增援。

　　由于南满、北满部队的密切配合，东满、西满部队的积极出击，致使国民党军顾此失彼，陷于被动。至20日，疲于奔命的国民党军被迫全部撤回松花江以北，第一次进攻临江宣告失败。

　　北满部队也因寒潮侵袭，冻伤减员甚多，除留下小分队在九台、永吉以北地区继续监视与牵制国民党军外，主力于19日撤回江北休整。

　　此战历时35天，第3纵队与国民党军作战43次，第4纵队与国民党军作战50余次，共拔掉40多处据点，歼敌4900余人，夺取了第一次临江保卫战的胜利。

　　萧劲光回忆道：

首战临江，意义非凡。这是分局成立以来决定坚持南满后的第一仗，是在极端艰苦的条件下打胜的第一仗。新开岭战斗后，四纵还未来得及休整，就又担负了挺进敌后的艰巨任务。内线作战的三纵亦很艰难。当时我们的兵员、武器、弹药、被装、粮食都很困难。我们从机关和地方部队抽调了一部分人力物力补充战斗部队。陈云同志和我都解散了警卫班，尽管这样，人力物力还是不足。

敌人是不甘心失败的。仅仅过了十天，国民党东北保安司令长官部为实现其进犯计划，打通通化与柳河之间交通，于1月30日集中第52军第2、第195师，第60军暂编第21师，新编第6军第22师等4个师，在第52军军长赵公武的指挥下，兵分三路再次向临江地区发起进攻。

其中，左路暂编第21师由金川佯攻濛江；中路第195师经高力城子向临江进攻；右路第2师从辑安以北迂回临江；新编第22师位于通化地区为预备队，并从正面诱惑东北民主联军。

针对国民党军的进犯部署，辽东军区命令留驻青沟子一带的第4纵队第11师于1月30日再次插入敌后，向宽甸、桓仁、辑安三角地带挺进，以迷惑牵制国民党军；同时命令坚持敌后斗争的各部相机出击，集中兵力歼灭国民党军中路一部或大部。

第二次临江保卫战就此打响。

东北民主联军冒着严寒向松花江以南挺进

战机很快就出现了。2月5日，国民党军中路第195师进至通化以北高力城子地区，呈孤立突出态势。第3纵队和第4纵队第10师迅速出击。

当时天气出奇的寒冷，大雪没膝，既开不动汽车，又骑不了战马。东北民主联军将士爬冰卧雪，克服各种困难，终于按时进抵预定战场。

拂晓时分，第3纵队突然发起攻击，将号称能征惯战"常胜军"的第195师打得措手不及。激战一个白天，第7师攻占599高地、杨木桥子及大青沟附近阵地；第8师攻占大龙爪沟、小马鹿沟地区；第9师向二队村方向发展进攻，切断被围敌军西逃退路。

战至黄昏时分，第3纵队从三面包围了高力城子。当晚10时许，第195师师长陈林达率残部乘隙向闹枝沟、马当沟突围逃跑，狼狈窜回通化。次日凌晨，第7、第8师分路向村内突击扑空，随即展开追击，歼敌一部。此战，东北民主联军共歼第195师4个营，毙伤俘2300余人，缴获汽车13辆。

围歼第195师的战斗激战正酣时，国民党青年军第207师第2旅第3团2个营前来增援。6日黄昏，由兴京孤军冒犯占领三源浦。

第3纵队遂于7日黄昏对该部发起猛烈攻击。激战至8日8时许，将援敌全歼于三源浦东北之小城子、大铁炉地区，毙伤200余人，俘团长张建勋以下1370余人，继克三源浦，控制了通化、柳河之间地区。

与此同时，为配合第3纵队作战，第4纵队第10师奉命执行围城打援的任务，击溃新编第22师一部沿通化至临江铁路线的进攻，前锋威逼通化，致使国民党军第2师和新编第22师龟缩原地，不敢贸然北援。

第4纵队第11师为配合正面部队作战，再次插入国民党军后方，一部向辑安、宽甸出击，并袭入桓仁县城；一部在抚顺、本溪、沈阳之间攻克据点20多处，有力地牵制与迷惑了国民党军，迫使其再调第91师由北满回援南满。

由于连遭重创，国民党军中路部队无心恋战，自湾口回撤柳河。其余两路也惧怕被歼，各自收缩兵力，不再前进。

此战历时10天，东北民主联军以运动防御作战，寻机歼敌，取得歼灭敌军5200余人的重大胜利，粉碎了国民党军第二次进犯临江的计划，再次保卫和巩固了长白山根据地。

两次进犯临江均铩羽而归，国民党军东北保安司令长官杜聿明再也坐不住了，决定亲自出马。

杜聿明，1904 年生于陕西米脂县一个地主家庭。其父是清末举人、同盟会员，参加过反对袁世凯称帝的斗争。杜聿明从小就喜爱舞枪弄棒。16 岁时到榆林中学读书，校长杜斌丞（著名爱国民主人士）是他的堂哥。其间，杜聿明爱好体育，很快学会了步枪射击瞄准要领，曾立志：要么学好英语，能够出洋去看一看世界强国，学一学他们富国强兵的方法；要么投笔从戎，自己能够训练出一支保家卫国的精兵。毕业考试，他的英语成绩不佳，遂决心做一名军人。

国民党军东北保安司令长官杜聿明

1924 年 3 月，杜聿明和堂兄杜聿鑫，陕籍青年阎揆要、关麟征、张耀明等 11 人南下广州，考入黄埔军校第一期。杜聿明被编在第 3 队第 3 区队第 9 分队，队长为金佛庄，同学有陈赓、李仙洲、侯镜如、黄杰、关麟征等人。毕业后历任军校教导团副排长，武汉分校学兵团连长，中央陆军军官学校中队长，教导第 2 师营长、团长，第 17 军第 25 师旅长、副师长等职，参加过北伐战争、长城抗战等。

1937 年 5 月，杜聿明任国民党军第一个装甲兵团团长。8 月参加淞沪会战，杜聿明亲率装甲兵团第 1 营的两个连，在上海汇山码头协同步兵阻击企图登岸的日军。1938 年 7 月，装甲团扩编为第 200 师，杜聿明任师长。后升任第 5 军军长。该军是国民党政府在抗日战争初期成立的唯一的机械化部队。杜聿明重视加强部队训练，提出"操场就是战场""平时多流汗，战时少流血"等口号。后来重庆军事委员会派员来校阅，第 5 军的军事训练列全国第一。

1939 年 11 月，杜聿明率部在桂南会战中取得昆仑关大捷。1942 年 3 月，任中国远征军第一路副司令长官，率部参加滇缅作战。1943 年 1 月，任第 5 集团军总司令。1945 年 2 月，晋升陆军中将。10 月，出任东北保安司令长官，指挥所部进攻东北解放区。

1947 年 2 月 13 日，杜聿明调集第 2、第 91、第 195 师和暂编第 21 师、新

东北民主联军某部占领有利地形阻击敌军

编第 22 师等 5 个师，兵分三路向临江地区发动第三次进攻。

具体部署为：暂编第 21 师向金川以南地区攻击前进；第 91 师协同第 2 师攻击老岭地区；新编第 22 师主力向通化以南地区攻击前进；第 195 师为预备队；前方指挥所设在通化。

东北民主联军总部命令辽东军区部队凭险抗击、机动歼敌，牵制国民党军兵力，配合北满部队二下江南作战；命令北满各部队选派小分队化装为游击队过松花江南下，与留在南岸的小分队一起侦察、迷惑国民党军，掩护主力部队隐蔽集结。

18 日凌晨，辽东军区第 3 纵队第 7、第 9 师在金川以南通沟地区，对国民党军左路暂编第 21 师第 63 团（欠 1 个营）及师属山炮营发起突然攻击，迅速将该股敌人压缩于庆岭、黑瞎子堡狭小地域。战至上午 9 时，将该敌全歼，俘团长王子宏以下 1300 余人。

随后，第 7、第 9 师迅速转兵南进，会同第 8 师聚歼进占柳河县大北岔、德兴屯地区的国民党军第 91 师第 272 团及师属工兵营。

21 日拂晓，第 3 纵队向被围之敌发起攻击。战至黄昏，将该股敌军全歼，击毙团长余子培，活捉副团长李璞、刘博昌。

22 日上午，国民党军第 2 师第 6 团由长春沟增援至高力城子。此时，第 10 师第 28 团被阻于 571 高地以东之青沟子一带，与师部失掉联系，处于两面夹击的不利地位。

杜光华烈士雕像

战斗中，第 10 师师长杜光华不幸中弹牺牲。经过英勇顽强的战斗，第 10 师牢牢地阻击住高力城子一带向南突围和向北增援之第 195、第 2 师各一部。

当晚，第 3 纵队主力向高力城子附近 915 高地、杨木桥子地区的国民党军第 91 师主力展开攻击，迫敌乘夜向南逃窜，企图向第 52 军第 195 师靠拢。第 8 师第 22 团、第 9 师第 25 团等部随即乘胜追击，收复金川、辉南、柳河、辑安等县城。

追歼过程中，战士英勇顽强，英雄辈出。第 8 师第 22 团 4 连 2 班长周恒农击毙国民党第 195 师少将副师长何世雄，被授予"无敌英雄"称号。第 9 师第 25 团 1 连班长高英富追歼国民党军 100 余人，被授予"独胆英雄"称号。

此战，东北民主联军共毙伤国民党军 1500 余人，俘 4980 余人，缴获山炮 11 门、六〇炮 60 余门、战防炮 16 门、迫击炮 28 门、火箭炮 12 门，各种机枪、步枪 2000 余支（挺），汽车 21 辆，以及一大批军火弹药。

与此同时，第 4 纵队第 11 师一直坚持敌后作战，积极策应，于 2 月 16 日第三次突入国民党军后方。20 日，攻占国民党军重要守备据点碱厂镇，歼敌千余人；23 日，又在下马塘车站歼敌保安团百余人，并将下马塘至南芬段铁路、桥梁、隧道悉数破毁。

东北保安司令长官部急调第 14 师尾追而来。第 4 纵队第 11 师遂向安奉线兼程急进，至 3 月 7 日胜利突围。

4. 三下江南四保临江

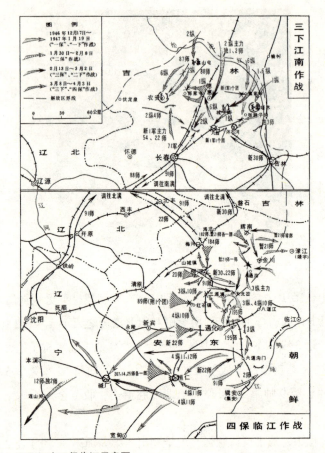

三下江南四保临江示意图

　　在敌后作战的 38 天里，第 11 师顶风冒雪，昼夜行军，连续作战，歼敌 1400 余人，连续冲破数倍敌军的合击，有力地策应了正面作战。辽东军区特给第 11 师参加敌后作战的全体指战员每人记功一次。

　　三保临江的胜利，使敌人逐渐陷入被动，东北民主联军士气更加高涨。萧劲光回忆道：

　　当时正值过年前后，我和萧华等几个同志去陈云同志处拜年。当时，物质上很困难，冰天雪地钻山沟打仗，吃不饱、穿不暖，但精神上我们是乐观的。大家聚在一起，心情十分激动。一方面打了胜仗，信心提高，团结增强，大家都很高兴；另一方面，形势还没有根本改变，面临着敌人可能的再度进攻，心情仍很紧张。

在南满部队"三保临江"作战即将结束的前夕，北满部队集中第1、第2、第6纵队及独立第1、第2、第3师共12个师，于2月21日第二次越过松花江南下，采取远距离奔袭、围城打援战法，求歼国民党军。"二下江南"作战随即打响。

22日，第6纵队主力和第1纵队一部围攻城子街。至23日，全歼国民党军新编第30师第89团及师属山炮营。

27日，第6纵队与独立第2师围攻德惠，第1、第2纵队及独立第1、第3师分别在德惠、九台间打援。

国民党军为解德惠之围，从南满、西满及长春地区调集新编第6军第22师等部共12个团急速北援，致使南满地区进攻兵力减少。第三次进攻临江又告失败。

3月2日，北满部队为保存实力，避敌锋芒，主动撤回松花江北休整。

在此期间，东满部队袭击永吉以东老爷岭；西满部队所属保安第1、第2旅主动出击，先后收复开鲁、库伦、长岭等地，歼敌1600余人，有力地配合了南满、北满主力部队作战。

在连续三次进犯临江均告失败后，国民党东北保安司令长官部改变了策略，企图趁东北民主联军北满部队结束二下江南作战北撤休整之机，集中新编第1军、第71军等部，在空军1个大队配合下大举北进，扬言要与东北民主联军决战于松花江两岸。

3月初，国民党军第88师先头部队第264团突进至松花江北岸王家站、莲花泡、杨家围子等地。

东北民主联军总部决定趁敌分散之机，命令北满部队于3月8日第三次越过松花江，展开全面反击。

国民党军被迫再次变更部署：令新编第1军、第71军主力后撤；将新编第6军第22师、第71军第91师由梅河、营盘地区运往长春、四平；以第13军第54师接替第60军暂编第21师海龙地区防务；第52军第195师残部仍守通化，第2师分别守桓仁、兴京、永陵、旺清及三棵榆树等据点。

为调敌回援，在运动中分割围歼，东北民主联军于9日以第2纵队第5师

东北民主联军某部开往靠山屯前线

将第71军第88师后卫第264团包围于靠山屯地区。

10日下午，第88、第87师主力分由德惠、农安出援。当第88师先头部队进至苇子沟地区时，遭到第2纵队迎头痛击，狼狈溃退。是日晚，第2纵队第5师将被围的第88师第264团1300余人全歼。

随后，东北民主联军第1、第2、第6纵队和独立第1、第2、第3师协同作战。至12日晚，相继在德惠、农安间之靠山屯、四道沟、郭家屯和苇子沟地区将第88师及第87师一部歼灭，并将第87师主力包围于农安。

国民党军急忙从热河省（今分属内蒙古、辽宁、河北）及南满地区抽调第54师、新编第22师主力和长春新编第1军一部北援。

鉴于松花江已经开始解冻，不便大部队运动，东北民主联军北满部队遂于16日撤出战斗，回师江北，"三下江南"作战宣告结束。

在此期间，东北民主联军东满、西满部队积极向外线出击，配合北满和南满主力作战。其中，西满保安第1、第2旅于3月6日攻克通辽，16日袭占茂林、保康等地，毙伤俘国民党军第184师和保安团各一部共2000余人。

18日拂晓，第3纵队第7、第9师向通化地区国民党守军发起猛烈攻击。第7师占领三棵榆树，第9师第26团先后攻占英额布、快大茂子，切断兴通（今新宾—通化）公路。

国民党军第52军第2师急调守备山城镇的第5团（欠4个连）增强新宾防务。

23日，第3纵队第7、第9师乘援敌立足未稳之机，将其包围并全歼于旺清一带，击毙团长郭永，俘副团长谭文新。

四保临江战役纪念馆

至此，在第三次临江保卫战和两次下江南的作战中，东北民主联军共歼敌14000余人，收复了辑安、金川、柳河、辉南、桓仁5座县城和重要据点50余处，使根据地得到了巩固、扩大和发展，南满斗争形势发生了很大改观。

在东北民主联军神出鬼没般的打击下，杜聿明屡战屡败，焦头烂额。无奈之下，只好致电南京国防部求援，并派副司令长官郑洞国到南京面见蒋介石，陈述东北战事，请求增加两个军，或至少把冀东的第53军归还东北建制，以利再战。

不料，在蒋委员长和国防部长白崇禧那里碰了一鼻子灰。二人的答复竟出奇的一致：各战场的兵力都不够用，已无兵可调。

此时已是初春时节，被冰雪覆盖的东北黑土地呈现出盎然生机，松花江也开始解冻。对南满根据地军民而言，最艰苦的隆冬时节终于过去了。

但敌人是不会死心的。为挽回南满败局，东北保安司令长官部决定趁东北民主联军北满部队不易过江南下之机，从永吉、长春、察南、热河、冀东等地东拼西凑了11个师的番号，以20个团的兵力组成左、中、右三个集团，向临江地区发起第四次进攻。

3月27日，国民党军在郑洞国和第13军军长石觉的指挥下，分六路齐头并进。具体部署为：青年军第207师第1旅第1、第2团和第25师第75团向桓仁方向进攻；新编第6军第22师第64、第66团向通化以西快大茂子方向进攻；第13军第89师和第54师第162团向三源浦方向进攻；暂编第20师向柳河西南安口镇方向进攻；第184师向柳河方向进攻；第182师和暂编第21师一部向金川、辉南方向进攻。指挥部设于营盘，郑洞国坐镇兴京。

这时，东北民主联军在临江地区只有 4 个师的兵力，每个师平均仅有 6000 人，而且一直在连续作战，没有得到休整和补充。面对敌我力量悬殊的严重形势，部队内部又产生了怎么打的问题。萧劲光在回忆录中写道：

> 陈云在临江主持召开了分局、军直干部会议，分析讨论了战争的形势和任务，重申了坚持南满的方针——坚决地打，准备付出四分之三或五分之四的代价，打胜这一仗，把敌人牵制在南满。陈云指出，要准备打大仗、恶仗、硬仗，只要有利于全局，南满的牺牲是有价值的。……会议经过充分讨论，一致认为无论战争多么残酷，也要打下去，只能打胜，不能失败。陈云最后逐一征求意见，如果付出的代价大，要准备承担责任。他反复问大家，对这样的决定后悔不后悔，大家一一表态：不后悔！于是，陈云诙谐地一拍桌子说，"我们学上海交易所的规矩，成交了。"

会议分析认为此次进攻之敌大都与东北民主联军交过手、吃过亏，变得更加狡猾了。唯有中路的第 89 师既是蒋介石的嫡系部队，又参加过远征军赴缅甸作战，傲气十足，而且新从热河调来，一时还摸不透东北民主联军的战术特点，容易上钩。于是决定集中力量重点打击第 89 师，以一部兵力迷惑与迟滞其余各路国民党军。

28 日，国民党军第 89 师和第 54 师第 162 团由兴京出动，以第 162 团为左

东北民主联军领导成员在一起研究作战计划

翼、第267团为右翼、第266团为前卫，沿新通公路东进，踏上了一条不归路。

辽东军区立即下达了作战命令：以第8、第10师各1个营采取"牵牛"战术，在正面故意示弱，诱敌深入；以独立第2师第4、第6团，第4分区独立团及李红光支队一部保卫辉南、样子哨，并阻击暂编第21师进犯；以独立第3师第7团于湾甸子一线钳制暂编第20师；以第12师第36团于桓仁一带进入浑江东岸一线，与第11师第32团一部保卫桓仁，阻击国民党军右翼集团的进犯；以第11师第31团于通化市西北监视第195师，随时准备打援；以第10师第30团在二队附近占领阵地，监视、阻击第195师北援；集中第3、第4纵队主力围歼第89师和第54师第162团。

4月2日夜，各参战部队由集结地区隐蔽出发。至3日凌晨，除第7师第19团、第10师第28团及师警卫营继续向敌侧后迂回外，其余部队均已到达预定展开地区，做好总攻击准备。

拂晓时分，第89师和第54师第162团被诱至三源浦西南红石砬子（今红石镇）地区。

隐蔽于三源浦地区的第3纵队主力和第4纵队第10师突然发起攻击。首先对六盘家子、张家街、高力道子地区之敌进行了十几分钟的炮火覆盖，随后从三面合围，将第89师和第54师第162团全部压缩于红石河川内。

敌军突遭猛烈打击，惊慌失措，纷纷向兰山方向溃逃。东北民主联军参战各部大胆穿插、分割包围。激战至下午将敌全歼，击毙660余人，俘虏少将代师长张孝堂、少将副师长秦世杰以下7500余人，缴获各式火炮90多门、轻重机枪260多挺、枪支3100多支、汽车23辆、军马613匹、电台10部，创造了东北战场一仗歼灭国民党军1个整师又1个团的辉煌战例。

被东北民主联军俘虏的国民党军

时任第3纵队第8师营长的魏

学书回忆道：

我们抓的俘虏多得送不过来，只好缴了他们的武器，给写个纸条，要他们到三源浦集合，于是七八千俘虏向三源浦涌去。敌八十九师的副师长、参谋长、新闻室主任，也耷拉着脑袋夹在拥挤的行列里。他们给杜聿明的"已经到了三源浦"的电报，被战士们当作笑柄谈论起来："你们看，这回八十九师可到三源浦啦！"

与此同时，第 3 纵队第 9 师在独立第 2 师第 5 团的密切配合下，坚守在弯口镇至谢家营一线 20 公里宽的正面上，顽强阻击了暂编第 20 师、第 184 师连续三昼夜的疯狂进攻，保证了主力侧后安全。

得到中路集团全军覆没的噩耗后，其余各路敌军如惊弓之鸟，纷纷后撤。至此，国民党军对临江发动的第四次进攻被粉碎。

三下江南四保临江作战历时 3 个半月，东北民主联军南满、北满部队密切配合作战，东满、西满部队积极出击，以战役上的积极进攻达到了战略防御的目的，共歼灭国民党军 4 万余人，收复城镇 11 座，挫败了国民党军"南攻北守、先南后北"的战略计划，削弱了其机动兵力，迫使其在东北战场由攻势转为守势。东北民主联军南满根据地的局面得到显著改善，北满根据地得到巩固，东满、西满根据地也得到发展，为由战略防御转入战略反攻创造了有利条件。

5. 东北 1947 年夏季攻势

1947 年春，国民党军东北保安司令长官杜聿明在其"南攻北守、先南后北"的战略计划被粉碎后，不得不停止进攻，转而采取"内线作战，行持久之战略守势"的方针，企图巩固占领区，以争取时间，补充兵员，继续分割东满、西满、南满、北满和热河（今分属内蒙古、辽宁、河北）、冀东各解放区，待关内作战获胜抽调兵力增援东北时，再发动新的攻势作战。

此时，国民党军在东北有 8 个军（含相当于军的青年军第 207 师）23 个师（旅）36 万人，另有地方保安团队 12 万人，共 48 万人，主要配置在中长路长

白崇禧与杜聿明陪同蒋介石检阅在东北的国民党军

春至沈阳段、沈阳至大石桥段，沈吉路、沈安路、沈榆路沿线以及赤峰、承德地区。具体部署是：

以新编第1军、第71军与第13军第54师担任永吉（今吉林市）、德惠、农安、双山、通辽一线的防御；以第13军第4师和第93军（欠1个师）控制热河与北宁铁路（今北京—沈阳），保持关内外联系；集中第207师，第52、第60军和第93军暂编第20师，控制沈阳及其以南、以东地区，新编第6军（欠1个师）位于本溪、鞍山地区执行机动任务。

经过三下江南四保临江作战胜利后，东北民主联军已在南满站稳脚跟，东满、西满、北满根据地业已初步建立起来。到1947年4月，东北民主联军总兵力达到46万余人，其中野战军5个纵队计15个师和11个独立师24万人，地方武装22万人，拥有各种炮1200余门、各种长短枪23万余支、轻重机枪近万挺、坦克25辆。

为打通南满和北满的联系，从根本上扭转东北战场的形势，并配合关内各战场作战，东北民主联军决心趁国民党军兵力分散、关内援军未到和东北融冰翻浆季节已过，集中主力，发动夏季攻势，转入战略性反攻。

4月14日，林彪致电中央军委，称：过去东北我军分兵各地，从战斗中掩护与参加根据地创造。"现在各根据地已初具规模，土匪已肃清，群众已发动，干部能在乡下立脚，地方兵团能抽出到前面打仗。今后拟将北满主力与南满会合，集中兵力打更大之仗。"目前因松花江尚未完全开江，不便行船，我军目前正在加紧整训，约10日后即出动。

林彪（中）、罗荣桓（右）、刘亚楼（左）在作战前线

当天，中央军委即复电批准了这一新的战略进攻计划。东北民主联军总部随即拟订战役行动计划，23日正式下达。

夏季攻势分两步实施：第一步，以北满主力和东满、西满、南满部队，同时从多方向对国民党军防御薄弱部分实施突击，歼灭分散孤立之敌，收复小城市和广大乡村。第二步，集中兵力在敌防御纵深内展开机动作战，相机夺取中等城市，并求歼国民党军部分主力。具体部署是：

以北满第1、第2纵队和独立第1、第2师担任主要突击任务，向长春、四平间新编第1军与第71军的接合部实施进攻，而后向四平以南攻击前进；以辽吉军区保安第1、第2旅和西满独立师组成的辽吉纵队担任辅助突击任务，由开通（今通榆）、瞻前地区向四平以西辽河以北攻击前进，牵制第71军主力。

以北满第6纵队及独立第3师、东北民主联军炮兵团由榆树地区出发，首先攻击拉吉线，然后西渡松花江，向海龙方向攻击。

以南满第3、第4纵队与辽东军区部队一部，由三源浦、柳河地区出发，奔袭沈吉线中段清原、梅河口，截断沈吉线，沿铁路向东北攻击，而后沿四梅路向西发展。

另以冀东独立第10、第11旅及冀热辽军区独立团，向北宁铁路滦县至山海关段出击；以热河主力4个旅及热河军区部队，向锦州至承德铁路出击，配合主攻方向作战。

为统一军政思想，东北民主联军总部在双城召开第一次野战军参谋会议及高级干部会议，认真总结三下江南战役经验教训。5月5日，经中共中央批准通过《关于东北目前形势与任务的决议》，明确提出东北全党全军新任务是："积极组织力量，全力准备大反攻，大量歼灭敌人，大量收复失地，巩固和扩大解放区。"

经过诸多方面的准备，8日，第1、第2纵队和独立第1、第2师共8个师，由扶余、大赉地区南下，渡过松花江，经农安奔袭长春以西地区，正式拉开战略反攻的序幕。

13日拂晓，第2纵队先头部队突然包围怀德（今怀德镇），纵队主力占领怀德以北五道河子一线阵地，准备阻击长春方向的援军。与此同时，西满3个独立师奔袭四平以西郑家屯以北的玻璃山和双山，钳制第71军第87师。

怀德位于长沈铁路两侧，是长春、四平段铁路西侧的屏障，并有公路与长

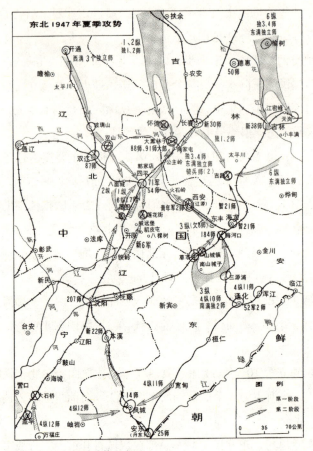

东北 1947 年夏季攻势示意图

春、长岭和公主岭相通。城虽不大，但地势较高，四周平坦开阔，不便接近，城墙上明堡累累，城脚下暗堡重重，一道环城外壕有六七米宽、三四米深，壕前屋脊形铁丝网、鹿寨等障碍物密密麻麻。新编第 1 军第 30 师第 90 团及保安第 17 团、骑兵第 2 师一部约 5000 人在此驻守。

根据怀德守敌的部署及城防情况，第 2 纵队决定：以第 4、第 6 师附西满军区炮兵团担任攻城任务，于怀德西关并肩由西向东攻击；以第 5 师为预备队，位于怀德东南十城堡一线，准备向公主岭方向展开，阻击由四平、八面城出援之敌。

16 日黄昏，攻城战斗打响。经过 20 分钟的炮火准备，第 4、第 6 师仅用几分钟就突破城垣，攻入城区。

东北民主联军某部向怀德守军发起攻击

激战一夜，怀德守军大部被歼，残敌退守城东关帝庙和大烧锅内，拼死抵抗，不断打信号弹呼叫救兵。

驻守长春的新编第1军出动第50、第30师各一部、驻守四平的第71军出动第88、第91师，分别从南北两个方向同时增援。

17日下午3时，第2纵队攻克怀德，全歼守军。国民党两路援军在得知怀德失守后企图后撤，东北民主联军总部即令第1纵队和第2纵队第5师、第4师第11团、第6师第18团等部，迅速攻击由四平出援至大黑林子地区的第71军主力。

战斗自18日晨6时打响，第2纵队从大黑林子镇西南和西北向东北地区突击，第1纵队从东北向西南方向突击，在纵横几十里的地区展开了激烈的围歼战。时任第2纵队司令员的刘震回忆道：

敌人多方突围不成，军心本已动摇，岂堪如此一击！我军乘胜穷追，展开敌前喊话："缴枪吧，别给蒋介石卖命了。"一部分解放战士也来个现身说法："弟兄们，我是从七十一军过来的，是去年大洼战斗被解放的，这边宽待俘虏，愿当兵的欢迎，愿回家的给路费。咱们都是穷人，命是自己的，枪是老蒋的，别拼命啦！快缴枪投降吧！"丢魂丧胆的敌人听到喊话，乖乖地交出武器，有的自动集中，举起白旗，听候我军缴械。这时，机关干部也好，勤杂人员也好，手执武器的也好，赤手空拳的也好，只要喊一声"缴枪不杀"，立即俘虏成群。我纵有名的郯城英雄连的七班，在班长韩文胆的率领下，单独追出二十几里，抓住乘坐汽车逃跑的敌七十一军榴炮营，连喊带打，缴获了几十辆十轮大卡车和八门美国炮，还有大批俘虏。

激战 12 小时，歼灭第 88 师全部和第 91 师大部 1.2 万余人，击毙第 71 军少将参谋长冯宗毅、第 88 师少将师长韩增栋。

随后，第 1 纵队占领公主岭、郭家店和陶家屯。独立第 1 师与西满军区骑兵部队跟踪追击新编第 1 军出援部队，直至长春市郊，并一度占领飞机场。第 2 纵队则奔袭昌图，歼灭守军第 71 军第 91 师 1 个团、暂编第 3 师一部及保安队等共 4000 余人。

与此同时，在南满的第 3 纵队主力于 5 月 14 日攻克山城镇、草市，歼灭第 60 军第 184 师 1 个团和暂编第 20 师一部，切断了沈阳至吉林铁路线。

杜聿明遂从新编第 6 军、第 93 军、第 13 军抽调 6 个团的兵力向东北民主联军南满部队侧后反击。第 3 纵队和第 4 纵队第 10 师于 16~17 日在南山城子地区将其击溃，并歼灭新编第 22 师 1500 余人。此时，守备梅河口的国民党军第 60 军第 184 师陷入孤立。

梅河口位于沈阳至永吉铁路和四平至通化铁路的交会处，是吉林省东部地区的交通枢纽，为东北国民党军控制的战略要点。镇子不大，但筑有坚固工事，以镇区周围小高地结合各种工事组成外围防御阵地，以镇区建筑物结合各种工事、障碍物组成核心阵地。

公主岭战斗中，东北民主联军的重机枪阵地

1947 年，辽东军区负责人在通化留影。左起：第 1 排沙克、萧华、陈云、罗舜初，第 2 排谢复生、曾国华、萧劲光、韩先楚、吴克华

　　辽东军区司令员萧劲光、政治委员陈云决心乘梅河口守敌孤立无援之际，以第 4 纵队第 10 师和炮兵团、第 3 纵队第 7、第 9 师各 1 个团及辽东军区 2 个野炮团，在第 4 纵队副司令员韩先楚的指挥下，攻占梅河口；以第 3 纵队第 9 师主力和南满独立第 2 师置于海龙西南，切断梅河口守敌东逃之路，并准备打击海龙西援之敌；以第 3 纵队主力和李红光支队沿梅河口至四平铁路，向西进击东丰、西安（今辽源），求歼青年军第 2 师。

　　22 日，攻城部队将梅河口镇团团包围。第 3 纵队第 7 师主力包围梅河口以北东丰，并于 25 日攻克该城，歼守敌 1 个团；第 8 师主力集结于梅河口以西大杨崴、辽阳街一带；第 9 师主力进抵梅河口东北地区。

　　24 日下午，第 10 师以第 28、第 29 团在炮火支援下，夺取梅河口镇北外围阵地，第 30 团由镇北沿铁路向守军猛攻。由于攻城兵力未占绝对优势、步炮协同不好，加之守敌依托坚固工事负隅顽抗，战斗进展不顺，攻城部队伤亡较大。

　　26 日，辽东军区调整部署，将主要兵力和火器转向车站方向，由第 29 团配合第 30 团夺取车站，第 28 团占领外围阵地后沿神社向铁路工厂方向突击。次日，辽东军区又将预备队第 3 纵队第 7、第 9 师各 1 个团投入战斗，会同第

10 师于 28 日一举从南、东、东北三个方向突入守敌核心阵地，全歼守军 7100 余人，其中俘虏第 184 师少将师长陈开文以下 6000 余人。至此，东北民主联军南满部队控制了沈吉铁路中段、四梅铁路东段及其两侧地区，与北满部队胜利会师于四平以南，结束了南满、北满解放区被分割的局面。

为配合南满、北满主力作战，在东满的第 6 纵队第 18 师和独立第 3 师于 5 月 13~14 日攻克永吉以东的天岗、江密峰，全歼保安第 7 团。随后扫清松花江以东的大拉子山、小拉子山、密什哈车站与棋盘街守敌。

22 日，第 6 纵队主力和东满独立师在老爷岭、小丰满地区歼灭新编第 38 师 1 个团。驻守海龙的第 60 军暂编第 21 师见孤立突出，害怕被歼，遂于 30 日弃城北撤，向长春方向逃跑。东北民主联军总部命令第 6 纵队、东满独立师和独立第 1、第 2 师在太平川东西一线地区截击，经过三昼夜的猛追猛打与顽强堵截，至 6 月 3 日，将逃敌 5000 余人歼灭于吉昌镇地区，并乘胜收复双阳、伊通、桦甸、辉南等城。

至此，东北民主联军全部肃清了永吉、长春以南，四平以东广大地区的国民党军，控制了沈阳至吉林铁路中段、梅河口至四平铁路东段和长春、沈阳间大部地区。

活动于辽南地区的第 4 纵队第 11、第 12 师与南满独立第 1 师，乘敌收缩兵力据守各孤立据点之机，发起攻势作战，先后收复通化、兴京、宽甸、庄河、复县、盖平（今盖县）、大石桥等城镇，使辽南、辽东解放区连成一片；

夏季攻势作战中，东北民主联军某部向敌发起进攻

夏季攻势作战中，东北民主联军为了切断敌人的交通，正在破坏中长路

冀察热辽军区 7 个旅向锦州至承德铁路和北宁铁路出击，先后攻克围场、赤峰、北票、昌黎、抚宁等地，配合了主要方向的作战。

在东北民主联军潮水般的凌厉攻势面前，国民党军溃不成军，被迫采取"重点防御，收缩兵力，维持现状"的方针，转而坚守长春、四平、沈阳等要地。其中，驻守四平的是第 71 军第 87、第 88 师和第 13 军第 54 师主力及特种兵、保安团、铁路交警大队等部，共 3.5 万余人，由第 71 军中将军长陈明仁指挥。

为进一步孤立长春、吉林的国民党守军，东北民主联军决心集中 17 个师、4 个炮兵团约 10 余万人，夺取丢失了一年之久的四平城。具体部署是：

以第 1 纵队、第 6 纵队第 17 师和西满纵队 3 个独立师，共 7 个师的兵力，组成四平攻城部队，由第 1 纵队司令员李天佑和政治委员万毅统一指挥，从南、西、北三面对四平发起攻击。另以 4 个纵队、5 个独立师和 2 个骑兵师共 17 个师的兵力分别在四平南、北地区打援。

6 月 9 日，攻城部队由西、南、北三面包围四平，一场惊天动地的惨烈血战在东北的黑土地上拉开了帷幕。

历史是如此的巧合。一年前，国共双方就在四平展开过一场血战。不过，当时攻城的是包括陈明仁的第 71 军在内的国民党军 10 个师，守城的是林彪所率的东北民主联军 14 个师（旅）。战斗从 4 月初一直打到 5 月 18 日，东北民主联军虽毙伤俘敌 1 万余人，但自身也付出了伤亡 8000 多人的代价，被迫撤出四平，并且一直撤退到松花江以北地区。那一次，陈明仁笑到了最后。

　　仅仅过了一年，东北的形势就发生了翻天覆地的变化。走出被动局面的东北民主联军已发展到 40 余万，实力今非昔比，在强大的夏季反攻中迅速扩大占领区，先后占领长春、吉林及四平周围数十个中小城市。而国民党军处处被动挨打，被挤压在几座大城市里。

　　6 月 11 日黄昏，东北民主联军开始扫清四平外围据点。13 日，大雨倾盆，道路泥泞，严重影响了攻城部队行动。西满纵队独立第 1 师攻占四平西郊飞机场，全歼国民党第 71 军运输营和保安团 1 个营共 600 余人。第 1 纵队第 2 师第 4 团 2 营攻占国民党军新立屯据点。

　　眼见林彪大举围攻四平城，蒋介石严令陈明仁要以"不成功则成仁"的决心"死守四平"，与东北民主联军决一死战。

　　经过国民党守军一年的苦心经营，四平已建设成要塞化、半永久式的坚固城市。城市周围的外围工事，由大大小小的地堡和铁丝网、陷阱、地雷带、土城墙等多种障碍物组成；城区被划分为 5 个守备区，碉堡林立，沟堑纵横，工事坚固。防御工事分外围和核心两部分。以第 71 军军部为核心阵地，遍布铁丝网和障碍物，以各部驻地为支撑点，并环城构筑了城防工事。一时间，整个四平城层层设防，步步为营，各种机关、暗道以及火力网、弹药库纵横交错，复杂得连国民党军队自己也常搞不清。

国民党军修筑的工事

陈明仁虽明知固守不易，但一想到"凡守城不力者均有被杀的危险"，更何况在此关系党国生死存亡的危难之际，正是自己为"校长"尽忠的时候，便立下誓言："与共军拼命，与四平共存亡。"

　　许多年后，他在自传中是这样写的：

　　根据当时的情况，四平四面受击，我的兵力单薄，本来万不能守，但我竟下了决心要坚守下去。为什么要坚守呢？我的想法是：（一）蒋介石有命令要死守，我是蒋的学生，关系密切，不能不效忠于他，服从他的命令。（二）根据抗战八年的教训，凡是守不住一个地方的将领，都是杀了头的，而攻不下一个地方的，却没有人受过处分，我为了保全性命不能不守。而且当时受了反动宣传的欺骗，对于共产党政策，全不知道，只听到说共产党军队是欢喜残杀的，我想与其守不住被共产党残杀，不如尽力守住，或者勉强可能获得一线生机。（三）自己当时认为平生以打胜仗著名，又抱了满脑子的升官企图，到东北后既无表现，仅仅解德惠之围有点成绩，但怀德一役又失败了，希望能够特别出一次风头，然后才能达到向上爬的升官目的。仅凭过去的资望是不行的，唯有作孤注一掷，再来创造纪录。而且，我估计当时凡属国民党的部队，守了一个地方，如能坚守下去还比较有把握，如守到中途而要撤退，则绝对会溃散被人消灭的。这说明坚守一地或有幸存之望，撤走则只有死路一条。因为我有上述这些思想，所以我认为四平应该守，而且能够守了。能够守的把握是我学会了日本人过去守龙陵、松山的方法，这些方法都是我曾经亲身体验到的。我

战后四平（四平战役纪念馆复原图）

（右侧竖排）5. 东北 1947 年夏季攻势

当时相信日本人的方法，一定可以达到坚守的目的。因此，对于兵力的部署和工事的方法，都是另有一套，主要是采取置之死地而后生的办法。

"孤注一掷"的陈明仁严令各防区部队"独立死守，不求援，不待援，打光为止。后退者一律由督战队射杀"，决心破釜沉舟死守四平。这下，四平的老百姓可遭了殃。守军修工事的材料大部分就地征用，把原来就破烂的四平城弄得更加破烂，怨声载道；战火后的四平城，铁路以西焦土一片，渺无人烟；车站一带火光熊熊，浓烟滚滚，遮天蔽日。

东北民主联军攻城部队决定从铁路以西市区重点突破进攻。14日20时，总攻打响了。各种炮弹如疾风骤雨般向小小的四平城倾泻，隆隆的炮声震得地动山摇，顿时掀起一片火海。

战前，东北民主联军对守敌兵力侦察不准确，认为不足2万，并未将宪兵队、督察队、铁道守备队、辽北保安司令部、警务处、团管区兵站及青年军第2师等杂牌武装计算在内，而且盲目乐观地认为守城主力陈明仁的第71军第87、第88师是被歼后重建的，战斗力不强。因此，李天佑估计5天内就可拿下四平城。

然而战斗打响后，东北民主联军进展并不顺利。

15日凌晨2时30分，第1纵队第1师从海丰方向突破防线。清晨时分，突入市区的第1纵队第1、第2师并肩作战，开始向纵深推进。

16日，西满纵队从四平西北面突破国民党军二麦路防线。17日，攻城预备

激战中的四平城浓烟滚滚

队投入市区作战，进城后采取一个营打一个街的办法，与守敌展开激烈的巷战。

已无退路的陈明仁日夜督战，拼死抵抗，并给部下打气说："共军装备低劣，一无飞机，二少大炮，对铜墙铁壁的四平，必将是一筹莫展。""我们有钢铁般的核心阵地和外围工事，四平的保卫万无一失。"

四平战役进入巷战阶段后，前沿和纵深同时发生战斗，房屋和街区同时进行争夺，楼上和楼下同时展开枪战。当时的香港《华侨日报》沈阳特讯称："四平之争夺战愈演愈烈，16日上午共军以4团兵力冲入市区，当与国军发生惨烈白刃战。战况之惨得未曾有，为东北历次战斗所仅见。"

白天，攻城部队处处遇到守军碉堡、楼房、堑壕和从街垒内射出的交叉火力。入夜，燃烧弹、照明弹，飞机投掷的发光弹以及燃烧的建筑物，将战场照耀得如同白昼。第1纵队进攻屡屡受阻，加之守敌采取火攻战术，伤亡巨大，只得撤出战斗，休整待命。据战后统计，第1纵队共有5361人受伤，1447人牺牲。

国民党东北保安司令长官杜聿明闻讯大喜，特意赏给守卫四平城的官兵1000万元，并用飞机空投大量慰问品。

东北民主联军总部参谋处长苏静建议，将擅长使用炸药的第6纵队第17师火速调至四平，增加攻城力量。激战至20日，陈明仁精心构筑的"钢铁般的核心阵地"被突破，铁路以西市区被东北民主联军全部占领。核心守备区指挥官陈明仁的胞弟、第71军特务团团长陈明信也被俘虏。

陈明仁一面向杜聿明急电哀告"共军突破最后防线，危在旦夕，速来援

四平城天主教堂弹痕累累的外墙

救"，一面率残部转移到铁东继续负隅顽抗。

21日，第6纵队第17师同第1纵队第3师配合，从四平市南桥洞一带突入路东市区，攻破路东市区守军重要支撑点天主教堂外围据点。

同日，西满纵队从天桥北侧向康德火磨方向突击严重受阻。狡猾的敌军在地面上撒了层黄豆，民主联军战士冲锋时脚踩上黄豆纷纷滑倒。敌军趁机扫射，民主联军伤亡甚重，多次突击均未成功。

战后，东北民主联军在总结经验教训时，认为：西满纵队和第1纵队第3师在路东久攻不下时，没有及时集中绝对优势兵力去攻击路西的突破口，或另选易攻的突破口，致敌能够首尾相顾。在突破以后，又很少采用迂回包围、穿插分割的打法，基本上是采取一面平推，这就不能有效地打乱敌人的整个防御体系。

陈明仁在其自传中也证实了这一点：

当时解放军进攻四平的第一天，便突破了我的阵地，但其战术似乎也只是根据对国民党军队的传统看法，始终从突破点发展，不去另突破些地方。而不知我们正希望这样的做法，使我们能够以少数兵力应付一个突破点，虽则再有地方被突破，可是始终只有两个突破点，仍然不会影响我们的全局。

23日，西满纵队独立第1、第2师奉命撤出战斗，准备南下打援。独立第1师师长马仁兴不幸中弹牺牲。第6纵队第16、第18师投入四平攻坚战。激战至25日，第1纵队第3师攻占国民党军重要据点天主教堂。守军残部被压缩在晓东中学、油化工厂一带顽抗，路东市区一半以上被民主联军占领。

东北民主联军某部在四平油化工厂与敌激战

战斗进行到最激烈时，陈明仁将他的警卫团也全部调到一线，警卫团死亡五分之四，10个连长还剩下4个，其惨烈程度可想而知。陈明仁感叹："炮火如此激烈，平生未见。"国民党中央社是这样报道的："共军以数十人一队之数百冲锋队，用波浪似攻势，前仆后继，踏尸猛冲，尸体堆积如山。"

就在陈明仁死守难支之时，蒋介石从长春、沈阳地区和关内抽调10个师，分南北两路向四平靠拢过来。

东北民主联军总部鉴于对四平守军一时难以全歼，遂改变决心，于26日以一部兵力佯攻四平，抽调第6纵队第16师和辽吉纵队独立第1、第2师南下，以吸引援军求得在运动中歼灭其有生力量。具体部署是：

以第3纵队3个师，第1、第4纵队各2个师，第6纵队1个师和独立第1师共9个师，歼灭由沈阳北援的新编第6军；以第2纵队和辽吉纵队2个师阻击由正面向四平增援之敌。

但由于敌援军稳扎稳打、齐头并进、过于密集，东北民主联军无隙可乘，遂于7月1日主动撤出战斗，结束夏季攻势作战。

四平攻坚战是东北民主联军历史上第一次大规模的城市攻坚战。在缺乏大兵团正规战和攻坚战经验的情况下，东北民主联军集中7个师攻城，血战11个昼夜，摧毁了敌人极力夸耀的"核心工事"，占领了四平地区的五分之三，取得了毙敌万余人、俘敌6000余人的战果，极大地动摇了敌人企图依托大城市顽抗的决心。但由于对守敌的作战能力估计不足，攻城兵力没有形成绝对优势，缺乏攻城火器，攻取房屋、碉堡均须用步兵冲锋肉搏，结果付出了相当大的代价，自身伤亡高达1.3万人。

"一将功成万骨枯"。无数人的鲜血和生命，换来陈明仁的高官厚禄。国民政府发布嘉奖令，升任陈明仁为第7兵团司令官，并称誉其"与

四平烈士纪念塔

1955年被授予上将军衔的李天佑

当地官兵团结奋斗，舍生忘死，英勇防卫，经十八昼夜之血战，前仆后继，屡挫顽锋"。为此，国民党政府还在沈阳举行数十万人的"祝捷大会"。当参谋总长陈诚代表蒋介石把一枚崭新发亮的青天白日勋章佩戴在陈明仁胸前时，陈明仁不禁有些飘飘然了。

在人生最辉煌璀璨的时刻，陈明仁的内心却很有些不安：那么多的弟兄没有倒在抗日的战场上，却在内战的炮火中痛苦地呻吟着死去。他忘不了四平城血淋淋的一幕，忘不了死去的弟兄们，更忘不了无辜死去的四平市民。因为是他下令不许居民撤离，以至无数百姓被炮火所累，悲惨地在痛苦中呻吟。

许多年后，陈明仁在自传中忏悔道："为了安定人心，维持局势，当四平人民要求撤离市区、免受无辜牺牲时，我坚决不准，硬把人民一同葬送在炮火之中。"

作为四平攻城主要指挥员，李天佑知道自己负有很大责任，心情格外沉重。在四平攻坚战总结会上，他检讨了轻敌思想和组织指挥不周等问题，指出："不能糊里糊涂打仗，要善于总结经验，从战争中学会打仗。打一仗提高一步，有发现，有创新，才能适应战争，战胜敌人。"

通过召开各种会议进行调查座谈，深入探讨四平攻坚战的经验教训，李天佑亲自组织编写出《四平攻坚战总结》，被东北民主联军总司令部发到部队进行教育学习。

时任第1纵队政治委员的万毅回忆道：

参战部队上下都存有轻敌思想，因而在准备工作还不充分时即仓促作战。夏季攻势的节节胜利，使部队普遍产生了一种轻敌急躁，速战速胜的情绪。因而，对四平守敌无论在数量上还是在质量上都觉得不在话下。在数量的判断上，战前，我第1纵队侦察人员曾提供守军兵力为1.8万多人和3万人左右两个数字，而我们轻易地否定了后一个数字，实际上打出了35378人（据缴获文件）。对守敌的质量分析上，认为四平之敌系一半新兵和大部败军，第71军几个师多次被我歼灭过，系手下败将，没什么战斗力，对其守在坚固地堡里，既不能逃脱又在督战队严厉下的拼命能力认识不足。特别是对省府、警察、特务、兵站、铁路警，以及外县跑进去的保安队人员等，根本没有放在眼里，而实际上这些人在与我作战中相当顽强……

在兵力使用上没有形成绝对优势，战斗开始后即感兵力不足。四平设防坚固，守城兵力达3.5万人之多，又有飞机和训练有素的炮兵配合作战。而我军只集中了两个纵队另一个师进行攻城，无法对敌实行四面攻击，形不成绝对优势……

在攻城战术上不够灵活。首先，在突破口的选择上不甚恰当。第1纵队主攻方向为洼地，敌居高临下进行防守，增加了突破的难度……

在步炮协同上也存在不少问题。我军虽有榴弹炮、山炮96门，远远超出敌军19门火炮的数字，为5∶1。战斗中，却没有能够真正发挥威力。在步兵突破时，我炮兵大部压制了敌炮，迫使敌炮兵采取分散配备，及经常变换其阵地，基本上完成了援助步兵的任务。但由于事先没有详细区分直协炮兵和远战炮兵的任务，没有事先安排以一部炮兵用间接射击对敌炮战，又缺乏这方面的训练，在步兵突入城区后，炮兵既不了解步兵前进的具体位置，不知如何配合作战，而只是对敌方行摇摆和扰乱性射击，这就不能有效地杀伤敌人和压制敌人炮火以支援步兵进攻。相反，敌火炮在数量上虽远不如我，而却是训练有素，运用多种手段指示目标，哪里需要炮火支援，炮弹即打到哪里，对我攻城部队杀伤极大。

四平攻坚战的经验教训，是成千上万的英烈用鲜血和生命换来的，为后来的攻城战斗提供了宝贵经验。

东北局对四平攻坚战中参战部队的英勇顽强给予了充分的肯定，指出："经过十余昼夜的血战，我军摧毁了敌人四平防御体系的大部，歼敌一万六千余人。我军的暂时撤出四平，是为着更便于机动出击，更大量的歼灭敌人。因此，当我军刚撤出四平，即全部击溃了新六军十四师的增援部队。四平之战大

东北民主联军在 1947 年夏季攻势中俘虏的国民党军

大锻炼了我军的攻坚能力，我军既有逐一摧毁四平现代化堡垒群的能力，也就有把握攻克蒋军在东北的任何防御工事。换言之，蒋军任何防御体系，都无法阻止我军的进攻，也无法挽回蒋军覆没的命运。"

　　在历时 50 天的夏季攻势作战中，东北民主联军共歼灭国民党军 8.2 万余人，收复和一度攻克城镇 42 座，打通了南满、北满的联系，扩大了解放区，迫使国民党军收缩于长春至大石桥、沈阳至山海关铁路沿线转为防御，配合了关内各战场人民解放军的作战。

6. 东北 1947 年秋季攻势

1947 年 6 月，解放战争刚好进行了一年，全国形势已发生显著变化。

国民党政府不仅在政治、经济方面陷入困境，在军事上更是危机重重。国民党军被歼正规军 97.5 个旅，连同地方部队共计 112 万人，虽经不断补充，但总兵力已由战争开始时的 430 万人下降为 373 万人。其中正规军虽然还保留 248 个旅的番号，但人数已从 200 万降为 150 万，机动兵力严重不足。在东北和华北战场被迫转为守势，在南部战线，除对陕北、山东两解放区实行重点进攻外，鲁西南、豫皖苏边界直至大别山地区兵力薄弱，形成两头重、中间轻的"哑铃形"态势。部队士气日益低落，官兵厌战情绪持续增长，战斗力急剧下降。

1946 年 4 月，国民党军进驻沈阳时的情景

同国民党军队相反，人民解放军经过一年的英勇奋战，不断发展壮大，总兵力由战争开始时的 127 万人，增加到 195 万多人。其中正规军接近 100 万人，虽然在兵力装备上仍居劣势，但握有战略机动力量；在战略全局上除陕北、山东战场尚处防御地位外，其他各战场已逐步转入战略性反攻；部队士气高涨，战斗力不断提高；广大解放区的土地改革已基本完成，后方日趋巩固。但大部分解放区遭受战争破坏，人力物力损耗巨大。

中共中央根据整个战局的发展情况，制定了以主力打到外线去，将战争引向国民党统治区，在外线大量歼灭敌人的战略方针。

按照中央军委的统一部署，刘伯承、邓小平指挥晋冀鲁豫野战军主力于 6 月 30 日强渡黄河，发起鲁西南战役，揭开了人民解放军战略进攻的序幕。

8 月上旬，刘邓野战军乘胜南下，胜利到达大别山。晋冀鲁豫野战军第 4 纵队司令员陈赓、政治委员谢富治率 2 个纵队和 1 个军组成的作战集团，于 8 月下旬自晋南渡过黄河，进军豫西，逐步在豫陕鄂边界地区完成战略展开。华东野战军司令员兼政治委员陈毅、副司令员粟裕率 2 个纵队于 9 月初自山东寿张以南渡过黄河，与先期进入鲁西南地区的华东野战军 5 个纵队和晋冀鲁豫野战军 1 个纵队组成华东野战军西线兵团（又称外线兵团），在沙土集地区歼灭国民党军 1 个整编师后，于 9 月下旬挺进豫皖苏边界地区，逐步完成战略展开。

刘邓、陈谢、陈粟三路大军呈"品"字形阵势，驰骋于广阔的中原战场，把战线从黄河两岸推进到长江之滨，对国民党政府所在地南京至武汉的江南广大地区构成严重威胁。

刘邓大军在大别山的前方指挥部旧址

蒋介石被迫先后从山东、陕北两个重点战场调出 9 个整编师共 22 个旅增援中原战场。同时为挽回东北颓势，决定将东北保安司令长官部并入东北行辕，撤销原东北 5 个"绥靖"区，派参谋总长陈诚接替熊式辉、杜聿明出任东北最高指挥官，并拟从关内抽调 5 个整编师（军）增援东北。

　　8 月，陈诚雄心勃勃地来到沈阳兼任东北行辕主任，吹嘘要在 6 个月内"收复满洲一切失地""消灭共军，建设三民主义的新东北"。为此，他采取"依托重点，向外扩张"的机动防御方针，锐意整军，大肆扩充部队，将正规军 8 个军和青年军第 207 师（相当于军）编组成第 1、第 6、第 8、第 9 兵团，将 13 个保安区部队改编成 11 个暂编师补入正规军，使其正规军总兵力扩大到 10 个军（含青年军第 207 师）45 个师（旅）共 50 万余人，将主力部署在以锦州、沈阳、四平、长春为重点的铁路沿线，企图确保北宁铁路（今北京—沈阳），维护中长铁路（哈尔滨—满洲里—绥芬河—大连），保护营口和葫芦岛等海口，待关内更多的援军进入东北后，视机转守为攻，重新夺回东北战场上的主动权。

　　此时，东北民主联军有野战军 9 个纵队 27 个师、10 个独立师、2 个骑兵师，连同地方武装共 51 万余人，集结在长春至大石桥、沈阳至永吉（今吉林市）铁路两侧和辽西地区。

　　9 月 1 日，毛泽东为中共中央起草了《解放战争第二年的战略方针》党内指示，指出："我军第二年作战的基本任务是：举行全国性的反攻，即以主力打到外线去，将战争引向国民党区域，在外线大量歼敌，彻底破坏国民党将战争继续引向解放区、进一步破坏和消耗解放区的人力物力、使我不能持久的反

东北民主联军前线指挥部旧址

革命战略方针。我军第二年作战的部分任务是：以一部分主力和广大地方部队继续在内线作战，歼灭内线敌人，收复失地。"

为贯彻执行这一战略方针，配合关内人民解放军转入战略进攻，中共中央东北局和东北民主联军决定在东北雨季过后，于9月下旬发动秋季攻势，首先在南线辽西地区对北宁路及其两侧地域发起进攻，歼灭守备薄弱之敌，调动中长路北线之敌南援，以造成在北线歼敌的有利战机，并采取远程奔袭、渗透包围的战法，在运动中大量歼灭敌有生力量。

具体部署是：辽东军区前方指挥所司令员萧劲光、政治委员萧华指挥第3、第4纵队和辽东军区3个独立师，向昌图、铁岭间和辽阳、大石桥间国民党军进攻；冀察热辽军区前方指挥所司令员程子华、政治委员黄克诚指挥第8、第9纵队和冀察热辽军区4个独立师，担负对北宁铁路锦州至山海关段和锦州至承德铁路沿线国民党军的作战；东北民主联军总部直接指挥第1、第2、第6、第7、第10纵队和3个独立师在四平至长春间寻机歼敌。

夏季攻势以围城打援为主要战术，秋季攻势则以远距离渗透奔袭贯穿始终。这些都是林彪的拿手好戏。

9月14日，冬季攻势首先在辽西地区打响。当日拂晓，冀察热辽军区前指以第8纵队主力和冀察热辽军区独立第1师，在梨树沟门歼灭国民党军暂编第50师第2团全部、第1团一部共1000余人，首战告捷。

16日，又在杨家杖子、旧门地区追歼暂编第22师（欠1个团）大部，共毙伤1000余人，俘虏少将副师长苏景泰、少将师参谋长宁坚以下2500余人，

东北民主联军某部向前线挺进

再传捷报。

17 日，连吃两个败仗的陈诚慌忙命令刚从苏北调到东北的第 49 军军长王铁汉，率领所部主力由锦州经虹螺岘西援。

第 49 军的前身是东北军警卫部队。1928 年 6 月，张作霖在皇姑屯事件中被日本人炸死后，张学良就任东北保安总司令。"九一八事变"后，东北军第三、第四方面军的警卫部队和张作霖的卫队团等扩充改编为第 105 师，张学良任师长，刘多荃任副师长，下辖 3 个旅 9 个团。1936 年，第 105 师配合第 67 军防守洛川，与红军达成了和平协定。西安事变中，第 105 师参加了临潼的捉蒋行动，以及在渭河阻击中央军的行动。

1937 年 2 月，国民政府以第 105 师为基干扩编成第 49 军，隶属豫皖"绥靖"公署，由陕西移驻河南南阳。刘多荃任军长，下辖第 105、第 109 师。

8 月，日军沿津浦铁路（天津—浦口）大举南犯，第 49 军奉命进驻沧县及静海附近准备御敌。8 月下旬，日军第 10 师团步兵第 10 联队向静海、沧县进犯。第 49 军力战抵抗，伤亡惨重，被迫向南撤退。时淞沪会战激战正酣，第 49 军在南撤途中又奉命赶赴上海战场增援。

10 月底，未及休整的第 49 军进至淞沪前线后，在徐家桥、界碑桥、枫泾、大场、沪杭公路等地与日军展开激战，伤亡过半。其中，第 109 师在阻击沪杭公路北犯日军的两昼夜激战中，4 个团长中有 3 人阵亡。

1938 年 9 月，第 49 军隶属第 32 集团军，参加武汉会战。1939 年改隶第 19 集团军，下辖第 105、第 118 师和预备第 9 师，参加南昌会战和第一次长沙

中国军队在上海闸北抗击日军

6. 东北 1947 年秋季攻势

会战。1940年5月重新隶属第32集团军。1941年2月进行整编，下辖第105、第26师和暂编第13师，隶属第10集团军。3月，第105师参加上高会战和第二次长沙会战，伤亡惨重。12月，第105师师长王铁汉升任军长。1942年隶属第25集团军，参加第三次长沙会战和浙赣会战。1945年奉命驻江苏武进，隶属第一"绥靖"区。

1946年5月改编为整编第49师，王铁汉任师长，下辖第26、第79、第105旅，随即参加苏中战役。

7月17日，整编第49师部率第26旅进至如皋东南鬼头街、田肚里地区，第79旅前进至宋家桥、杨花桥地区，准备合击如皋。

华中野战军决心集中第1、第6师和第7纵队主力，长途奔袭100余里，直插如皋以南，以四倍于敌的兵力出其不意地合击立足未稳的整编第49师。

18日，如南战斗打响了。第1师占林梓、克丁堰，断敌退路，由南向北攻击整编第49师侧后，并在第7纵队一部配合下，将其师部及第26旅包围于鬼头街、田肚里地区；第6师将第79旅包围于杨花桥、宋家桥地区。

激战四昼夜，华中野战军歼灭整编第49师师部、第26旅全部及第79旅大部共1万余人，生俘少将旅长胡坤以下6000余人，王铁汉被俘后化装潜逃。仅仅过了半个多月，第49师第105旅第314团又在李堡战斗中被华中野战军第1师全歼。

王铁汉

就这样，整编第49师在国民党军中创造了一项不光彩的纪录——成为内战全面爆发后，第一支几乎全军覆没的整编师。

1947年8月，整编第49师被调到东北战场，隶属东北"剿匪"总司令部，部署在锦州地区，担任北宁铁路沿线各要点的守备任务和机动作战任务。9月恢复第49军番号，下辖第26、第79、第105师。

在华东战场上屡遭重创的第49军在东北战场上甫一露面，就遭到更为严重的打击。程子华决心诱敌深入，加以围歼，遂以第8纵队及冀察热辽军区独立第1师由杨家杖子地区撤至新台边门西北隐蔽待机；以第9纵队进至杨家杖子以东，阻击锦西（今葫芦岛市）方向西援之敌和截断进到杨家杖子之敌的退路。

位于锦州西南的杨家杖子，又称杨杖子。东南是石湖南山，西南是树林子大山，北面是连绵起伏的山包，南面是一条锦州通往矿区的小铁道，整个地形如同一条狭长的口袋，确实是个打伏击的好场所。

时任独立第1师师长的欧致富回忆道：

骄傲的王铁汉大有踏平我冀察热辽解放区之势，率领大军长驱直入，仅三天时间就进至虹螺附近。我军将计就计，决定先拖他爬几天大山，然后将王铁汉诱入口袋。指挥部把诱敌的任务交给我师来完成。我派出三团先攻打杨杖子西南方向的江家屯保安团，一举歼灭了江家屯之敌。这时，急于寻我决战的王铁汉得到这个情报，有如饿猫闻到鱼腥味，命令部队绕道杨杖子东南方向，向江家屯猛扑过来。我令三团留下一个加强营继续牵着王铁汉的鼻子由东向西沿着山道往杨杖子里钻外，其它几个营跟随一、二团撤到杨杖子西边的南山待命。

愚蠢的王铁汉以为逮住了大鱼，求功心切，果然上套。他们摆开一字长蛇阵，乖乖地跟着我三团加强营，尾追不舍，步步向杨杖子进逼……

19日下午，第49军军部率第105、第79师（各欠1个团）进抵杨家杖子和毛祁屯周围约4平方公里的地区集结。第8纵队主力和独立第1师迅速而又突然地将其包围。

王铁汉

21 日凌晨，秋雨绵绵，大雾弥漫。第 8 纵队司令员黄永胜、政治委员刘道生下达了围歼第 49 军的命令：第 8 纵队第 23 师和配属的纵队山炮营担任主攻，向毛祁屯方向突击；独立第 1 师负责切断被围国民党军东窜退路，并向毛祁屯方向突击；第 22 师展开于杨杖子北山至上下富马沟以西地区，由西向东进攻；第 24 师主力为预备队。

与此同时，第 9 纵队担负阻击援军和截击第 49 军突围的任务。其中，第 25 师配置在杨杖子以南 5 公里，东西宽达 5 公里的地段上，构筑阵地，担负截击任务并作预备队；第 26 师进至杨杖子东南 10 公里的五岭山、老边地带构筑阵地，准备阻击锦州、锦西方向的援军。

13 时 30 分，第 8 纵队和独立第 1 师展开全线猛攻。王铁汉发现中了埋伏，一面率部猬集在两个村落里，凭借坚固的工矿建筑和水泥工事固守待援，一面急电向锦州呼援。

22 日清晨，第 49 军第 26 师、暂编第 60 师主力及暂编第 18、第 22 师各 1 个团由锦西、锦州紧急驰援。东北民主联军第 8 纵队第 24 师、第 9 纵队第 26 师将援军阻于虹螺岘地区和连山、老边、五岭山一线。战斗进行得异常激烈。在五岭山担负阻击任务的第 76 团 1 个班，一连打退了敌军 14 次冲击，最后只剩下 3 人坚守，阵地仍屹然未动。

东北民主联军某部向敌发起攻击

此时，饥饿疲困的第 49 军主力在第 8 纵队和独立第 1 师猛烈攻击下，见待援无望，全线动摇，多路向兴城方向突围南撤。第 8 纵队第 22 师和第 9 纵队第 25 师当即展开堵截和追击，连炊事员、饲养员等勤杂人员也都加入追歼战斗。

至 23 日中午，第 49 军主力被全歼于旧门地区，第 105 师少将师长于泽林被俘。别看王铁汉指挥打仗不怎么样，可逃跑的功夫却是一流的。这次，他率 100 余人乘隙逃出了重围，再度成为漏网之鱼。

此战，东北民主联军以 1：11 的伤亡比例，在 47 个小时内歼敌 1.2 万余人，取得了一场酣畅淋漓的大胜。

辽西三战三捷，给刚刚走马上任的陈诚当头一棒，把他吓得胆战心惊，无所适从。当时沈阳老百姓流传着一句讽刺陈诚的顺口溜："陈诚真能干，火车南站通北站。"

国民党军各路援军惧怕被歼，相继撤回锦西、锦州。随后，东北民主联军第 8、第 9 纵队乘胜破击锦州至山海关铁路。

为解除东北民主联军对辽西地区和北宁路的威胁，陈诚急忙由沈阳以北铁岭地区调新编第 6 军主力驰援锦州、兴城一线护路，四平以南仅以第 53 军及暂编第 56 师分布在开原、西丰、昌图地区实施机动防御。

东北民主联军总部为配合南线第 8、第 9 纵队作战，决定乘铁岭至四平间国民党军兵力减弱之机，采取远距离奔袭手段，分路向中长铁路沈阳以北国民

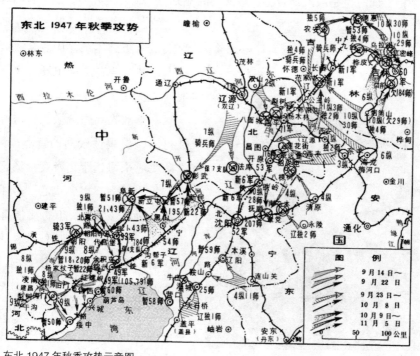

东北 1947 年秋季攻势示意图

党军各据点同时发起攻击。

26日，正式下达作战命令，指出：秋季攻势第二阶段的"作战方针是以轻装奔袭手段，分兵同时包围各处分散之敌，使敌不能集中；我军则一面准备攻城、一面准备打援。如敌增援，则先歼灭敌增援部队；如不增援，则各部以各个击破手段，逐一歼灭各个被包围之敌"。为求得战役的突然性，命令同时规定担任奔袭的部队都应轻装，于29日下午统一出发，30日拂晓进至距离目标40公里以外地点隐蔽集结，10月1日上午包围守敌。

根据命令，第3纵队由西安（今辽源）、东丰附近出发，从东丰、西丰间突袭威远堡。驻守在这里的是国民党军第53军第116师，具体部署为：

第116师师部率第347团1营及辎重、特务连驻威远堡；师工兵营驻石庙子，守备石庙子北山一带阵地；第347团团部率3营及炮兵营驻二道河子，守备二道河子以东阵地，2营驻部家店，担负警戒任务；第346团团部率2营、3营守备西丰，1营守备拐磨子；第348团守备莲花街、孤榆树一带。

受领任务后，第3纵队领导研究认为威远堡居敌纵深，系敌心脏，为敌指挥中枢，同时也是敌人最敏感、最薄弱的地方。先拿此地开刀，既可收出奇制胜之效，又可断敌后退之路，动摇敌人整个防御体系，还能有效调动敌人，利于我在运动中歼灭突围和增援之敌。

鉴于敌人兵力分散、惧遭歼灭性打击、警惕性较高的特点，第3纵队决心采取远距离奔袭，渗透敌区，集中兵力，以"掏心"战术，首歼威远堡之敌，打乱其指挥中枢，同时以一部兵力攻歼部家店之敌；而后诱敌出援、迫敌突围，力求在运动中歼灭之。

但当第8师进至西丰以南5公里的钓鱼台地区集结时，被国民党军察觉，西丰、孤榆树、莲花街、

东北民主联军一部向敌发起进攻

叶赫站等地守军相继西撤，其他各地守军也警觉起来。

为防敌逃跑，东北民主联军总部当机立断，把作战时间提前一天。

30日，第3纵队展开奔袭和追击。其第7、第9师冒雨追击，昼夜兼程120公里，沿途避开村庄，严密封锁消息，隐蔽行动企图，于10月1日凌晨在开原东北威远堡地区突然包围第53军第116师主力，午后对外围据点发起进攻。

第7师第19团在炮兵火力支援下，向威远堡屏障天王山发起攻击。

时任第7师师长的邓岳回忆道：

天王山位于威远堡的东面，是敌第53军第116师师部所在地。这是敌最后一个制高点。19时，第7师第19团1营、2营向敌发起攻击，在攻取了天王山之南山并连续击退敌数次反击后，24时继续向天王山之敌攻击，由于敌人增援和我攻击部队协调不好，连续攻击数次未果。第20团在肃清了天王山东北及301高地西南一线阵地之敌后，乘胜攻占了二道河子敌据点。10月2日7时，第19团在认真总结经验教训的基础上，重新组织战斗，改变攻击点，采取包围迂回战术，两次向天王山之敌发起攻击。该团1、2营前仆后继，英勇向前，歼灭大量敌人。当时敌有1个连守卫主峰作垂死挣扎，第19团当即把攻击天王山主峰的任务交给了3连。3连布置1个排主攻，两个排从右面迂回。2日晨3连向敌人发起冲锋。1排开始向敌人冲锋时，班长庞国兴带着1个组负责掩护，用机枪向敌人猛扫，子弹打光了，就拿起伤员的枪继续射击。激战至9时，攻占敌重要屏障天王山主峰，俘敌20余名，缴获重机枪3挺，全连荣立大功。上级授予3连的奖旗上写着："攻下险要阵地，决定全面胜利。"4连2排被命名为"天王山排"。

被俘的国民党军官兵

攻克王天山后，第 19 团与第 20、第 21 团和第 9 师第 26 团同时向威远堡守军猛攻。守军待援无望，欲战无力，即向开原方向突围，于四家子村北被第 9 师第 25 团全部截歼。

同日，第 8 师袭占部家店，切断了西丰国民党军第 116 师第 346 团西撤的退路，并在第 1 纵队第 3 师配合下截歼该团于西丰以西拐磨子地区。

此战果然出敌不意，直击要害，战果辉煌，共毙伤俘国民党军 8100 余人，其中俘虏第 116 师少将师长刘润川、少将副师长张绍贤、少将师参谋长吴和声以下 6300 余人。

刘润川供称："从战术眼光看，你们可能打西丰，最厉害可能打头营子（部家店），没想到你们竟打到威远堡来了。"

第 4 纵队第 10、第 12 师也在西丰镇以南八棵树、貂皮屯歼第 53 军第 130 师第 390 团。至此，第 3、第 4 纵队歼敌约万人，进逼开原、铁岭。

向沈阳西北及北宁路新民地段出击的第 7 纵队第 21 师，强行军 150 里，于 1 日突然包围法库。激战 2 小时，全歼保安第 7 支队 1700 余人。第 7 纵队第 19 师于 7 日攻克彰武，歼暂编第 57 师 1 个团。

东北民主联军在开原东、西地区的连续进击，迫使新编第 1 军自长春南援开原，新编第 6 军北返铁岭，范家屯、公主岭等据点的国民党军也都收缩至四平固守。

与此同时，第 1、第 2、第 6、第 10 纵队分别进至四平南、北和永吉东北江密峰地区，牵制新编第 1 军和第 71 军、第 60 军。第 4 纵队第 11 师和辽东军区独立第 1 师攻占大石桥、海城，在牛庄、海城间歼第 52 军第 25 师 1 个团。随后东北民主联军为创造新的战机，将大量部队投入北宁、中长铁路沿线，展开大规模破袭战。

东北民主联军在第二阶段的攻势作战中，歼灭国民党军 2.3 万余人，打乱了其防御计划，控制了除四平、开原以外中长路长春至铁岭 200 余公里的地段。

蒋介石为扭转东北战局，于 10 月 8 日飞抵沈阳，决定采取巩固沈阳及其与关内的联系，加强沈阳以北地区的守备力量，以求确保的作战方针，将新编第 1 军主力由四平北调长春，新编第 6 军主力据守铁岭，并从华北抽调第 92 军第 21 师、第 94 军第 43 师和暂编第 3 军第 10、第 11 师以及位于平承路（今北京—

新立屯车站

承德）的第 13 军第 54 师共 6 个师增援东北，10 月中旬陆续进至兴城、锦州一线，并继续向沈阳推进。

针对敌情，东北民主联军采取围城打援战法，寻歼分散孤立之敌。10 月 9 日，第 7 纵队强行军 100 里，奔袭新立屯，歼守军暂编第 57 师大部，俘师参谋长以下 3500 余人。17 日攻克阜新和新丘，歼暂编第 51 师师部和第 2 团。23 日，第 9 纵队攻占热河（今分属河北、辽宁和内蒙古）东部重镇朝阳，歼暂编第 50 师第 3 团和骑兵第 3 军一部。

就在朝阳打得热火朝天之际，第 92 军军长侯镜如率第 21、第 43 师贸然西援，于 22 日由新立屯急进，28 日进抵义县。冀察热辽军区依照东北民主联军总部的指示，确定集中 8 个师的兵力引诱侯镜如部深入义县以西，予以歼灭。29 日，侯镜如部继续西进，在朝阳寺、九关台门、代官堡一带，被第 8、第 9 纵队包围。激战三昼夜，至 11 月 2 日 16 时，将第 21 师大部、第 43 师一部歼灭，俘虏第 21 师少将师长郭惠昌。

驻守义县的保安第 4 支队深恐被歼，弃城向锦州南逃。热河骑兵师立即展开追击，于 4 日拂晓在锦州东北 30 公里的余家屯，将该敌包围。经 1 小时战斗，以 2 人负伤的微小代价全歼保安第 4 支队，并乘胜解放义县。

东北民主联军主力则在辽西部队上述行动的有力配合下，于 10 月 16 日挥师北上，转至永吉、长春地区展开攻势，先后占领桦皮厂、九站、口前、乌拉街、九台、农安和德惠等地，歼新编第 1 军 2 个团、第 60 军第 182 师一部、暂

东北民主联军使用缴获的美式高射机枪射击敌机

编第 53 师 1 个团和 1 个保安团，孤立了长春，包围了永吉。

陈诚遂于 28 日将沈阳一部兵力紧急空运长春，并令新编第 1 军由四平回援长春。

11 月 2 日，东北民主联军在范家屯以东截歼新编第 1 军暂编第 56 师一部。后鉴于国民党军已收缩兵力加强重点城市的守备，同时部队也急需整补，乃于 5 日结束秋季攻势作战。

此役历时 50 天，东北民主联军共毙伤俘国民党军 6.9 万余人，收复和一度攻克城市 15 座，扩大解放区 3.8 万余平方公里，解放人口 260 余万，切断了长春至四平铁路，迫使国民党军收缩于中长、北宁铁路沿线的长春、沈阳、四平、锦州等几个孤立城市内，陷入更加被动的局面。同时调动关内国民党军 5 个师到东北，有力地配合了华北战场人民解放军的作战。

7. 东北 1947 年冬季攻势

　　1947 年，东北国民党军在连遭东北民主联军夏季、秋季攻势的打击后，经过扩编增补，共有正规军 13 个军 44 个师（旅），连同特种部队及地方保安团队，总计 58 万余人，被迫收缩兵力于长春、永吉（今吉林市）等地及中长铁路（哈尔滨—满洲里—绥芬河—大连）四平至大石桥段、北宁铁路（今北京—沈阳）山海关至沈阳段沿线，物资供应匮乏，陷入困境。

　　东北行辕主任陈诚为保障辽西走廊与沈阳的安全，并相机恢复沈阳与长春

中共中央东北局召开会议。左起：林彪、高岗、陈云、张闻天、吕正操

的交通联系，采取集中兵力固守要点的方针，在永吉、长春、四平等地各部署3~5个师进行独立防守；在锦州至沈阳铁路沿线及其两侧要点，各以1~2个师驻守，并相互支援；新编第6军及新编第1军一部于沈阳、铁岭地区实施机动。

此时，东北民主联军已发展到73万余人，其中野战部队有9个纵队40个师，连同特种兵部队共42万余人。

11月25日，中央军委电示东北民主联军总部，确定从1948年1月1日起，东北民主联军改称东北人民解放军，民主联军总部改为东北军区兼东北野战军领导机关，林彪任东北军区兼东北野战军司令员兼政治委员，彭真、罗荣桓、高岗、陈云、李富春任副政治委员，吕正操、周保中、萧劲光、黄克诚任副司令员，刘亚楼、伍修权任参谋长，谭政任政治部主任。

东北民主联军总部决心利用严冬江河结冰、便于机动兵力的有利条件，集中全部野战部队，在地方部队配合下发动冬季攻势。计划首先对北宁铁路锦州至沈阳段守军展开进攻，迫使沈阳、锦州守军出援，寻机歼灭援军；而后转兵辽南，攻歼辽阳、鞍山、营口等地守军，孤立沈阳，以进一步改善东北战局。

12月15日，冬季攻势正式拉开战幕。东北民主联军总部号召全体指战员发扬艰苦卓绝的革命英雄主义精神，不怕寒冷、不怕走路、不怕扑空、不怕伤亡，把战斗情绪提到前所未有的高度，打大的攻坚战，打大的运动战，争取更

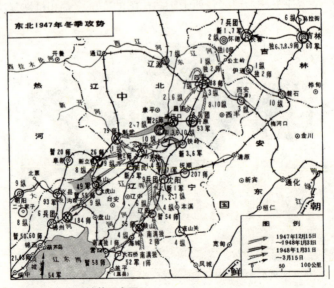

东北1947年冬季攻势示意图

大的战果。

当日，第2纵队及第10纵队一部突然包围法库；第8、第9纵队于16日包围新立屯；第1、第3、第6、第7纵队分别插入法库、新民、铁岭、沈阳间；第10纵队主力进抵昌图、开原地区；第4纵队主力逼近沈阳。

18日，第2纵队在铁岭西南截歼西援法库的新编第6军新编第22师1个团，第7纵队在法库以南地区歼新编第6军暂编第59师1个团。

陈诚为解除东北民主联军对沈阳的威胁，急将驻长春、四平、开原、辽南等地的新编第1军、第71军、新编第5军主力6个师，于20日前后调至铁岭、新民、沈阳地区，准备出援。

东北民主联军总部为分散国民党军，创造战机，以第1纵队第3师佯攻法库；第2、第7纵队和东北民主联军总部直属炮兵主力，由第2纵队司令员刘震统一指挥攻取彰武；主力则隐蔽集结于沈阳西北地区求歼沈阳出援之敌。

驻守彰武的是国民党军第49军第79师等部近万人。

22日拂晓，第2、第7纵队对彰武达成合围。27日黄昏肃清城厢外围据点，逼近城垣。28日晨发起总攻。

首先集中66门火炮推进至主攻方向前沿抵近射击，将城东南角炸开30米宽的缺口。随即，第2纵队第5师、第7纵队第21师分别向城东南角、西北角突击。

仅仅用时5分钟，第5师第14团即突破城防，接连打退守军两次反冲击，第21师也相继突破。各后续梯队入城后，迅速对守军迂回穿插，分割包围。

1947年12月，东北民主联军在冬季攻势中向辽西地区出击

第 2 纵队第 6 师第 17 团由南门突破后，直扑守军指挥部，会同第 5、第 21 师从三面展开猛攻。

经 5 小时激烈战斗，全歼守军，冬季攻势首战告捷。

24 日，毛泽东电示东北民主联军总部："现时到解冰期尚有三个多月，在此期间，如果我军只在许多战斗之间进行若干短时间的休息补充而不进行大休整，则估计可能利用冰期歼灭大量敌人，可能使沈阳、铁岭、抚顺、本溪、锦州、葫芦岛、秦皇岛等几个大据点之间的中小据点、广大农村及锦州以西、以北地区的全部或大部归于我手。只要办到这一点，而后就只剩下打大据点的问题了。"

据此，东北民主联军总部决定实施连续作战，诱歼沈阳出援之敌。29 日，第 6 纵队于沈阳西北万金台歼青年军第 207 师一部。但沈阳国民党守军仍按兵不动。

为"引蛇出洞"，诱敌出援，东北民主联军总部除以 2 个纵队在彰武休整，3 个纵队在沈阳西北隐蔽待机，一部兵力继续包围法库外，另以第 1 纵队进至辽中地区活动，第 4 纵队进至沈阳、辽阳间破路，第 8、第 9 纵队等部奔袭沈阳周围孤立据点，相继攻克北票、黑山、台安等县城及打虎山（今大虎山）。

陈诚果然再次出现判断失误，以为东北民主联军主力已经分散，且在彰武战斗中伤亡重大，难以再战，遂集中驻沈阳、新民、铁岭间的 5 个军，从 1948 年元旦起，分兵三路，向彰武、法库地区推进，企图解法库之围。

人民解放军东北军区决定乘国民党援军分路出援之机，集中主力首先攻歼战斗力较弱的左路新编第 5 军（欠 1 个师），具体部署是：以第 6 纵队一部节节阻击，将其诱至公主屯地区；以第 2、第 3、第 7 纵队迂回其侧后，断其退路；以第 1、第 4、第 10 纵队进至沈阳以北和西北地区，阻击其余两路国民党军增援。

1 月 3 日，参战各部迅速展开。时值数九严冬，气温低至零下 40 度，寒风彻骨。部队夜间在没膝的积雪中艰难行军，克服种种困难，终于抵达预定作战区域。

伍修权回忆道：

5 日拂晓，敌新 5 军尚未与另两路敌军打通联系，即被我军合围于公主屯

1946年4月，国民党军乘坐汽车进入沈阳，气势旺盛。但仅过了两年半，国民党就丢掉了整个东北

地区。该敌遂依托村落构筑工事，固守待援。5日下午，我3纵由公主屯地区以东和以南，7纵由西和西南，2纵、6纵由西北和以北，并肩对被围之敌进行分割围歼，激战一夜，将敌压缩于公主屯、王道屯、文家台、黄家山的狭小地区内。6日晨，我军对被围之敌继续猛攻。敌仍负隅顽抗，等待援兵。战斗一整天，2纵、7纵将敌第195师大部歼灭，6纵围歼黄家山第43师两个团，3纵突入文家台村，直逼新5军军部及第43师和第195师残部，遭敌顽强抗击。新5军军长陈林达从1946年以来多次进攻我军，是我们的一个死对头，战士们决心活捉他。陈林达面临穷途末路，竟然将自己部队士兵的尸体、甚至将一些没有断气的重伤员，都抬到阵地前沿，筑成一道肉墙来抵挡我军的冲锋。他还组织所谓的"军官大队"向我反扑，恶战一夜。7日，在炮兵支援下，我3纵、6纵将文家台、黄家山之敌全歼。

此战，东北野战军全歼新编第5军军部及第43、第195师共2万余人，俘中将军长陈林达、第43师少将师长留光天、第195师少将师长谢代蒸。

据陈林达战后供称：公主屯一役失败之原因，除蒋军东北行辕和他本人指挥错误外，主要还是解放军"战术变化莫测"，尤其是指战员的勇敢顽强是他们无法比拟的，"我经过数百次战斗，没有看见这样能打的部队。"

公主屯激战之际，右、中两路国民党军在飞机、坦克掩护下，向西增援，被第1、第4、第10纵队顽强阻击于公主屯以东10余公里的辽河两岸，在损失4000余人后，仓皇退回铁岭、沈阳。

公主屯战斗遗址

　　眼见国民党军在东北战场频频失利，陷入了更大困境。蒋介石匆忙于10日飞抵沈阳，召开师长以上军官会议。

　　会上，陈诚将新编第5军被歼灭的责任一股脑推到将领不服从命令，要求惩办第9兵团司令官廖耀湘和新编第6军军长李涛。蒋介石自然听信陈诚之语，痛骂廖耀湘和李涛不服从命令，不顾党国利益，不积极去解公主屯新编第5军之围。

　　杜聿明回忆道：

　　据陈诚的副参谋长赵家骧在一九四八年二月对我说，自一九四七年解放军发动强大的秋季攻势以来，打得陈诚心惊胆寒，他并未料到解放军在一月初连续发动攻击。当陈诚的所谓扫荡计划将要开始时，即遭到解放军对公主屯发起的攻势。这时，陈诚已没有一九四七年秋初到东北时的猖狂气焰和个人独断专行，而是急忙召开幕僚会议，研究对策。赵还说："我曾拟了一个放弃沈阳外围公主屯等据点，集中兵力守辽河以南沈阳据点，以攻势防御击破解放军攻击的计划。陈诚看到连称很好很好。但是陈诚时而想让陈林达守，时而又想让陈林达退，犹豫不定，不下命令执行。一直到六日晚上陈林达已被解放军四面包围，才决心令陈林达向沈阳撤退，但为时已晚。新编第五军一开始行动就被解放军分路截击，在一晚间被消灭得干干净净。"

　　由于陈诚举棋不定，优柔寡断，因而使陈林达部军心动摇，守无决心，退无依据，在公主屯动摇不定；当然也不可能有准备地令廖耀湘兵团协同陈林达

1948 年 4 月，蒋介石在国民政府第一届国民大会上讲话。就在
这次大会上，有人高喊："斩杀陈诚，以谢国人！"

部击破解放军的强大攻势。因之当蒋介石在开会中责骂廖耀湘、李涛之后，
廖、李都不服气，挺身出来说并未接到援救陈林达的命令，形成是非功过无法
辨明的僵局。蒋、陈二人想借端惩办廖、李二人以维持陈诚"面子"的诡计不
能得逞，尴尬异常。据当时参加会议的郑庭笈对我说，争吵到最后，陈诚无可
奈何中，只得站起来说："新编第五军的被消灭完全是我自己指挥无方，不怪
各将领，请'总裁'按党纪国法惩办我，以肃军纪。"蒋介石接着说："仗正
打着，俟战争结束后再评功过。"会议就这样结束了。

　　会后，蒋介石决定成立东北"剿匪"总司令部，委任卫立煌为总司令；调
第 1 兵团所属整编第 54 师（后改为第 54 军）由山东海运锦州，设立冀察热辽
边区司令部，由范汉杰任司令，以加强北宁线的防御力量。

　　卫立煌，字俊如。生于 1897 年，安徽合肥人。国民党陆军二级上将。

　　1912 年，卫立煌在安徽和县革命军当兵。1914 年入湖南都督汤芗铭部学兵
营，毕业后在上海参加"肇和"舰起义反对袁世凯。1915 年到广州投粤军，先
在孙中山身边的卫队当兵，后由排长递升至团长，参加了孙中山领导的北伐、
镇压广州商团叛乱和东征陈炯明的作战。孙中山赞许他勇敢善战，还送他一张
亲笔签名的照片。

　　1925 年 9 月，卫立煌任国民革命军第 1 军第 3 师第 9 团团长，率部参加讨
伐陈炯明的第二次东征。1926 年 7 月参加北伐，由广东入闽作战，升任第 14
师师长。1927 年 10 月任国民党军第 9 军副军长。翌年任南京卫戍副司令，后

鄂豫皖苏区军政中心——金家寨

入陆军大学校将官特别班进修。1930 年任第 45 师师长。

作为一员剽悍的勇将，在十年内战期间，卫立煌为蒋介石"围剿"苏区立下了汗马功劳，屠杀过不少共产党人。

1931 年 7 月，卫立煌率部参加对中央革命根据地的第三次"围剿"。一年后，已升任第 14 军军长的卫立煌率部"围剿"鄂豫皖苏区，攻占了苏区军政中心——金家寨。

蒋介石喜出望外，亲自前去表彰，同时为鼓励其他"剿共"部队的士气，特地下令将安徽省的六安、霍山、霍邱和河南省的固始、商城五个县的部分地区划出，以金家寨为中心成立县制，称"立煌"县，并任命卫立煌为豫鄂皖边区"剿共"总指挥。

要知道在当时国民政府以人名作县名的，只有以孙中山命名的广东中山县。一时间，卫立煌名声大噪，成为国民党"五虎将"之一、蒋介石手里的一张"剿共"王牌。

1933 年 12 月，卫立煌出任第五路军总指挥，率部参加镇压福建事变。1936 年 6 月任徐海"绥靖"分区司令官。

全国抗日战争爆发后，卫立煌任第 14 集团军总司令兼第二战区前敌总指挥，率 3 个兵团在山西忻口抗击日军第 5 师团等约 5 万人的进攻。会战中，指挥所部奋勇作战，坚持近 20 日，毙伤敌 2 万余人，力挫日本侵略军的锐气。朱德称颂他为"在忻口战役中立下大功的民族英雄"。日军华北最高司令香月清司视他为"支那虎将"。

1938 年 2 月，卫立煌任第二战区副司令长官。4 月访问延安，受到毛泽东等中共领导人的亲切接见，更加增强了与八路军合作抗日的信念。

1939 年 1 月，卫立煌出任第一战区司令长官，5 月晋升陆军二级上将，9 月兼河南省政府主席。1940 年兼冀察战区总司令，与八路军友好相处，相互支援。1941 年调任军事委员会西安办公厅主任。

1943 年 11 月，卫立煌任中国远征军代司令长官。次年，指挥所部击败滇西和中缅边境的日军，收复滇西。1945 年 1 月所部与中国驻印军在缅甸孟尤会师，打通中印公路。4 月任同盟国中国战区中国陆军副总司令。美国《时代周刊》曾在封面刊登卫立煌策马扬鞭的照片，赞誉他为"常胜将军"。

1938 年 4 月，毛泽东（左 3）接见途经延安的卫立煌（左 2）

内战全面爆发后，卫立煌对部下说："国民党军队表面上好看，其实不经打。我在山西知道共产党的军队意志坚决，吃苦耐劳，上下一心。"他不愿卷入内战旋涡，于 1946 年 11 月携夫人由上海启程，出游欧美。1947 年 10 月，正在法国巴黎的卫立煌突然接到蒋介石从国内发来的急电，令其火速回国担任东北"剿总"总司令。

原来，眼见东北战局江河日下，焦头烂额的陈诚无计可施，干脆来个装病辞职，并让他老婆谭祥飞到南京搬请宋美龄求蒋介石将他调回。

无奈之下，蒋介石只得环顾自己的嫡系将领，要找一位能拼会打的勇将接替陈诚，力挽东北之狂澜，便想到了正在国外考察的卫立煌。

谁知，卫立煌回国后，一再表示不愿去东北任职。蒋介石就指使张群、顾祝同等力劝卫立煌到东北赴任。谭祥也跑到卫府，装出一副可怜相，说："东北共军打得好厉害，辞修（陈诚的字）病得无法对付，只有卫先生去才有办法，请卫先生早日赴沈接事。"

1948 年 1 月 22 日，卫立煌来到沈阳，出任东北行辕副主任兼东北"剿总"

1956年，蒋介石、陈诚面见美国参议员哈瑞斯等人（前排右3
为陈诚夫人谭祥）

总司令。他一面重整防务，严令长春、永吉、四平等地守军扼城死守；一面督
促抚顺、铁岭、新民、本溪、辽阳等地守军加强防御，确保沈阳安全；同时巩
固辽南的鞍山、营口，以维持沈阳南面的水陆交通，并加紧补充和训练部队，
待机反攻。

时任国民党东北"剿总"中将副参谋长兼第1兵团副司令官的彭杰如回
忆道：

卫立煌到东北之后，陈诚失败的前车之鉴，使他采取一种稳重态度。他最
初的企图，曾在一次私谈中对我说过："共军目前采用的战法是围城打援，我
们绝不能轻举妄动，上其圈套，只有蓄聚力量，固守沈阳，以待时局的变化。"
本此，他不管解放军打到什么地方，各地守军如何告急，就是蒋介石一再令他
打通沈锦线，他都一概不为所动。他把主力集中在沈阳附近，进行网罗旧属，
收揽人心，补充兵员装备，加紧整训等一系列活动。

林彪、罗荣桓决心乘卫立煌刚刚接任之际，开始冬季攻势第二阶段作战。
以主力一部从沈阳西北向敌防御薄弱的中长铁路（哈尔滨—满洲里—绥芬河—
大连）南段出击；以第4纵队司令员吴克华、政治委员彭嘉庆统一指挥第4、

第6纵队（欠第16师）和辽南独立第1、第2师及炮兵纵队一部，逐次夺取辽阳、鞍山、营口等地，断敌沈阳以南水陆交通，进一步孤立沈阳。

1月20日，第1、第8纵队在打虎山至通辽铁路及北宁铁路沈阳至锦州段发动攻势，于26日攻克新立屯，追歼突围的国民党军第49军第26师。

29日，第9纵队进占沟帮子，追歼第60军第184师一部。随后，除留第3、第10纵队于沈阳西北围困法库，牵制沈阳国民党军外，主力转兵沈阳以南地区。

31日，第4、第6纵队和炮兵部队完成对辽阳的包围。

辽阳，古称襄平、辽东城，是东北地区最早的城市，一座有着2400多年历史的文化古城。从公元前3世纪到17世纪前期，一直是中国东北地区的政治、经济、文化中心、交通枢纽和军事重镇。

驻守辽阳的是保安第11支队改编而成的新编第5军暂编第54师、"清剿"总队、铁路警察队、第52军1个野炮连等部约1.5万人。守敌除将老城墙加固、增设多个掩蔽部外，又新筑高墙，加挖一条深宽各3米的外壕，壕前设置铁丝网、鹿寨和地雷等障碍物，在城垣与城内各街口均筑有钢筋混凝土地堡，自诩为"固若金汤"。具体部署是：

暂编第54师师部在新城（西部）市公署附近；第1团位于城北及城东北高丽门；第2团位于城南及城东南，并以一部防守城东南外围的洋灰厂、麻袋厂等；第3团位于西城，以2营守备太子河铁路桥，3营1个连守备首山车站。

辽阳今貌

其他游杂部队配属作战。

针对敌情，第4纵队司令员吴克华、政委彭嘉庆、参谋长李福泽与第6纵队副政委刘其人、炮司政委邱创成等开会研究攻城部署，最终决定：第4纵队从城东、南、北三面进攻，第11师担任主攻，配属5个野炮营，由城东太子河右岸向高丽门实施突破；第6纵队从城西发起进攻，主攻方向为城西南角。两个纵队突破城垣后向新城市公署及转盘街纵深发展，求歼守敌。

部署完毕后，各部立即进行紧张的战前准备，各级指挥员更是反复侦察地形、敌情，做到万无一失。彭嘉庆回忆道：

说起侦察地形，那真是一丝不苟。因为这是不打无准备、无把握之仗的必要条件之一。从纵队领导到班长，甚至战斗骨干，都深入前沿看阵地。哪儿有棵小树，哪儿有个沟坎，哪儿有堵墙，都搞得清清楚楚。哪个组爆破哪道障碍，炸药包放在什么地方等等，都研究得明明白白。天寒地冻，气温在零下30多摄氏度，土地冻得磐石一样坚硬，构筑工事相当困难。铁镐刨下去，只有一个个白点。我们的干部、战士就动脑筋、想办法把雪堆起来，浇上水，寒风一吹，像钢筋水泥一样坚固。许多工事和交通壕就是这样构筑的。有的工事一直筑到城下，把山炮推到城下掩体里。

一切准备就绪后，第4纵队开始肃清外围敌据点的战斗。至2月4日，辽

东北野战军某部在解放辽阳战斗中登上城头

阳外围阵地的敌人基本被肃清。

6日晨7时，总攻首先由第11师在主突方向高丽门打响。配属该师的60余门火炮一齐开火，迅速打开了缺口。第31团4连如一把尖刀，从突破口勇猛插入城内，主力随后跟进，向纵深发展。

在城南，第12师第34团在炮兵和第35团支援下，迅速炸开小南门，仅以10分钟就无一伤亡地突入城内，直指西城南铁门。在城北，第10师同样攻击顺利，突破城垣，向胶皮厂、白塔公园一带的铁路警察队展开进攻。在城西，第6纵队首先肃清外围据点，然后在炮兵支援下，各突击队连续实施爆破，为部队冲击打开通路。第17师第49、第52团仅用5分钟就突破城墙，攻入城内。

至11时许，第4、第6纵队的5个师10余个团已从四面突入城内。守敌溃不成军，四散奔逃。下午3时半，攻占辽阳，全歼守敌万余人，其中俘9500余人。

随后，第4、第6纵队挥师南下，向鞍山推进，于12日与原监视鞍山守军的辽南独立第1师完成对鞍山守军的包围。

鞍山守敌第52军第25师号称"千里驹"，是第4纵队的老对头了。1年多前该师在新开岭遭到第4纵队重创，被歼8000余人，连师长李正谊也当了俘虏。这个重新组建的第25师早已没有当年"千里驹"的风采，与安东保安团、新兵大队及一些流亡县政府的保安大队共1.3万余人，龟缩在鞍山城内苟延残喘。

鞍山新貌

受到表彰的功臣单位

当时鞍山是东北钢铁基地，现代建筑较多，街道也比较宽阔。中长铁路从市中心穿过，把鞍山分为东、西两部分。城东有座300米高的铁架山，丘陵多、高地多、楼房多，易守难攻；城南有神社山，同市区的对炉山遥遥相对，鸟瞰全城，控制铁路以东城区；城西为平原，多为工人居住的低矮的棚户区，只有"鞍钢本社"一带有些厂房大楼。守敌将防御重点置于城东，设置了纵深长、工事坚固的多层防御阵地，并在神社山和对炉山地区构筑了能控制全市的核心阵地，市中心转盘街为防御枢纽，各街口均有永久性工事。

16日晨，参战部队全线开始了肃清外围的战斗。激战至18日占领外围阵地，控制市郊制高点，逼近市区。

19日8时，攻城部队从四个方向同时发起攻击。西面第6纵队第17、第18师由鞍刘门和陶官屯突入市区，向转盘街方向发展；独立第1师沿铁路由南向北穿插；第11师从市北向鞍钢本社压缩；在东北、东南方向担任攻坚的第10、第12师打得十分艰苦。

上午，第12师第35团夺取神社山，第10师第28团占领立山车站。中午，独立第1师进至鞍山车站。下午，第11师第33团攻占制钢所北段。而后各部队分路向纵深发展，分割围歼守军，最后在市中心转盘街会合。残敌千余人向大、小营盘方向突围，被第11师第32团截歼。至20日凌晨结束战斗，全歼守敌，俘第25师师长胡晋生。

在东北野战军围攻鞍山时，卫立煌以4个师分别向浑河以西和沈阳以南出援，但因惧怕解放军围城打援而行动迟缓，未起作用。

24 日，第 4 纵队奔袭营口。25 日，驻营口国民党军第 52 军暂编第 58 师师长王家善率部 8800 余人起义，并协助东北野战军歼灭了城防司令部和交警第 3 总队等部 3000 余人。

在此期间，第 3、第 10 纵队和独立第 4、第 5 师等部于 19 日将由法库撤逃的新编第 6 军暂编第 62 师追歼于开原以西通江口地区。

27 日，第 10 纵队攻克开原，歼第 53 军暂编第 30 师一部。

这时，国民党军开始收缩兵力，永吉、长春等地守军准备突围，向南撤到四平，靠拢沈阳。为完全切断沈阳与长春守军的联系，林彪、罗荣桓决心夺取四平。

从 1946 年初到 1948 年初的短短两年时间里，国共双方在四平城已交过三次手，这在全国任何一个战场上都是罕见的。

尤其是 8 个月前，陈明仁率 3 万余众死守四平，东北民主联军在付出伤亡 1.3 万余人的巨大代价后饮恨撤围。战后，守城的陈明仁荣任国民党军第 7 兵团司令官，并获青天白日勋章。指挥攻城的第 1 纵队司令员李天佑深入总结教训，并亲自组织编写《四平攻坚战总结》，为后来的攻城战斗提供了宝贵经验。

8 个月后，当李天佑率 3 个纵队数万大军再度兵临城下时，四平早已物是人非。城内仅驻有尚未恢复元气的第 88 师，以及第 71 军和新编第 1 军的留守人员、地方民团，共 1.9 万余人，指挥官也不再是陈明仁，换成了第 88 师师长彭锷。

四平烈士陵园

　　就在四平之役结束后不久，1947 年 9 月，陈诚出任东北行辕主任。上任伊始，他便在美国顾问的陪同下，到四平视察。美国人见到阵地上的工事不少是用美国援助的面粉、大米垒成的，当即提出抗议。辽北省主席刘翰东也乘机告发陈明仁"纵兵抢粮，祸国殃民"。原来这位"刘主席"在四平被围时想逃跑，被陈明仁阻止，便怀恨在心。

　　陈诚对陈明仁居功自傲早就心怀不满，这次正好抓住了陈明仁的把柄，随即向蒋介石告了"御状"，请求将陈明仁撤职查办。蒋介石视陈诚为心腹，自然听信他的一面之词，采取了一个折中办法，将陈明仁撤职，但未查办，调回南京，改任总统府中将参军。

　　接到撤职令，陈明仁如遭晴天霹雳，这难道就是自己为蒋介石出生入死卖命效忠 20 余年得到的回报！不仅陈明仁想不通，就连国民党东北诸将也议论纷纷，说：陈明仁胸前挂勋章，手中拿撤职令，令人心寒。

　　陈明仁成为国民党内盘根错节的派系之争的牺牲品。

　　1948 年 2 月 27 日，第 1 纵队司令员李天佑、政治委员万毅统一指挥第 1、第 3、第 7 纵队和独立第 2 师及军区直属 8 个炮兵营（包括山炮、野炮、榴弹炮 163 门和高射炮 30 余门）由沈阳以南地区北上，直扑四平；第 2、第 6、第 8、第 10 纵队和独立第 10 师及辽东军区 1 个支队位于昌图、泉头、威远堡、莲花街、金家屯、通江口、庆云堡等地，准备阻击可能由沈阳、铁岭北援之敌；另以 5 个独立师牵制永吉、长春之敌。

　　3 月 2 日，主攻部队到达四平外围指定位置。4 日，攻城部队开始外围战

东北野战军攻入红十字会大楼，全歼四平守敌第 88 师

斗，集中力量扫清四平守军的外围支撑点。各部队分头进攻，至 8 日先后攻占了海丰屯、徐家窑、新立屯飞机场、师道学校、红嘴子，东门外地堡群以及城北制高点三道林子，扫清了外围据点直逼城下。

12 日凌晨，雪后初晴，四平大地银装素裹。6 时，炮兵开始试射。由于统一区分了试射时间和顺序，以及根据距离的远近、目标的明暗，采取了先远后近、先暗后明的原则，从而保证了试射的顺利完成。

7 时 40 分，李天佑在三道林子指挥所里下达了总攻开始命令。万毅回忆道：

随着李天佑同志的一声口令，5 发白色信号弹腾空而起。几乎在同一时刻，所有大炮齐声怒吼，无数炮弹像急风暴雨一般倾泻在敌阵地前沿的地堡、鹿寨、铁丝网上，敌人苦心经营的防御工事顷刻化为废墟。仅 7 分钟炮火急袭，就将敌前沿阵地的地堡群大部摧毁。担任突击任务的我第 2 师第 4 团 1 营营长在电话里高兴地报告：炮兵打得好！

在炮火的有力支援下，第 1 纵队由北向南，第 3 纵队由东南向西北，第 7 纵队由西南向东北，同时发起攻击。独立第 2 师由西向东沿中央大街攻击，从翼侧支援第 1 纵队作战。

激战 1 小时，3 个纵队相继突破国民党军之防御堡垒，攻入市内。守军急

四平解放后，在四平攻坚战中立功的英雄们在街上游行，受到市民的热烈欢迎

坐落在松花江畔的吉林市

由铁路以西向铁路以东收缩。至 10 时左右，除转盘街核心工事中尚有守军 1 个营被包围，一部撤到路东外，其余大部在溃乱中被歼灭。午后，第 3、第 7 纵队会师于中央大街，并将路西守军残部肃清。

13 日晨，攻城部队三路会合，直捣路东守军指挥部核心工事，将残余守军压缩于共荣大街北一纬路狭小地区一举歼灭。

此战，东北野战军伤亡 4931 人，仅用 23 个小时便攻克四平城，全歼守军 1.9 万余人，其中生俘 1.56 万余人、毙伤 3780 人，缴获各种火炮 216 门、轻重机枪 461 挺、长短枪 9688 支、火车头 30 辆、车皮 500 节、汽车 85 辆、电台 23 部，以及其他大量军用物资，使长春国民党军陷于孤立的困境。

被围于永吉的第 60 军于 3 月 9 日弃城撤入长春，15 日冬季攻势结束。

冬季攻势作战历时 3 个月，东北人民解放军共歼敌 15.6 万余人，攻占城市 17 座，切断了北宁、中长铁路，将东北国民党军压缩于锦州、沈阳、长春 3 个孤立地区，为以后全歼东北国民党军创造了条件。

15 日，中共中央给东北野战军发来贺电：

庆祝你们收复四平及在冬季攻势中歼敌八个整师，并争取一个师起义的伟大胜利。尚望继续努力，为完全解放东北而战。

8. 锦州战役

　　中国人民解放军从 1947 年下半年转入战略进攻后，经过一年的内线和外线作战，歼灭了大批国民党军，把主要战场由解放区推进到国民党统治区，并直接威胁其政治经济中心南京和上海。

　　至 1948 年 7 月，国民党军的总兵力由战争开始时的 430 万人减少为 365 万人，其中正规军 198 万人，能用于第一线作战的仅 174 万人，且被分割在以沈阳、北平（今北京）、西安、武汉、徐州为中心的 5 个战场上，在战略上陷入被动。

　　人民解放军的总兵力则由战争开始时的 120 余万人发展到 280 万人，其中

解放战争中人民解放军炮兵部队

野战军 149 万人，武器装备日益改善，作战经验更加丰富，已具有进行大规模运动战、阵地战，特别是城市攻坚战的能力。各解放区已连成一片，在战略上可以直接互相支援。

在东北战场上，经过 1947 年夏季、秋季、冬季三次大规模攻势作战，国共双方力量对比发生了根本性变化，东北人民解放军共歼国民党军 38.8 万余人，扩大解放区 30.7 万平方公里，总兵力达 103 万人，其中野战军有 12 个步兵纵队、1 个炮兵纵队、1 个铁道纵队、1 个坦克团和 15 个独立师、3 个骑兵师，共 54 个师 70 万人，另有地方部队 33 万人。各部队开展了大练兵和新式整军运动，军事和政治素质大为提高。

与此同时，东北地区 97% 的土地和 86% 的人口已获得解放，土地改革已基本完成，解放区得到进一步巩固，工农业生产尤其是军工生产有了较快发展，人力物力比较充足。

东北国民党军屡战屡败，处境困难。卫立煌在接任东北"剿总"总司令后，经重建和新建，总兵力虽有 4 个兵团 14 个军 44 个师（旅），加上地方保安团队共约 55 万人，但被分割、压缩在沈阳、长春、锦州三个互不相连的地区内。由于北宁铁路（今北京—沈阳）若干段及营口为人民解放军所控制，长春、沈阳通向山海关内的陆上交通已被切断，补给全靠空运，物资供应匮乏。

整个形势表明，东北战场作战双方力量对比发生了根本变化，人民解放军的军力和经济均已超过国民党军，由战略防御转入战略进攻，并取得战场主动权，有利于人民解放军的决战条件已经成熟。

早在 1948 年 3 月，驻华美军顾问团团长巴大维就向蒋介石建议利用东北人民解放军冬季攻势后期，沈阳、锦州周围兵力较少的机会，撤出

美国军事顾问团团长巴大维（左）与美国驻华大使司徒雷登（右）

东北。

国民党军统帅部为保存实力，也曾考虑放弃长春、沈阳，打通北宁铁路，将主力撤往锦州，以便伺机转用于华北、华中战场。但蒋介石又顾虑此举将会在政治上、军事上造成严重后果，强调"必须守住几个重要据点——如长春、沈阳和锦州——以象征国家力量的所在""东北之战略要求在于固守目前态势，使不再失一城一兵，即有利于关内作战"，因此坚持要固守东北。

至于如何固守，国民党军内部更是众说纷纭，莫衷一是。有的主张把沈阳守军主力撤至锦州，以便与华北傅作义集团配合，进可以夺回东北，退可以撤往关内。有的则力主固守沈阳、长春、锦州三大战略要点，保全东北，待变而起。

就在国民党军统帅部围绕东北撤守问题争执不休之际，以毛泽东为首的中共中央却把握住这个有利战机，做出了首先在东北战场同国民党军进行战略决战的重大决策。

早在1948年2月7日，毛泽东还在陕北转战时即电示东北野战军，提出"封闭蒋军在东北加以各个歼灭"的设想，指出"应准备对付敌军由东北向华北撤退之形势"，在冬季攻势结束后，以主力南下北宁铁路锦州至唐山段，把卫立煌集团封闭在东北加以各个歼灭。

毛泽东关于辽沈战役的电文手稿

8.
锦
州
战
役

锦州，古称"山海要冲"，是华北通向东北的门户，为东北之咽喉要道。攻占锦州，可以封闭东北国民党军，形成"关门打狗"之势；同时也就打开了通往沈阳的大门。

国民党军统帅部对撤出东北还是固守东北，举棋不定。同样，东北野战军司令员林彪对北上打长春还是南下攻锦州，一时也犹豫不决。

显然，毛泽东主张先打锦州。但林彪对主力从北满远道南下攻打敌人重兵设防、周围又有若干据点支援的锦州，顾虑重重，担心如果久攻不下，华北傅作义集团会由关内北上或从海上增援，东北野战军将陷于被动。因此徘徊于打长春或南下作战之间，迟迟下不了决心。

5月下旬，被困多日的长春守军出城抢粮，遭到东北野战军坚决打击。林彪随即决定乘虚而入，以2个纵队的兵力试攻长春。由于投入兵力有限，加之敌军防御工事坚固，东北野战军进攻受挫。为避免过大的伤亡，遂停止攻城。

6月中旬，中共中央东北局和东北军区决定对长春采取慎重的"长困久围"的方针。

7月20日，林彪电告中央军委，表示"我军仍以南下作战为好，不宜勉强和被动的攻长春"，初步确立南下北宁铁路作战的决心。

毛泽东复电同意，并明确指出："我们觉得你们应当首先考虑对锦州、唐山作战，只要有可能就应攻取锦州、唐山，全部或大部歼灭范汉杰集团。"

但直到8月，林彪仍以北宁路线近敌情严重、"大批粮食的需要无法解决"

抗日战争时期，林彪与毛泽东在延安

等原因为由，未做出南下作战的部署。

中央军委一再电示东北野战军执行南下作战任务。

8月12日，毛泽东致电林彪和东北野战军政治委员罗荣桓、参谋长刘亚楼等人，严厉指出："对于北宁线上敌情的判断，根据最近你们几次电报看来，亦显得甚为轻率""希望你们务必抓住这批敌人，如敌人从东北大量向华中转移，则对华中作战仍为不利。"

经中央军委批评后，9月3日，林彪最终确定了南下作战的方针，并上报中央军委大体部署：拟以靠近北宁线的各部，突然包围北宁线各城，然后待北面主力陆续到达后，逐一歼灭敌人；以北线主力控制于沈阳以西及西南地区，监视沈阳敌人，并准备歼灭由沈阳向锦州增援之敌，或歼灭由长春突围南下之敌；以现有围城兵力继续包围长春，并准备乘敌突围时歼灭该敌。

5日，毛泽东复电同意这一部署。7日，又以中央军委名义发出《关于辽沈战役的作战方针》，明确指示东北野战军：必须确立攻克锦（州）、榆（山海关）、唐（山）三点并全部控制该线的决心，而置长春、沈阳两敌于不顾；必须确立打前所未有的大歼灭战的决心，即在卫立煌集团来援时敢于同其作战；必须据此重新考虑作战计划，并筹办军需和处理俘虏事宜。

根据中央军委和毛泽东的指示，林彪决定留下部分兵力继续围困长春，主力南下，兵锋直指锦州。具体部署为：

以第12纵队和6个独立师执行继续围困长春的任务，并以1个纵队在开原

辽沈战役纪念馆前雕像

地区准备阻击长春之敌突围和沈阳之敌北援；以6个纵队、3个独立师、1个骑兵师和炮兵纵队的主力，长途奔袭，分别包围锦州及北宁线上各点；以4个纵队及1个骑兵师位于锦州以北的新民县西北，监视沈阳之敌；另以少数部队担负战略佯动，大造声势向长春前进，并公开提出"练好兵，打长春"的口号，以迷惑敌人。

在此期间，国民党空军已经发现辽西地区铁路夜间运输繁忙，白天也有大量人员运动。国民党军统帅部判断东北野战军主力可能入关作战，故决定对东北采取"暂取守势""北宁路暂不打通"，集中兵力确保辽东、热河（今分属内蒙古和辽宁、河北），牵制东北野战军不能迅速入关，以利巩固华北，支撑全国战局的方针。

据此，卫立煌决心采取"集中兵力，重点守备，确保沈阳、锦州、长春，相机打通北宁路"的方针，具体部署是：

以东北"剿总"副总司令兼第1兵团司令官郑洞国率新编第7军、第60军的6个师，及非正规军共10万人，驻守长春孤城，牵制东北野战军部分主力不能向南机动。

以东北"剿总"副总司令兼锦州指挥所主任范汉杰指挥卢浚泉第6兵团（辖第93军）和新编第5、第8军及第54军计14个师，连同非正规军共15万人，驻守山海关、绥中、兴城、锦西（今葫芦岛市）、锦州、义县等北宁铁路沿线城镇及秦皇岛、葫芦岛两海港，主力驻守锦州、锦西地区，维护东北与关内陆上及海上联系。

卫立煌直接指挥周福成第8兵团（辖第53军）、廖耀湘第9兵团（辖新编第3、第6军）、新编第1军和第49、第52、第71军及青年军第207师（相当于军）等，共24个师（旅）30万人驻守沈阳及铁岭、抚顺、本溪、辽阳、辽中、新民等外围据点，作为东北地区的防御中枢，以确保沈阳，并准备随时支援锦州，策应长春。

另有驻沈阳的空军第1军区2个大队45架飞机参加作战。此外，华北"剿总"所属第13军2个师防守承德地区，第62军等4个师位于唐山至昌黎一线，与锦州地区范汉杰部衔接，相互支援。驻北平的空军第2军区也有支援东北作战的任务。

9月10日，林彪、罗荣桓根据中央军委、毛泽东制定的作战方针和东北国民党军的态势，拟订作战计划：第一步以奔袭动作歼灭北宁铁路除山海关、锦州、锦西以外各点之敌，切断关内外国民党军的联系；第二步集中兵力攻取锦州和打增援之敌。

　　具体部署为：以第3、第4、第7、第8、第9、第11纵队及炮兵纵队主力、第2纵队第5师、冀察热辽军区独立第4、第6、第8师及骑兵师出击北宁铁路锦州至唐山段，攻占锦州，切断东北国民党军与关内的联系；以第12纵队和独立第5、第7、第8、第9、第10、第11师及炮兵纵队1个团、内蒙古军区骑兵第2师继续围困长春，阻止守军撤逃沈阳；以第1、第5、第10、第6纵队和独立第2师、内蒙古军区骑兵第1师分别集结于沈阳、长春之间和彰武、新立屯地区，准备截击由长春突围或由沈阳出援的国民党军。

　　就这样，决定中国命运的大决战率先在东北的黑土地上拉开了帷幕。

　　震惊中外的辽沈战役首先在北宁线打响。9月12日，东北野战军第2兵团司令员程子华、政治委员黄克诚指挥第11纵队、冀察热辽军区3个独立师、骑兵师由建昌营等地出发，奔袭山海关至滦县之敌。至17日先后攻克昌黎、北戴河等要点，切断了国民党军自华北增援东北的陆上通道。28日攻克绥中，包围兴城，吸引了锦西国民党军第54军向南增援。

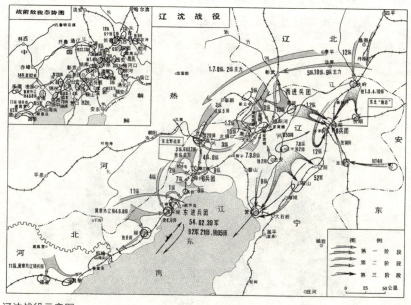

辽沈战役示意图

13 日，东北野战军第 4、第 9 纵队由台安、北镇地区隐蔽南下，插入锦州、义县之间，于 16 日包围义县，切断了义县敌军逃跑退路。第 3 纵队和第 2 纵队第 5 师以及炮兵纵队一部由西安（今辽源）、四平等地经铁路输送于 20 日前后到达义县附近，接替第 4、第 9 纵队对义县的包围任务。

24 日夜，第 9 纵队发起突然袭击，攻下锦州东北帽儿屯，并占领了锦州北部的亮甲山、白老虎屯等地。

见东北野战军大举进攻锦州外围，范汉杰紧急调动第 184 师配合暂编第 20 师实施疯狂反扑。坚守在这里的是第 9 纵队第 25 师，时任师长的曾雍雅回忆道：

二十四日天快破晓，我被机要科长乔遵一声"报告"惊醒了。他交给我一份电报，一看，是九纵首长传达东北野战军总部的战斗命令。命令我们当夜以渗透战法穿过敌人三十里防御纵深，天明前插到锦州北面的营盘、白老虎屯、五姓屯一带，切断敌暂二十二师与锦州的联系，抗击锦州敌人的增援，配合主力围歼薛家屯、葛文碑一带敌人。在电报末尾，首长叮嘱我们："此次行动关系着整个作战意图的迅速实现，任务十分重大艰巨。总部将直接指挥你们，你们应立即与总部联络，把战斗计划和战斗情况随时向首长报告。"

……敌人以一个团反复向我七十三团五连阵地冲击，但锦义公里仍牢牢地控制在我五连的手中；五连一个机枪射手被炮弹炸起的土埋了七次，仍未停止射击；九连三班像一把尖刀插在锦承铁路上，三面临敌，打垮了敌人一个营的

林彪与罗荣桓在研究作战部署

《大决战——辽沈战役》（剧照）

进攻，他们宣誓说："三班在，阵地在，有一个人活着，敌人就过不去！"七十四团二连在三架敌机轮番轰炸的情况下，仍然打退了敌人一个多营的多次进攻，五姓屯始终稳如泰山，而包围二连阵地的是一层层的敌人尸首……

"就是没有白老虎屯的报告！"政委担心地说。

我打电话问七十四团团长李梅溪，他也在着急。他告诉我：守白老虎屯的是一连。战斗开始就被敌人包围，后来退守屯内。敌人的飞机、坦克都出动了，战斗很激烈。村内的情况摸不清，几次派人去联络，去的人都在路上牺牲了。一连也没有派出人来，他们的处境很艰难，但阵地还在一连手里。

白老虎屯离锦州只四里半路，坐落在锦州通往薛家屯、葛文碑的公路上，是敌人向北增援暂二十二师的主要方向。我命令李梅溪："迅速设法查明情况，进行增援！"

……激烈的战斗持续到黄昏，四路进攻的敌人伤亡惨重，败退了。捷报传来，薛家屯、葛文碑的敌暂二十二师，被兄弟部队八纵一部和我纵二十六师消灭了。天黑时，我军阵地内残存的敌人已被肃清。各个分散的部队逐渐集结起来。这时，我们抽出部队向白老虎屯增援，打开了敌人的包围，和孤军奋战的一连会合在一起了。

电话铃清脆地响着。我拿起电话，是团长李梅溪的声音："师长，我们和一连会合了。他们打得真顽强……"他告诉我：敌人一个多团向白老虎屯攻了整整一天，一连在打退敌人十五次冲锋后，最后只剩下三十七个人，坚守在一所孤院里。敌人放火烧他们，他们就在火里打。指导员田广文，在最危急的时候，还领着部队一边唱歌一边打手榴弹；连长陈学良和战士们一起甩手榴弹，把胳膊都甩肿了；全连的枪管都打红了，手烫起了血泡。他们在子弹打光了的时候，砸碎了手表，烧毁了文件、钞票，准备和敌人拼到底……

25日，第9纵队配合自四平以西南下的第8纵队攻占了锦州以北的葛文碑、帽儿山等要地，歼国民党第93军暂编第22师2个团大部。

范汉杰立即电告蒋介石求援。此时的蒋介石正全力应付华东野战军发起的济南战役，忙得焦头烂额，无暇顾及东北，只得令卫立煌部经沈锦路出辽西，直解锦州之围。

卫立煌拒不接受，认为应由关内出兵直接解决锦州之围，解围后与锦州部队会合，出大凌河向打虎山（今大虎山）攻击前进。

无奈之下，蒋介石一面严令卫立煌将第49军空运到锦州增援，一面派参谋总长顾祝同飞赴沈阳督战，敦促卫立煌立即出兵解锦州之围。

然而，卫立煌坚持认为这样做无疑自投罗网，将有全军覆灭之危险，拒不出兵。顾祝同拿卫立煌毫无办法，只得悻悻地飞回南京向蒋介石复命。

杜聿明回忆道：

据郑庭笈说："二十七日开始空运第四十九军增援锦州，到二十八日只运去第七十九师一个师（欠一个团），锦州机场即被解放军炮火封锁，不能再运。"顾在沈期间，曾一再召集东北将领会议，要卫出兵沿沈锦路前进解锦州

东北野战军某部向敌发起进攻

之围，卫仍坚决反对执行这项命令，并与顾多次争吵。卫甚至赌咒发誓："出了辽西一定会全军覆没，你不信我同你画个'十'字（画押的意思）。"据廖耀湘说，当时他主张沈阳主力应乘东北解放军主力攻击锦州时，一气撤至营口地区。卫立煌到这时不再反对廖主张撤至营口的方案，认为如不能照他的意见办时，可以实行这一方案，而顾祝同未得蒋介石同意是绝不敢同意撤至营口的。这样双方争执了好多次，仍未能解决。据赵家骧以后对我说："顾对卫将一切不堪入耳的话都说出来了。卫为了免于被共军消灭，极力忍耐，但出辽西的命令，卫是绝对不干的。"最后顾祝同见义县即将完蛋，要卫立煌出兵辽西仍无希望，只能将东北负责将领的意见转报蒋介石作最后决定。顾祝同带着不愉快的心情回到南京。听说顾向蒋介石报告"东北负责将领不服从命令，不愿意打仗，企图避免作战"等等。

林彪得悉沈阳国民党军正在空运第49军增援锦州，立即命令用炮火控制、封锁锦州机场。27日，自四平地区南下的第7纵队，在第9纵队一部配合下，攻占了锦州以南高桥和西海口；第4纵队第12师进占塔山，将锦州与锦西守军割裂。28日，炮兵纵队以炮火封锁了锦州飞机场，切断了国民党军的空运。

29日，第4纵队绕过锦州攻克兴城。

30日，林彪、罗荣桓、刘亚楼、谭政率东北野战军司令部、政治部有关人员组成的前线指挥所，自双城乘火车迂回前往锦州前线。

同日，蒋介石带着空军司令周至柔、海军司令桂永清飞抵北平，要求国民

辽沈战役中围歼锦州守敌的东北野战军炮兵部队

辽沈战役前夕，东北野战军铁道部队在抢修义县北沙拉大桥

党华北"剿总"总司令傅作义立即抽兵增援锦州。

10月1日，第3纵队、第2纵队第5师在炮兵纵队主力协同下，对锦州外围要点——义县发起进攻。

义县位于锦州以北约45公里，是锦州北方安全及掩护北宁路侧的屏障。第93军暂编第20师1万余人在此驻守。激战4小时，东北野战军全歼守敌，生擒少将师长王世高，攻克义县城。

时任国民党第93军暂编第20师第1团上校团长的赵振华回忆道：

自今晨三时以来，解放军炮火原来集中在第二团西北角一带核心阵地，天明后逐渐转移到东城墙的薄弱部分，炮弹声震耳欲聋，连机枪步枪声都听不清楚。十时左右，通师部的电话线被打断了，至此，我便和师部失去了联络。情况已经到了不可收拾的地步，城西的部队已被打成散兵，逐渐靠近城东来了。中午，东城墙被轰垮了三四十米，陆先柱来报告，解放军已由东城涌进。我命令他组织部队把缺口堵起来，并把我手边仅有的部队特务排也交给他指挥。一小时后特务排长来报告，陆营长下落不明，鼓楼附近已发现解放军，正进行激烈的巷战。下午一点多钟，第三营李建图打电话来，义县车站附近炮声激烈，他说是援军到了。其实根本没有这回事。我为了稳住军心便顺水推舟地说："援军既到很好，守住阵地坚持到天黑，我们便胜利了。"其实哪里有援军，我们已在准备晚上逃跑，自此以后，电话线都断了，对外完全失去了联系。枪声由远而近，战斗已经在团部的街道上进行，接着"缴枪不杀"，"解放军优待俘虏"的声音也清楚地传来了。

义县战斗中，东北军区炮兵司令部司令员朱瑞亲临前线指挥，在入城视察战情时不幸触雷牺牲，时年43岁。

至此，国民党军东北、华北两大战略集团的陆上联系被切断，战略要地锦州成为一座孤城，所需补给全部依靠空投。

与此同时，监视沈阳、长春守军的东北野战军第1、第5、第6、第10纵队和第2纵队主力，分别自九台、四平、清原、开原等地隐蔽南下，于9月中旬相继进至新民西北、锦州以北地区待机。第12纵队和6个独立师及内蒙古军区骑兵第2师由第1兵团司令员萧劲光、政治委员萧华指挥，继续包围长春。

蒋介石深感形势严重，东北国民党军撤向关内的大门有被封闭的危险。为解锦州之危，于10月2日飞赴沈阳与卫立煌等人研究对策。他在对师以上军官训话时声称，这次来沈阳是救你们出去，要求各将领要以杀身成仁的精神努力作战。随后，蒋介石又去北平、天津、葫芦岛督战。经反复磋商，最终做出如下部署：

从关内急调第17兵团指挥第62军、第39军2个师、第92军1个师及独立第95师，分别从塘沽、烟台渡海北上至葫芦岛，连同原驻锦西的第54军等部4个师，共11个师组成"东进兵团"，由第17兵团司令官侯镜如指挥，在海军和空军的配合下增援锦州；以沈阳地区新编第1、第3、第6军和第71、

东北野战军某部开赴前线

第 49 军主力共 11 个师另 3 个骑兵旅组成"西进兵团",由第 9 兵团司令官廖耀湘指挥,先向彰武及以南新立屯攻击,截断东北野战军的后方补给线,然后经阜新趋义县,协同"东进兵团"对进攻锦州的东北野战军主力进行夹击;范汉杰集团继续固守锦州,长春郑洞国集团伺机向沈阳突围。

当晚,林彪收到中央军委关于国民党军增兵锦西、葫芦岛的急电通报。

这是林彪最为顾虑和担心的事情。锦州一时难以攻克,而又受到来自沈阳、葫芦岛援敌的东西夹击,必将陷入危局。考虑再三,林彪又想以主力回攻长春,就给中央军委发去一封特急电报:

在战斗未解决之前,敌必在锦西葫芦岛地区留下一两个师守备,抽出五十四军、九十五师等五六个师的兵力,采取集团行动向锦州推进。我阻援部队不一定能堵住该敌,则该敌可能与守敌会合。在两锦间敌阵地间隙不过五六十里,无隙可图。锦州如能迅速攻下,则仍以攻锦州为好,省得部队往返拖延时间。长春之敌数月来经我围困,我已收容逃兵 1.8 万人左右,外围战斗歼敌 5000 余。估计长春守敌现约 8 万人,士气必甚低。……目前如攻长春,则较 6 月间准备攻长春时的把握大为增加。但须多迟延半月到 20 天时间。以上两个行动方案,我们正在考虑中,并请军委同时考虑与指示。

电报发出后,已是 3 日凌晨,罗荣桓考虑到这毕竟是一次关系全东北的大决战,攻锦计划已经中央军委批准,南线攻势也已全面展开,如临时改变作战计划,不仅违背中央军委意图,而且大部队回返,必将造成混乱局面。于是就和刘亚楼一起找林彪商议。

在罗荣桓和刘亚楼的极力劝说下,林彪决定继续攻打锦州,

东北野战军主要领导人林彪、高岗、罗荣桓、刘亚楼、萧华等合影(右起)

立即重新起草并于上午9时给中央军委再次发报，重申了攻打锦州的决心和部署：

（一）我们拟仍攻锦州。只要我们经过充分准备，然后发起总攻，仍有歼灭锦敌之可能，至少能歼敌一部或大部。目前如回头攻长春，则太费时间……

（二）我们拟采取如下布置：以四纵和十一纵全部及热河两个独立师对付锦西葫芦岛方面之敌；以一、二、三、七、八、九共六个纵队攻锦州；以五、六、十、十二共四个纵队对付沈阳增援之敌……

4日，中央军委复电指出："你们决心攻锦州，甚好甚慰……在此之前我们与你们之间的一切不同意见，现在都没有了，希望你们按照你们3日9时电的部署，大胆放手和坚决地实施，争取首先攻克锦州，然后再攻锦西。"

1963年12月16日，时任中国人民解放军总政治部主任的罗荣桓元帅在北京病逝。悲痛异常的毛泽东写下了《七律·吊罗荣桓同志》，其中有两句是"长征不是难堪日，战锦方为大问题"，充分肯定了罗帅在锦州战役中做出的贡献。

锦州位于辽宁省西南部、辽西走廊东部，是连接华北和东北两大区域的陆上交通的咽喉。境内山脉连绵起伏，地势呈西北高东南低，东北部义县和北镇

锦州今貌

市交界处有医巫闾山脉，西北部有松岭山脉，自西北向东南依次为低山区、丘陵区、平原区。南傍小凌河、女儿河。

国民党守军凭借市郊高地，以钢筋混凝土工事为骨干，构成若干支撑点式的独立坚守据点，作为外围阵地；周围筑有高 3.8 米、宽 1.8 米的临时城墙，四周城墙每隔 50 米筑有一个大型土木质发射点，城墙外有宽 5 米、深 3 米的外壕，壕外设有铁丝网、鹿寨等障碍物，并埋设大量地雷；依托小凌河、女儿河和城垣构成主阵地；以城内建筑物设置中央守备区、中纺公司、交通大学、日伪神社和老城五个核心据点。其防御部署是：

第 6 兵团部及所辖特种部队位于锦州城内；第 93 军暂编第 22 师防守城垣以西小凌河北岸地区，暂编第 18 师防守锦州以北地区；新编第 8 军第 88 师防守西郊飞机场一带，暂编第 55 师防守锦州城西南，暂编第 54 师配置于城东南；第 184 师防守东关及紫荆山；由沈阳空运锦州的第 49 军第 79 师 2 个团接替市郊部分高地的防守任务。

针对守敌设防情况，东北野战军决定把攻锦部队编成三个突击集团，具体部署是：

以第 2、第 3 纵队和第 6 纵队第 17 师、炮兵纵队主力并配属坦克 15 辆，组成北突击集团，由第 3 纵队司令员韩先楚指挥，从城北和西北向南实施主要突击；以第 7、第 9 纵队和炮兵纵队一部，组成南突击集团，由第 7 纵队司令

辽沈战役锦州前线指挥所旧址

员邓华指挥，从城南向北突击；以第8纵队附第1纵队炮兵，组成东突击集团，由第8纵队司令员段苏权指挥，从城东向西实施辅助突击。

另外，由第2兵团司令员程子华、政治委员黄克诚指挥第4、第11纵队和冀察热辽军区2个独立师扼守塔山，在打渔山、塔山桥、塔山堡、白台山、北山一线构筑野战工事，组织阵地防御，控制锦州至锦西的濒海走廊，阻击"东进兵团"，以保障野战军主力夺取锦州；第1纵队主力进至高桥地区为战役总预备队；第5纵队和第6纵队主力、第1纵队第3师、独立第2师、内蒙古军区骑兵第1师位于彰武东南地区，诱"西进兵团"北进，并配合第10纵队在新立屯以东地区阻击"西进兵团"，使其不能直接救援锦州；将长春方向的第12纵队南调开原以西通江口，视机转用于南线；增调5个独立师到长春方向，连同原围城的6个师及内蒙古军区骑兵第2师共12个师，由第1兵团指挥，继续围困长春。

国民党军"西进兵团"于10月8日开始由新民和辽中分路西进。东北野战军以第5纵队和第6纵队主力在彰武东南地区采取运动防御，将其诱向西北方向；以第10纵队和第1纵队第3师在新立屯以东地区，坚决阻击其向锦州增援。至13日，"西进兵团"进占彰武和新立屯以东地区，炸毁了彰武铁桥，切断了东北野战军的后方补给线，企图引诱攻锦部队回援。

国民党军"东进兵团"自10日起，以3~5个师的兵力，在飞机、舰炮和地面火炮配合下，先后采取全线攻击、中间突破两翼牵制、两翼突破中间牵制、以"敢死队"为前锋突进及偷袭等战法，向塔山实施轮番猛攻，企图打通增援锦州的通道。第4纵队在第11纵队和独立第4、第6师的配合下，依托野战阵地，以坚守和阵前反击相结合，激战六昼夜，击退"东进兵团"数十次冲击，歼其6000余人，守住了塔山阵地，保障了攻锦部队的侧后安全，为攻克锦州赢得了时间。

9日，东北野战军攻锦部队在东西两翼阻援部队的保障下发起锦州之战，首先进行外围战斗。经过激烈战斗和反复争夺，至13日，控制了锦州外围有利地形，锦州城区已完全处于攻锦部队瞰制之下。

时任国民党军第6兵团中将司令官的卢浚泉回忆道：

范汉杰认为情况愈来愈不利，十月八日夜对我说，决定放弃锦州，命令全

某部战士进行攻城前准备

东北野战军某部在炮火掩护下攻击锦州城垣

军向西南突围，企图撤出后与援军会合，并说放弃锦州的责任由他个人负责。各军正准备撤走之际，范汉杰忽又收回成命，说是卫立煌的指示，决定坚守锦州，等待援兵。锦州国民党军遂陷于守也不能、退也不能的境地。而东西两路援军又均被阻，东北数十万国民党军的命运，已完全为解放军所掌握。

十月九日，锦州正在退守两难之际，我接蒋介石来电，大意说"锦州关系全局，请吾兄坚守待援"等语。我将原电送给新编第八军军长沈向奎看，问他怎样守为好，沈向奎说："老头子（蒋介石）到没有办法的时候，就来称兄道弟，这就是他的办法。我来锦州只有十几天，看不到什么好办法。"

14 日 10 时，刘亚楼下达了总攻锦州的命令。

东北野战军炮兵纵队集中 500 门大炮猛烈轰击，摧毁城墙及附近的守军工事。锦州城顿时变成一片火海，城墙、碉堡纷纷崩塌，很快就被打开了缺口。

11 时左右，南北两个突击集团在炮火的掩护和坦克的支援下，发起猛烈冲击。在主要突击地段担任攻击的第 2 纵队第 5 师通过挖交通壕迫近锦州城守军防御阵地前沿，在总攻发起不久即首先突破城垣，与守敌展开激烈的巷战，并打退了敌军步兵、坦克的多次联合反扑，保障后续部队源源突入城内。

北突击集团第 2 纵队主力沿惠安街、良守街突进；第 3 纵队主力由伪省公署东侧突破城墙入城猛插；第 6 纵队第 17 师沿突破口北侧投入战斗，向纵深发展，从康德街、大同街向市内攻击；坦克队也随同北突击集团突入城内，协同步兵作战。南突击集团第 7、第 9 纵队涉过女儿河、小凌河，同时突破锦州南面城防，沿牡丹街、中央大街，向纵深发展。东突击集团也从瓦斯会社突破了城垣。

攻入城内各部队采取穿插分割、迂回包围等战术手段，以一个营打一条街的战法，首先将守军插乱、割裂，然后在炮火、坦克的掩护下，以火力、爆破、突击相结合，对固守据点的守军实施逐一攻击。

战斗中，攻锦指战员不顾敌机轰炸、扫射和城内守敌拼死顽抗，英勇冲杀，涌现出一大批英雄集体和模范个人。

在突破锦州市区北部铁路路基国民党军防御阵地时，第 2 纵队第 5 师第 15 团 3 营 8 连 2 排 5 班战斗组长、共产党员梁士英，为扫清部队前进道路上的障

辽沈战役中，东北野战军某部突破锦州城防

8.
锦
州
战
役

碍，用身体顶住塞入敌碉堡里的爆破筒，与敌人同归于尽。战后，梁士英被追认为特等功臣。锦州市人民为纪念这位英雄，将惠安街命名为"士英路"。

锦州城北配水池，范汉杰称它为"第二个凡尔登"，夸口"守配水池的部队都是铁打的汉"。然而攻锦部队却以"打铁汉"的豪迈气概，打垮了敌人数十次增援和反扑。

范汉杰回忆道：

我鉴于形势不利，难以维持下去，廖、侯两兵团的援锦又无望，乃于十四日下午四时许与参谋长李汝和到卢浚泉指挥所与卢及第九十三军军长盛家兴、炮兵指挥官黄永安等开会研究：侯镜如、廖耀湘兵团毫无进展，分别被阻于塔山和新立屯地区，共军现已集中全力来歼我锦州守军，然后才去同侯、廖两兵团决战。而我锦州守军连日战斗伤亡过大，市区无坚固阵地可守，外援无望，只有待毙。……我征求卢、盛等人的意见，他们一致主张当晚向锦西突围。

黄昏时分，范汉杰、卢浚泉、李汝和等人带着特务团一部，从兵团司令部北面的坑道向东门突围，企图渡过小凌河，经南山农场附近向高桥、塔山与陈家屯之间突击，与从锦西向塔山攻击的部队会合。但他们刚刚离开司令部就被突入南市区的解放军发现。

一场混战后，范汉杰侥幸跑出了城，而卢浚泉、李汝和等人却不见踪影。此时天已大黑，锦州城内火光冲天，爆炸声不绝于耳，四面到处都是解放军的

肃清残敌

位于辽宁省锦州市的辽沈战役纪念馆

部队。范汉杰索性藏身在松山东面一间小小的窝棚里，准备昼伏夜行。

15日拂晓前，各路攻城部队在锦州城内会师，歼灭了东北"剿总"锦州指挥所和第6兵团部，守军仅剩约1万人固守锦州老城。

中午，第7纵队和第2纵队一部向老城发起最后的攻击。至18时，锦州城内硝烟慢慢散去。

此战，东北野战军伤亡2.4万人，歼灭锦州守敌10万余人，击落飞机15架，完全封闭了东北国民党军从陆上撤向关内的道路，如同卡断了东北国民党军的咽喉。东北"剿总"中将副总司令兼锦州指挥所主任范汉杰，第6兵团中将司令官卢浚泉、中将副司令官杨宏光，冀热辽边区中将副司令官兼锦西行署主任贺奎，第93军中将军长盛家兴等34名将官，也都没有逃出解放军的天罗地网，一一被俘。

据说，范汉杰被俘后由衷感叹："苦心经营，重兵把守，工事极其坚固的锦州，竟然在三十一个小就被攻占，这真是天下奇迹！"

17日，中共中央发来贺电："庆祝你们此次歼敌十万解放锦州的伟大胜利。这一胜利出现于你们今年秋季攻势的开始阶段，新的胜利必将继续到来。望你们继续努力，为全歼东北蒋匪军队、完全解放东北人民而战！"

19日，中央军委致电东北野战军领导人，指出：锦州之战"部队精神好，战术好，你们指挥得当，极为欣慰，望传令嘉奖"。

锦州好比一条扁担，一头挑东北，一头挑华北，现在中间折断了。数十万东北国民党军顿时陷入了极端不利的境地，成为瓮中之鳖。

9. 长春围困战

1948 年 3 月，东北人民解放军收复永吉（今吉林市）、攻克四平后，长春便成了一座孤城。

当时驻守长春的是国民党军东北"剿匪"总司令部副总司令兼第 1 兵团司令官郑洞国指挥的新编第 7 军、第 60 军以及地方保安部队，共约 10 万人。企图凭借长春的坚固城防进行长期固守，以牵制东北人民解放军主力，使其不能南下作战。

4 月，东北局根据中央军委关于"封闭蒋军，在东北加以各个歼灭"的指

东北野战军某部渡过辽河向长春逼近

示，为解除长春之敌对后方安全构成的威胁，决定先打长春。

5月下旬，东北军区决定以东北野战军第1前线指挥所（8月中旬改称第1兵团）司令员萧劲光、政治委员萧华指挥2个纵队和7个独立师，准备夺取长春。

从24日开始，第1、第6纵队和独立第6、第11师试打长春。但由于事先对敌情估计不足，攻城未能得手，只占领了西郊大房身机场，遂决定改为一部兵力"久围长春"，并向中央军委建议，提出三个方案：

一是正式进攻长春；二是以少数兵力围困长春，封锁粮食，主力到北宁线（今北京—沈阳）热河（今分属河北、辽宁和内蒙古）冀东一带作战；三是对长春采取较长时间的围攻打援，然后攻城，时间准备2至4个月。

6月15日，东北人民解放军政治委员罗荣桓在吉林召开高级干部会议，宣布中央军委同意对长春采取久困长围的方针，待锦州解放后再发起进攻。东北局随后下达了"久困长围、政治斗争、经济斗争"的总方针。

下旬，组成了党政军民联合围城斗争委员会，以第12纵队及独立第5、第7、第8、第9、第10师对长春守军紧缩包围，控制要点，打击出城骚扰、抢粮和企图突围之敌。同时在政治上展开宣传攻势，瓦解守军；在经济上加紧封锁，禁止粮食、蔬菜入城，卡断城内守军生活物资来源。

时任国民党长春市市长的尚传道回忆道：

七月以来，卡哨内外，已开始有饿殍出现。七月下旬以后，市内一般居民家中已无存粮，开始以豆饼酒糟充饥。八月以后，豆饼酒糟也越来越少，到九月中旬，酒糟豆饼等已经吃光。虽当中秋季节，北地长春，业已落叶铺地，饥饿的人民，不得不纷纷抢搂树叶煮食，以资度日。

9月，东北野战军主力南下北宁铁路沿线作战，随着辽沈战役整体部署的调整，第12纵队南调，长春方向增加独立第1、第3、第4、第12、第13师和内蒙古军区骑兵第2师及14个独立团，连同原来的部队共16万人参加围城，连营数百里，形成严密的围困和封锁线。双方阵地距离较近处相距只有五六百米，较远处也不过公里左右。

围困期间，围城各部队所有师、团、营、连单位都组织了对敌宣传组，运用各种形式开展攻心战，宣传中国共产党和人民解放军的政策，瓦解敌军。强大的政治攻心战显示出特有的威力。

喊话。这是当时普遍采用的一种宣传形式，用话筒或广播将劝降书、劝降信等直接向包围圈内的官兵播送。有的在阵地上设广播台，向国民党军官兵讲解国内形势、俘虏政策，交代投诚办法，指出其必然覆灭的命运，只有投降才有出路。

劝降。有组织地派遣投降人员或战俘，携带解放军首长或被俘国民党军高级军官的劝降信件，进入敌军阵地，送给敌军主官，劝其缴械投降。

释俘。在战俘与投诚人员中选择在敌军中有关系、有活动能力的

1955 年被授予中将军衔的唐天际

人员，给予劝降任务，在战役发动前或火线上释放，进入敌军阵地，进行宣传瓦解工作。

宣传弹。用六〇迫击炮将各种宣传品、传单以及"招待证""通行证"等射向敌军阵地。"招待证"上写着"持此证来降者，一律宽大"。有的战士还利用弓箭、弹弓将宣传品射向敌军阵地。

送礼物。即将各种食品、香烟夹带宣传品，在夜间放置敌军前沿，上面写着"救命袋""救命符""中秋礼品"等字样，天明后让敌军自己取走。在敌军粮食极度紧张的情况下，这种送饭送食的办法效果很好。

时任第 1 兵团副政治委员兼政治部主任的唐天际曾回忆：

中秋节那天，在阵地前沿举行节日活动，按照对面敌军的人数赠送月饼和瓜果，让他们分享我们节日的欢乐。强大的政治攻势发挥了瓦解敌军的威力，仅在中秋节第二天，敌军五四六团七连就有二十六名士兵携械前来请降。

宣传牌。在阵地前沿，竖立起许多巨幅标语牌、宣传牌和各色旗子，上面写着醒目大字，如"欢迎国民党军官兵自动投诚""放下武器一律优待""死守突围都是死路""投降才是生路"等标语，并插上路标，指明投降方法和路线，对敌军的心理触动很大，实际作用也很好。

此时，长春守军的补给仅靠空投维持。但因飞行员惧怕地面解放军的对空火力，飞行高度总在三公里以上，不管准确不准确就按电钮投出。投下的物资很多都落到解放军的阵地上，真是内外都补给了。为此，有人向国民党空军联合勤务总司令郭忏开玩笑说："你真是名副其实的联合勤务总司令。"

原本飞机架次就少，加之天气稍微不好就不起飞，这样平均每天投粮不足两千斤，对困守长春的十万大军而言无异于杯水车薪，难以解决问题。守军便大肆抢劫民间粮食，但老百姓家也早已断粮，只好宰牛马、杀鸡犬以果腹充饥。

更有因为空投粮食而引发的不可想象的惨剧。有的长春市民坐在家里或走在大街上，空投的大米麻包突然掉下来，把屋顶砸穿，人被砸死，真是祸从天降。有时麻包落地时破裂，市民便蜂拥上来抢米，任凭军队开枪也吓不散。

最令人哭笑不得的是，郑洞国下令由兵团部收集空投粮食，统一分配给各部队，一级一级地往下发。但每当飞机来空投时，各部队便生火烧水，若米包侥幸落在附近，便把米抢来马上倒进锅里，等收集的人赶到时，生米已煮成了

用来给被包围部队空投物资的国民党军飞机

熟饭。士兵们反而振振有词地说："要我们卖命打仗，让我们吃顿饱饭再去死，不算过高要求吧？"

于是，抢粮之风愈演愈烈。曾有一个俘虏兵对解放军讲他亲眼看见为了抢一张大饼死掉十几个人的事：

"比方你抢到一张大饼正啃着，'呼'，飞来一枪把你打死，开枪的人夺过你嘴上的东西，'呼'，冷不防又有人打他一枪。就这样一个、两个、三个……打下去，啃下去，一张大饼要送十多条人命才啃得完！"

在强大的军事压力和政治攻势面前，长春守军军心涣散，士气沮丧，厌战情绪和逃亡、投诚现象与日俱增。从7月初至9月中旬，投诚的国民党守军官兵达15396人，同时围城部队还歼灭了试图突围的国民党守军4300余人。

郑洞国回忆道：

在围城中最使我头痛的是粮食问题。因为解放军的封锁，四乡粮食来源断绝。唯靠飞机空投，不仅数量少，而且因为空军在长春驻防时，曾与新编第七军发生过摩擦，现在要他们来空投粮食，他们就采取不负责任的态度，既飞得高，又不按规定办法投掷，把许多粮食误投到城外解放军的阵地上。官兵们看了非常恼火。市内存粮日益减少，加以市场投机倒把，粮价一日数涨，市场混乱，人心不安。甚至有新编第七军的军官也参加投机倒把。他们驻长春的时间

我军给愿意回家的国民党军投诚士兵发放路费

比较久，平日就营私舞弊，囤有粮食。至于新由永吉转移过来的第六十军，粮食更加困难。对于这种现象，我虽然有所取缔，因为怕发生意外，不敢操之过急。囤积居奇的粮食虽不多（当时也不可能有很多粮来囤积），对市场的影响却很大。最初高粱米只几元一斤，后来竟涨到一亿元一斤。由飞机运来一万元一张的钞票（空投）已无用处。不得不由中央银行长春分行发行本票，票面数字最初是几十万元一张，后来提高到几十亿元，甚至几百亿元一张。市内税款收入，不够税务人员的伙食开支，徒然扰民而于财政无补。我干脆下令暂时撤销一切税收。我曾一度把市内人口向外疏散，不但没有成功，反而造成许多混乱和死亡。城内饿死的人越来越多，有的在路上走着就倒下去了。有些街道，死尸横陈，无人埋葬。甚至曾发生卖人肉的惨事，当时也追查不出是谁干的。此外因吃豆饼、树皮、草根等而生病的人就更多了。悲惨情景，目不忍睹，长春市变成了阴森森的世界。

进入 10 月中下旬，东北的天气一天冷似一天。长春城内的燃料也成了问

被围困的国民党军宰杀老百姓的家禽充饥

题，竟发生砍树木、拆房屋、挖马路（取沥青作燃料）以取暖过冬的情形。

10 月 15 日，随着锦州被东北人民解放军攻克，东北国民党军队进出的大门被彻底关上了。林彪的下一个目标直指被围半年之久的长春。

就在锦州失陷的当天，蒋介石派飞机到长春空投手令，严令郑洞国率部突围向沈阳撤退。郑洞国召集军、师长开会研究。但各将均表示反对，认为官兵体力甚弱，斗志全无，很难突破解放军的层层堵击。如果勉强突围，必招致全军覆没；不如坚守下去，以观时变。

16 日上午，蒋介石再次电令郑洞国率部突围，称："现匪各纵队均被我吸引于辽西方面，该部应遵令即行开始行动。现机油两缺，而后即令守军全成饿殍，亦无再有转进之机会。如再迟延，坐失机宜，致陷全盘战局于不利，该副总司令军长等即以违抗命令论罪，应受最严厉之军法制裁。"

郑洞国是黄埔一期生，蒋介石的得意门生，虽明知突围凶多吉少，但自恃具有所谓的"军人气节"，奉行"不成功便成仁"的信条，坚决服从校长之命。于是，他立即召集军长和军参谋长等开会，传达了蒋介石的命令，决定 17 日拂晓前实施突围，并制定了突围部署。

然而，大厦将倾之际，将领们人心思变，纷纷寻求生路。

国民党第 1 兵团副司令官兼第 60 军军长曾泽生派第 182 师副师长李佐出城与东北野战军洽谈起义事宜，一并带去了蒋介石的手令和郑洞国的突围计划。

第 60 军是抗日战争全面爆发后由云南地方部队编成的，是云南省主席卢

1949 年 12 月 9 日，国民党政府云南省主席卢汉率部起义，云南遂告和平解放。图为刘伯承（背影）同卢汉握手

汉亲手培植起来的部队，也是云南地方统治势力的政治资本，一直没有摆脱地方部队的性质，人事和兵源的补充多半由云南掌握。士兵大多为云南籍，各级军官也都是卢汉一手提拔起来的，对卢汉感恩不尽，抱着"可以叛蒋，不能叛卢"的信念，即使粉身碎骨，亦在所不惜。

时任第 60 军暂编第 21 师少将师长的陇耀称：滇军是蒋介石和卢汉之间政治交易的抵押品。所以滇军是用在东北的军事行动来掩护云南的政治局面。尽管内受蒋介石中央军的排挤打击，外受解放军的进攻包围，内外交困，艰险重重，前途暗淡，但仍然含垢忍辱，任劳任怨，惨淡经营。即使在困守长春、弹尽粮绝、杀马烹犬、勉强度命的严重关头，也死力挣扎，以期维持云南政治局势的稳定，不负于卢汉而后已。

唐天际回忆道：

在长春围困战役开始后，我军很重视对六十军的工作，特派刘浩、杨滨主持东北军区联络部前方办事处工作。东北局调原六十军一八四师师长潘朔端到长春第一围城指挥所（东北一兵团）任副参谋长。他通过各种关系，给城内国民党的上层人物写了不少信。六十军中我党地下组织也积极开展活动，发展了一批党员。所有这些工作，为六十军起义创造了条件。

萧华、唐天际等人研究认为，曾泽生的第 60 军应赶在郑洞国突围前，即至迟于 17 日拂晓举行起义，否则将错失时机。同时决定为万无一失，立即写信请曾泽生前来面谈。

唐天际请潘朔端写了一封信交由李佐带回城给曾泽生。信的大意是：滇军有过护法、讨袁的光荣历史，现在又高举义旗，令人赞佩，希望前来面谈，共同研究起义事宜。

傍晚时分，曾泽生悄悄溜出城，来

1955 年被授予中将军衔的唐天际

到第 1 兵团前沿指挥所，与唐天际等人共同商定了起义的具体行动方案。

唐天际提醒曾泽生要把计划考虑得再周密一些，把困难想得再多一些。比如，驻在第 60 军第 182 师、暂编第 21 师之间的暂编第 52 师如果堵住去路，如何对付？新编第 7 军是蒋介石的嫡系部队，如果阻扰起义，又该如何解决？

曾泽生胸有成竹地说："解决 52 师恐怕问题不大，对付新 7 军可能要遇到一些麻烦。52 师有几个蒋介石的亲信，今晚我把他们软禁起来。"

唐天际立即叫秘书打电话请示萧劲光、萧华，得到的答复是："只要 60 军宣布起义，把部队拉出长春城就行。对付新 7 军完全由我们负责。"

这下，曾泽生更有信心了，立即赶回部队，宣布起义。他回忆道：

当我到了暂编第二十一师，营长以上军官都已到齐，挤满了一个小会议室。我由浅入深，以诱导的方式，从眼前的政治形势，讲到六十军与蒋介石嫡系的矛盾，然后说明了六十军的处境。最后我说："弟兄们，长春的处境，大家都很清楚，今天召集你们来，就是要商议办法，我们该怎么办？"

我的讲话，使不少人（主要是营一级军官）感到意外，过了好一阵，没有人起来发言，大家都很拘束。我笑着问道："你们发表意见，看该怎么办？"依然是沉默。又过了一阵，有人大声说了一句："军长怎么命令，就怎么办！"大家都随声附和："对！军长下命令，我们就办！"我说："不行，这不是下命令的事，这是关系全军官兵前途的大事情，应该大家考虑，以免将来有二话！"有人大胆地起来发言了，他主张"立即向沈阳突围"。我当即否定了这

萧劲光（中）、萧华（左）会见率部起义的曾泽生

个意见，说："不行，我们走不到沈阳，就早被消灭了。"有人打了头炮，发言渐渐活跃起来。有人主张"尽忠报国，战至最后一人"，有人主张"死守长春，等待援兵"……就是没有人提议"起义"。我环视满屋的人，大家都是云南袍泽，受尽了蒋介石嫡系的白眼，眼前又都是无路可走。他们不提"起义"，并不是不愿意起义。于是，我又更明显地启发说："死守待援，无异于等死。蒋介石祸国殃民，对我们六十军欺凌宰割，和我们只有怨仇，毫无恩德，我们何苦给他'尽忠报国'，该怎么办？大家还应多加考虑！"大家又是一阵沉默。突然，一个人站起来说："我主张起义，反对蒋介石，跟共产党走！"我走上肯定地说："这是可以走的一条路，我赞成这个意见！"会场的情绪一下子活跃起来。我问道："你们同意起义吗？"大家都齐声回答，"同意！"

17日，曾泽生率第60军军部及第182师和暂编第21、第52师共2.6万余人起义。当晚，东北野战军独立第6、第8师悄然入城，接管了长春东半城第60军的防区。

起义后，曾泽生给郑洞国和新编第7军军长李鸿各写了一封信，劝说他们一同起义。其中，给郑洞国的信原文是：

桂庭司令钧鉴：

长春被围，环境日趋艰苦，士兵饥寒交迫，人民死亡载道，内战之惨酷，

曾泽生在东北野战军举行的欢迎起义人员大会上讲话

目击伤心。今日时局，政府腐败无能，官僚之贪污横暴，史无前例，豪门凭借权势垄断经济，极尽压榨之能事，国民经济崩溃，民不聊生。此皆蒋介石政府祸国殃民之罪恶，有志之士莫不痛心疾首。察军队为人民之武力，非为满足个人私欲之工具，理应救民倒悬。今本军官兵一致同意，以军事行动，反对内战，打倒蒋氏政权，以图挽救国家于危亡，向人民赎罪，拔自身于泥淖。

公乃长春军政首长，身系全城安危。为使长市军民不作无谓牺牲，长市地方不因战火而糜烂，望即反躬自省，断然起义，同襄义举，则国家幸甚，地方幸甚。竭诚奉达，敬候赐复，并祝戎绥！

曾泽生敬启

这时，城西区守军皆不攻自溃，成瓦解态势，许多官兵自动与解放军建立联系，谋求生路。18日，骑兵旅、保安旅等地方部队纷纷放下武器。就连蒋介石的嫡系部队新编第7军也准备投降。

这天早上，新编第7军副军长史说、参谋长龙国钧召集全军营级以上部队长开会，商议了两个多小时，最终认为军心已涣散，突围是没有希望的，只会将全军引向死地。但若要学曾泽生第60军起义，恐号召力不强，唯有由郑洞国领导才有可能。

这时，国民党第1兵团司令部副参谋长杨友梅打来电话，询问情况。龙国钧如实报告："新7军已决定放下武器，解放军已经同意保障司令官以下生命财产的安全，希望司令官和我们一道行动。"

我军战士给投诚的国民党军士兵送水送饭

杨友梅告诉龙国钧：郑洞国也未尝不想起义，但面子难看，不如即刻把郑洞国接到军部去，然后内部由他号召起义，向外宣布说他是受了新7军的胁迫。

史说也对龙国钧说："照着做吧！这是大势所趋，我们为了郑的生命安全及个人体面，将一切罪过都背起来吧！"

于是，龙国钧驾车闯过壁垒森严的中央大街，来到第1兵团司令部。龙国钧回忆道：

兵团部在市中心的中央广场西北角上。广场的东半部已经完全被第六十军占领着，西半部除了大楼本身外，其余的街道和楼房也都淹没在灰色部队的海洋中。整个兵团部已处在高度的战斗状态，大楼上的每层墙窗上，都垒着沙包，伸出枪口。当我登上第三层楼，走进郑洞国的卧房时，坐在门旁边的四个警卫员立刻迎着我，告诉我："司令官正在休息。"我说："如果司令官在休息，我想见杨副参谋长，是他约我来的。"警卫员要我等一下，转身进房去了。不一会儿，杨友梅开门迎我进了房，只见郑洞国侧身蒙被躺在床上。杨友梅侧身坐到床沿上。床对面的沙发上坐着两位由南京国防部派来长春视察而没有机会逃出的少将高级参谋，彼此都是相识的人，所以我也只打了个招呼，就在靠近床边的一张椅子上落座。杨友梅向床上轻声讲了两遍："司令官，龙参谋长有事来见你。"郑好像是已经入睡，没有应声，我也只好静候着。大约寂静了两分钟，郑才轻声问我："龙参谋长有什么事？"我说："现在军部正在开营级以上部队长会议，希望司令官去主持一下。"郑又问我："你们李军长呢？史副军长呢？他们为什么不亲自主持？"我依照与杨友梅约定的话回答说："李军长正在发病，无法主持会议。史副军长现正主持会议，但有些重大问题，无法决定。倘若司令官亲自参加，问题就容易解决些。"我讲完了后，郑洞国很久不作回答，大约又过了五分钟，他忽然撑起半身，指着我厉声责问："龙国钧，你和史说随我做了几年事，我没有亏待你们。你们今日为什么学张学良、杨虎城卖我求荣呢？"我听了这话，顿时气得几乎爆炸了，我长时间埋在心里的一股不满，几乎脱口而出，但是终于忍住了。

郑说完了这几句话又默不作声，倒身躺下去了。杨友梅和两位高参，也都默无一言。我听了郑洞国的指责，顿时深感自己处身很危险，忍耐了两分钟，便起身引退，出了房门，疾步下了楼。

郑洞国最终率第1兵团部放下武器向解放军投诚。图为郑洞国到达哈尔滨

曾任过黄埔军校政治部主任的周恩来也于这一天亲自写信给当年的学生郑洞国："目前，全国胜负之局已定。……兄今孤处危城，人心士气久已背离，蒋介石纵数令兄部突围，但已遭解放军重重包围，何能逃脱。……届此祸福荣辱决于俄顷之际，兄宜回念当年黄埔之革命初衷，毅然重举反帝反封建大旗，率领长春全部守军，宣布反美反蒋、反对国民党反动统治，赞成土地改革，加入中国人民解放军行列，则我敢保证中国人民及其解放军必然依照中国共产党的宽大政策，不咎既往，欢迎兄部起义。"

19日，李鸿率新编第7军军部及新编第38师和暂编第56、第61师投诚，长春遂告解放。只有郑洞国仍碍于"面子"，不肯改变"宁可战死，不愿投降"的顽固态度，率兵团司令部人员和警卫部队据守中央银行大楼。

这时，杜聿明发来急电，称：他拟请蒋介石派直升机来接郑洞国等人逃离长春，问有无降落地点。郑洞国心知大势已去，答复道："现在已来不及了。"

唐天际回忆道：

杨友梅又急急忙忙地以郑洞国名义给萧劲光司令员、萧华政委写信，并派来几个代表再次协商。开始他们要求把投降改为起义。解方参谋长答复说："把投降改为起义恐怕不妥，可以换个名词叫'放下武器'。"他们又要求对外公布说郑洞国是生俘的。解参谋长觉得"生俘"也不符合实际。他说："我们也没有动武打进去，是他自动走出来的。对郑洞国将军我们还要以礼相待，前往迎接，怎么能说被我们生俘的呢？"最后，一个代表说："郑司令希望把兵团放

国民党投诚官兵交出武器

下武器的时间向后拖一拖，放在明天上午，不知贵方是否允许？"解参谋长欣然说道："好吧！也许郑司令还有些事情要处理，可以把时间延迟到明天上午。"一切问题都达成了协议，谁知当天夜里，郑洞国兵团司令部演出了一声场闹剧：深夜，中山西路突然枪声大作，里面还夹杂着手榴弹声。

解方和唐天际急忙赶到前线指挥所了解情况：是驻守中央银行大楼的郑洞国残部打的枪，奇怪的是枪口朝天，也没有人试图突围。解方说："朝空中打，就让他们去打吧，我们不理他。如果发现突围，就坚决地消灭掉！"

事后才搞清楚，原来是郑洞国身边的高级将领们演给蒋介石看的一出戏。

他们先以郑洞国的名义给蒋介石发电报表示"要战斗到最后一枪一弹、一兵一卒"。然后命令困守中央银行大楼的士兵们集中火力对空胡乱射击，以表示作了最后"抵抗"。蒋介石派来四架夜航机看到中央银行大楼火光冲天，枪声大作，果然深信不疑。最后，他们又仿用郑洞国的口气报告蒋介石："总座，我们来生再见。"然后轰的一声把电台炸了。

21日晨，郑洞国率第1兵团部放下武器，终于走出中央银行大楼向解放军投诚。

长春围困战历时5个月，粉碎了蒋介石以长春守军牵制东北野战军主力，

9.

长春围困战

电影《兵临城下》（剧照）

使其不能向南机动的企图，开创了人民解放军战史上经过长久围困、瓦解守军、解放大城市的先例。

许多年后，新中国的电影工作者将此段历史改编拍摄了一部脍炙人口的电影——《兵临城下》。

10. 塔山阻击战

　　1948 年 9 月 12 日，东北人民解放军发起辽沈战役，首先以主力出击北宁铁路（今北京—沈阳）锦州至唐山段。至月底，先后攻克昌黎、北戴河、绥中、兴城等地，国民党军东北、华北两大战略集团的陆上联系被切断，战略要地锦州成为一座孤城。

　　直到这时，蒋介石才判明东北野战军有强攻锦州的可能，深感形势严重，于 10 月 2 日飞抵沈阳，调整部署：

　　从关内急调第 17 兵团指挥第 62 军、第 39 军 2 个师、第 92 军 1 个师及独立第 95 师海运葫芦岛，连同原在锦西（今葫芦岛市）的第 54 军和暂编第 62

东北野战军第 4 纵队攻占兴城

师，共 11 个师组成"东进兵团"，由第 17 兵团司令官侯镜如指挥，增援锦州；以沈阳地区新编第 1、第 3、第 6 军和第 71、第 49 军主力，共 11 个师另 3 个骑兵旅组成"西进兵团"，由第 9 兵团司令官廖耀湘指挥，先向彰武及以南新立屯攻击，企图截断东北野战军的后方补给线，然后经阜新趋义县，协同"东进兵团"对围攻锦州的东北野战军主力进行夹击；范汉杰集团继续固守锦州，长春郑洞国集团伺机向沈阳突围。

3 日，林彪、罗荣桓致电中央军委，准备集中 16 个师和炮兵纵队主力共 25 万人，编成 3 个突击集团，于 4 日晚强攻锦州，全歼范汉杰集团。为保证攻锦战役的顺利进行，同时决定第 2 兵团指挥第 4、第 11 纵队和冀察热辽军区 2 个独立师扼守塔山一带阵地，控制锦州至锦西的濒海走廊，阻击"东进兵团"；第 5 纵队和第 6 纵队主力、第 1 纵队第 3 师、独立第 2 师、内蒙古军区骑兵第 1 师位于彰武东南地区，诱"西进兵团"北进，并配合第 10 纵队在新立屯以东地区阻击"西进兵团"，使其不能直接救援锦州。

塔山，位于锦州、锦西之间的北宁铁路线上，距锦西 10 余公里，距锦州 30 公里。东临渤海，西靠白台山、虹螺山，锦榆公路（锦州—山海关）纵贯其间。虽名为塔山，但实际上既无塔也没山，而是一条宽约 10 公里的狭长起伏的丘陵地带，因附近有一叫塔山的百十户人家的小村庄而得名。很显然，地势较低又无险要地物依托的塔山，易攻难守，并不是一个打防御战的理想战场。

然而，正卡在锦榆公路上的塔山村，就像个门闩，无险可守，却是国民党

塔山阻击战烈士纪念碑

"东进兵团"由锦西增援锦州的必经之地。只要突破塔山，不出两个小时，大批援军即可抵达锦州城下，对东北野战军攻城部队实施反包围。因此如果说，锦州是关东门户，塔山则是锦州的门户。能不能攻克锦州，关键在能否守住塔山。

于是，东北野战军第4、第11纵队等部为保障野战军主力攻取锦州，在塔山与增援锦州的国民党军展开了一场惊天动地的血战。

第2兵团组织塔山阻援部队团以上干部认真进行现地勘察，反复研究作战方案，确定了以塔山为防御重点的兵力部署：第4纵队防御正面为东起打渔山西至白台山脚一线；第11纵队位于第4纵队西侧，担任新立屯、魏家岭、老边一线防御；冀察热辽军区独立第4、第6师在南面东窑站、双树铺、地藏寺、季家屯之线实施钳制。

按照部署，5日，第4纵司令员吴克华、政治委员莫文骅率纵队3个师启程，星夜行军，于次日晨抵达塔山，决定以第12师和第11师第32团为第一梯队，担任正面防御任务；以第10师和第11师主力为预备队；纵队炮兵编为2个炮兵群集中使用。

各部立即在打渔山、塔山桥、塔山堡、白台山、北山一线抢修野战工事，共构筑各式掩体2600多个，挖掘交通壕9500多米，防坦克壕6000米，形成了比较完整的阵地防御体系。

林彪十分清楚塔山是关系整个战局的生死之地，电示程子华、吴克华：

我军官兵在战壕里休息，只待一声令下，坚决阻击敌人的进攻

"两锦敌人相距只有三十余里，故我军绝对不能采取运动防御方法，而必须采取在塔山、高桥及其以西以北布置顽强勇敢的工事防御，以四纵一两师的兵力，构筑工事，加强防御的军政训练，准备在此线死守不退，在阵地前大量消耗敌人有生力量，准备抵抗敌人数十次猛烈进攻，待敌消耗疲劳进退两难之时，再集中十一纵全部及四纵一两个师的兵力组织反突击，将敌人大量歼灭于我阵地之外。""你们必须利用东自海边西至虹螺山下一线约二十余里的地区，作英勇顽强的攻势防御，利用工事大量杀伤敌人，使敌人在我阵地前横尸遍野……而使我军创造震动全国的光荣的防御战。"

电文中，向来爱打巧仗的林彪一反常态，提出"必须死打硬拼，不应以本身伤亡与缴获多少计算胜利"，要坚决阻住敌人。

据说，林彪曾对守塔山的第4纵队领导人说：守住塔山，胜利就抓住一半，塔山必须守住。攻不下锦州，军委要我的脑袋。守不住塔山，我要你们的脑袋。

吴克华回忆道：

8日上午，我和莫文骅等带领全纵团以上干部到前沿勘察地形，下午在塔山堡召开了会议。根据上级首长的指示和部队的任务，详细讨论了纵队决心、阵地编成、敌人特点、我军打法及兵力部署等问题。我们认为塔山地区为中等起伏地，敌人在海空军火力支援下，便于开展攻击。但该地又临海傍山，敌人不便从两翼迂回，我防御正面虽有十二公里半，但便于敌人进攻的地形只有八公里，敌人不可能展开更大的兵力。据此，依据力争将敌人挫败在我阵地前沿，一旦阵地被突破也有足够力量将其消灭在阵地内的原则，决定以十二师全部展开于东自打渔山西至白台山一线，十一师三十二团展开于北山之前，重点守备塔山堡、塔山桥（铁路桥）和白台山等足以支撑全线的主要阵地。为了保证有足够力量持续不断地反击敌人的连续冲锋，第一线师、团均以三分之一至三分之二的机动力量作二梯队，十师全部及十一师三十一团、三十三团则于一线部队侧后，按纵深梯次配置，作全纵预备队。

与各种军事准备的同时，还进行了反复深入的政治动员。纵队召开了阵前二届士兵代表大会，纵队党委发布了《告全纵指战员书》、《致全体共产党员信》，号召全纵"寸土必争，与阵地共存亡"，保证打好这一仗。各部队在遍

宣传队深入前沿阵地，在战壕里进行宣传鼓动

插着"死打硬拼，人在阵地在"、"让敌人尸横遍野，血流成河"等标语牌的阵地上，举行了庄严宣誓。十二师江燮元师长指着自己的指挥所对部队说："我的位置就在同志们身边，为了保证锦州作战的胜利，我随时准备献出自己的最后一滴血！"十师李丙令政委在干部会上说："为了粉碎敌人增援锦州的企图，我誓与同志们同生死共患难，抛头颅洒热血而不后退一步！"这种钢铁般的誓言表达了全纵指战员们的共同决心。

蒋介石自然也知道塔山的重要性，"东进兵团"能否解救锦州之围全系于此。6日上午，蒋介石乘坐"重庆"号巡洋舰，在国民党海军司令桂永清、第17兵团司令官侯镜如等人的陪同下，由天津塘沽赶到葫芦岛，督促"东进兵团"尽快启程。

在葫芦岛第54军军部，一脸杀气的蒋介石召集驻军团长以上军官训话。他首先介绍站在身旁的侯镜如："这是第17兵团司令官侯镜如，我这次带他来，要他在葫芦岛负责指挥，你们要绝对服从命令。这一次战争胜败，关系到整个东北的存亡，几十万人的生命，都由你们负责。你们要有杀身成仁的决心。这次集中美式装备的优势部队，兼有空军助战和海军协同，是一定可以击灭共军的。"

最后，蒋介石说："在侯司令官回去带队未来到之前，你们暂归第54军军长阙汉骞指挥向塔山、锦州攻击。"同时指定桂永清及第3舰队司令马纪壮指挥海军以152毫米舰炮轰击塔山阵地，协助地面部队攻击。

10.
塔山阻击战

蒋介石向他的将领们训话

10日天还未亮，"东进兵团"在7架飞机、2艘军舰舰炮和数十门重炮的掩护下，以整师整团的兵力，轮番向第4纵队设防的塔山阵地实施猛烈进攻，企图打通增援锦州的通道。

据吴克华回忆当时整个塔山前线的战况是这样的：

炮弹密如蝗群，几十分钟落弹五千余发。工事全被摧毁，铁轨枕木漫天飞舞，平地犁松了几尺土。炮伤甚大，一部分人震昏，耳鼻出血。敌冲锋队形密集，连、营、团长带头，督战队压后，不顾地形条件，犹如一群疯狗，任凭怎样射击，还是毫无知觉似的"哇哇"叫着往上冲。前面倒下了后面的踏尸而过，一梯队垮下去，二梯队上，二梯队垮下去，三梯队、四梯队上。炮击一阵，冲一阵，冲一阵，炮击一阵。一次进攻被打退，二次进攻接踵而来，打也打不光，堵也堵不住。拼死命冲上来的敌人和我军战士绞在一起，抓头发、揪耳朵、摔跤、滚打，拼老命地干。我前沿掩体、碉堡、交通壕、堑壕，得而复失，失而复得，呈现拉锯状态。

攻击开始时，国民党军信心十足，满以为解放军在塔山无险可守，拿下塔山轻而易举。因此并未出动空军，只用各种美制火炮轰击半小时后便发起地面进攻。其中，暂编第62师进攻打渔山阵地，然后以主力向塔山桥及其以东地区攻击；第8师全力攻击塔山；第151师以一部兵力进攻北山南侧阵地，主力向白台山阵地进攻。

塔山阻击战中，东北野战军某部向国民党军发起反击

阻击部队在第 4 纵队炮兵支持下，顽强抗击，并组织强有力的阵前反击，夺回了一度失守的打渔山阵地。激战终日，"东进兵团"各个攻击方向均未能突破第 4 纵队的防线，损失千余人。

时任国民党第 17 兵团中将副司令官兼第 62 军军长的林伟俦回忆道：

十月七八日，锦州战事进入紧急阶段，在葫芦岛的国民党军听到一阵接一阵的紧密炮声，困守锦州的范汉杰迭电葫芦岛国民党军求援甚急。原驻葫芦岛的国民党第五十四军军长阙汉骞为了急援锦州，主张九日开始进攻。当时我因第六十二军部队海运尚未集中完毕，侯镜如又未到来，当面情况不明，地形尚未侦察，认为过早开始行动是不适宜的，所以不同意阙汉骞的主张。到九日下午第六十二军、第六十七师从塘沽运到，因中途遇风，官兵晕船、呕吐不止，身体精神尚未恢复。这时锦州城方面炮声更加紧密，范汉杰又急电求援，阙汉骞为了向蒋介石邀功，认为锦州如果完蛋了，葫芦岛援锦部队还未响一枪一炮，对蒋无法交代，乃决定于十日拂晓开始进攻，并向蒋介石报告。

当初的作战方针，以援锦为目的，第六十二军夺取白台山以后，沿铁路公路左侧挺进锦州城西地区及飞机场附近，以保证以后的空运补给；第五十四军除两个师留守葫芦岛和锦西县城地区外，以第八师夺取塔山后，沿铁路公路前进，挺进锦州城南地区，与城内守军取得联络；暂编第六十二师夺取铁路桥头堡地区后，即随第八师跟进为总预备队。为了配合主力正面进攻，以一部迂回

我军炮兵猛烈轰击，坚决打退敌人的进攻

到白台山进行侧击。当时因轻视解放军的力量，没有和空军联络协同，只利用美械炮火先行炮击半小时以后，部队即开始进攻，以为就可以唾手而得了。但是，经过反复冲击，碰得头破血流，到上午十一时左右不得不停下来。据我军前线各师长报告，炮兵没有把各种堡垒铁丝网破坏，部队冲不上去，伤亡很重，双方相距有的仅几十公尺，日间已无法前进。

十日下午，罗奇带独立第五十九师从塘沽港海运到达葫芦岛。他随即亲到前线查询了战况。他说："锦州战事激烈，我代表总统来督战，主张加紧行动。"阙汉骞眼见这天上午进攻塔山未能得手，准备亲上前线督战，并制订十一日继续进犯的作战计划：集中第五十四军全军炮兵指向塔山，以支援第八师；第六十二军全军炮兵指向白台山山脚二〇七高地，以支援部队攻击采取重点突破手段。要求各部队进行调整，补充弹药，把第一线队伍改为预备队，以预备队调充第一线。

十日黄昏，正当下达作战命令，准备按照十日的兵力部署在十一日拂晓前进攻的时候，接到前线报告，说解放军后方部队向前线增加，并由右而左集结兵力，调动频繁。当时国民党军害怕解放军发动夜间攻击，整夜待在阵地准备着。连日以来，在黄昏和夜间，锦州外围炮声较为紧密，日间较少；而国民党军多在拂晓开始行动，成了当时战斗的一种规律。

锦州城内的范汉杰，听到塔山方向炮声震天，心中略安，日夜企盼着援军到来。但他哪里想得到，就是这小小塔山竟然会阻挡住侯镜如的10万援军，并因此断绝了锦州城10万守军的生路。

塔山阻击战结束时的情景

　　11日拂晓，激战再起。国民党军第8师在炽烈炮火的掩护下，以整营整团猛攻第12师第34团坚守的塔山阵地。短短半个小时之内，敌人就向塔山阵地上发射各种炮弹3000余发，平均不到两秒钟三发。

　　塔山上的工事被炸得支离破碎，到处弥漫着硝烟和烈火。第34团官兵高呼"誓与塔山共存亡"的口号，在我军炮火的支援下，一次次打退了敌人的疯狂进攻。

　　国民党军第54军第8师少将副师长兼参谋长施有仁回忆道：

　　由于解放军集中优势炮兵火力，实行奇袭阻击，我方炮兵受到很大威胁与压制，其炮火之猛烈，是我们部队对共产党部队作战以来所仅见。我们作战，从来都是靠空军压制敌人，以绝对优势炮火开辟前进道路。而现在，初次遇到我方炮火处于劣势状态，部队士气受到极大震动。我方第一日的攻击，可以说是毫无寸进。第二日，由于有海空军助战，我们的攻击部队才在自己炮兵火幕的掩护下，缓慢前移。当海空军活动稍一中止，步兵攻击即行顿挫。我们的炮兵也变成了哑巴。尤其是前进到距敌阵一千公尺以内，共产党部队的坚强抗击和英勇出击，更使我攻击部队无法前进。对付共产党小部队的阵地出击方面，也完全依赖浓密炮兵火力的阻击掩护，如果炮火运用稍不及时，就会动摇溃败。

　　11日下午，侯镜如率第21师到达葫芦岛，把兵团部指挥所设在锦西中学校内。林伟俦向侯镜如一五一十地汇报了这两天的战况。

　　激战两天却毫无进展，大大出乎侯镜如的预料。他立即与兵团副司令刘春

10.
塔山阻击战

美制 B-24 型轰炸机

岭、参谋长张伯权和林伟俦等人研究制定下一步的作战部署，并在锦西中学召集军长、师长、参谋长开会，听取各部情况。

会上，诸将一致认为：解放军在塔山构筑的工事非常坚固，完全采用路轨、枕木和附近居民送来的原木门板来作掩盖，设置了数道障碍物，尤其解放军坚守阵地的勇敢沉着不惧牺牲精神，是攻击前没有想到的。

对下步作战行动，诸将众说纷纭，莫衷一是。

有的说，总统来讲话时强调我军的海空优势，但打起仗来，就没有飞机来助战。要求空军、海军能集中炮火轰炸一点，以掩护步兵前进。

有的师长说，能有战车来协同步兵作战，对破坏障碍物更有把握些。

华北战地督察组组长罗奇说："葫芦岛有 4 个军，沈阳西进有 5 个军，加上锦州的 2 个军共 11 个军的兵力，再加上海、空军的优势，无论在数量上和火力配备上我军都比共军占绝对优势，只要官兵用命，抱'杀身成仁'的决心，是一定可以完成这次任务的。"

阙汉骞听后连连摇头，深有感触地说："我军口头上是强调海、空军优势及我兵力比共军多，但打起仗来，空军就没有派飞机来，海军的炮兵协同也有限。说到陆军，我军是有 11 个军，但沈阳的西进兵团 5 个军远隔几百公里之外，锦州的 2 个军被共军包围着，已不能与我军协同，烟台的第 39 军还没有到达，在葫芦岛的部队还要担负锦西、葫芦岛的防务及海口交通，实际能使用于攻击的部队不到 2 个军的兵力，加上部队的缺额及伤亡……"

争论了半天，最终侯镜如决定采取稳扎稳打的方针，主力沿锦葫铁路、公路正面推进，以战斗力较强的独立第95师主攻塔山，以第62军攻击白台山，以第8师攻击铁路桥头堡。各部休整一天，于13日拂晓发起全线攻击。

　　吴克华、莫文骅也在调整部署：以第10师第28团接替第34团塔山以东防御阵地；第11师第31团第一线阵地移交第11纵队后，转移至第12师侧后，加强纵深配置；第32团撤出一线，转移至王善屯附近为纵队预备队。

　　13日，天刚刚亮，从北平机场起飞的B-24型轰炸机将一颗颗重磅炸弹扔向塔山，"东进兵团"数十门重炮和"重庆"号巡洋舰152毫米口径主炮也进行轰击。

　　一时间，塔山阵地上落下的炮弹密如蝗群，几乎把这个小小的弹丸之地夷为平地。独立第95师和第8师分别向塔山、铁路桥头堡猛攻，第151、第157师向白台山东南阵地进攻。

　　刚刚从华北调来的独立第95师，号称"赵子龙师"，自夸从来没有丢过一挺机枪，战斗力颇强。罗奇亲自率领全师连长以上军官侦察塔山地形，并对排长以上军官训话鼓气。

　　这位罗奇可是大有来头，人称"罗千岁"。

　　原来，当年孟良崮一役，国军"五大主力"之一，号称"国军模范""御林军"的整编第74师全军覆灭。蒋介石痛定思痛，发现前线传来的战报严重失实，于是从总统府参谋处挑选了一批年轻有为的军官为督察官，携带密码奔赴

"重庆"号巡洋舰

10.
塔山阻击战

塔山阻击战作战沙盘模型

各大战场督战。督察官以上是督察组长。罗奇正是以这种"钦差大臣"的身份出现在辽沈战场上的。

罗奇，1904年生于广西容县。早年就读于容县中学、广州工程学校和广州法政大学法科。1924年考入黄埔军校第一期，与徐向前、王尔琢、刘畴西等著名的共产党人同编在第1队。毕业后，历任军校学兵连排长、入伍生队区队长、国民革命军第2师参谋、第27师营长等职，参加过第一、第二次东征，平定刘杨叛乱及北伐战争。

全国抗日战争爆发后，罗奇升任第95师师长，参加徐州会战、武汉会战、第一次长沙会战。1941年升任第37军副军长，仍兼第95师师长，率部参加第二、三次长沙会战。1943年升任第37军军长，率部参加长衡会战，因战败被撤职。后任陆军第二集训处副处长、陆军总部特科参谋等职。

1947年，罗奇出任国防部战地视察组第4组组长，负责督导华北、东北等地的国民党军队同人民解放军作战。

由于这些督察官权力很大，在战地可以先斩后奏，直接向蒋介石汇报战况，因此常常狐假虎威，发号施令，颐指气使，专横跋扈。前线将领敢怒不敢言，把他们看成和明朝的太监出来监军一样，背地里称他们为"千岁"。

国民党秦（皇岛）葫（芦岛）港口司令部少将副司令惠德安回忆道：

罗奇这次从北平来葫芦岛，据北平联勤总部第五补给区副司令谭南光对我说："并非蒋介石想派他，而是罗奇自告奋勇要求来的。"因为集结在葫芦岛的独立第九十五师以前是罗奇带过的队伍，第六十二军是广东部队，罗和军长林伟俦是同乡。林在天津时更以黄埔前期同学看待罗奇，遇事常关照。罗认为这次集中陆海空三军打通锦州，不成什么问题，很可以利用他和独立第九十五师、第六十二军的关系表现一下，好在蒋介石面前邀功。罗到葫芦岛后，宣称他在北平亲自受蒋介石的作战指示，并派他来贯彻执行。他发号施令部署军队，对阙汉骞、林伟俦等人是颐指气使的；对陈铁、唐云山两人更没放在眼上。陈铁是东北"剿总"副总司令，卫立煌派他来葫芦岛设立"东北剿总指挥所"，负责督促葫芦岛方面的国民党军迅速东进，去解锦州之围，以减轻各方对沈阳要求积极西进的压力。范汉杰也派他的副司令官唐云山来葫，催迫阙汉骞打通塔山，速为锦州补给粮秣弹药。当十月十三日组织进攻塔山时，罗奇很以为塔山会拿得回来，不愿第五十四军阙汉骞独占这一功，坚持把进攻塔山的二分之一正面，交给独立第九十五师这一精锐部队。

战斗打响后，独立第95师果然凶狠异常，采取"波浪式"的冲击战法，以团为单位分成三波，一营为一波，轻、重机枪集中使用，掩护步兵连攻击前进。士兵们俨如一群海盗，袒胸赤膊，身背大刀，端着冲锋枪一次又一次地往前扑，团长、营长也亲自挥枪带队冲向塔山阵地。

守卫塔山的勇士们抗击着国民党军的轮番进攻，他们心中只有一个信念："不让敌人前进一步，保证主力顺利攻入锦州。"地堡被轰坍了，转到壕沟

塔山阻击战的我军阵地

里打；壕沟被轰平了，跳到弹坑里打；子弹打光了，用手榴弹打；手榴弹打光了，用石头打；正面挡不住了，插到敌人中间去打……

罗奇满以为凭独立第95师的战力，攻下小小的塔山应不在话下。谁承想，塔山阵地竟如钢铁铸就般坚固，一波波的攻击均告失利，伤亡惨重。

战后，据少将师长朱致一报告：

侦察地形时，看到塔山没有什么动静，以为塔山的共军兵力不多，阵地构筑也简陋。开始攻击前，我军炮兵集中对塔山猛轰，也没有发现目标。但当炮兵延伸射击，步兵前进到共军的有效射程内，共军突然集中火力向我攻击部队射击，这是在华北战场所没有遭遇过的。打得部队抬不起头，共军的障碍物破坏不了，我军无法前进，只有白白地牺牲。

面对敌人疯狂的集团进攻，接替第34团守塔山的第28团顽强抗击，付出了巨大的牺牲。仅13日一天，全团伤亡就超过800人，第1连100余人战至最后只剩下30来人，而且全部挂了彩，但仍死死守住阵地。

第28团团长菊文义向第10师师长蔡正国报告：

敌独九十五师果然与众不同，它接受敌后梯队遭我二梯队打击的教训，以小队先冲，而以多梯次的后梯队打我二梯队。而且一个冲锋上来，全端着冲锋枪，再一个冲锋队上来，全端着轻机枪，一律使用自动火器。那些头戴大盖帽

塔山革命烈士陵园

的军官，好像是吃了"刀枪不入护身符"的红枪会头子，远远地跑在队伍的前头，拼死卖命。他们把尸体垒作活动工事，向我阵地一步步推进，进攻的凶猛程度，是几年来没见到过的。

血战一天，双方均损失惨重。第4纵队伤亡1000余人，"东进兵团"伤亡1200余人。程子华向东北野战军总指挥部报告：塔山阵地多次易手，部队伤亡很大。

此时，东北野战军攻打锦州主力部队的外围战斗已经结束，但总攻锦州的命令尚未下达。如果在攻城战斗发起后塔山失守，"东进兵团"就会像潮水般直逼锦州，攻城部队腹背受敌，不但整个辽沈战役的总计划被打乱，东北野战军主力也将受到极端严峻的威胁。

形势危急万分，林彪让刘亚楼电话通知各攻锦部队：攻城准备就绪，明天上午总攻锦州。随后又补充道："告诉程子华，我只要塔山，不要伤亡数字！"脸上冷静得不带一丝表情。

锦州城岌岌可危，蒋介石气急败坏，怎么也想不通"东进兵团"10万大军在小小的塔山面前竟然束手无策。

13日晚，蒋介石致电侯镜如，称：该军挟陆海空之绝对优势，攻击数日不能拿下塔山，诚我革命军人之奇耻大辱，并规定"拂晓攻下塔山，12时占高桥，黄昏到达锦州"，否则以军法从事。

14日清晨5时30分，国民党海军军舰的152毫米大炮和各军、师炮兵集中

反映塔山阻击战的油画

塔山阻击战中我军炮兵

火力向塔山解放军阵地猛轰。不久，国民党空军飞机也飞临塔山上空投弹扫射。

6时，侯镜如以4个师的兵力，向塔山发起轮番攻击。其中，独立第95师进攻塔山阵地中央，第62军1个师进攻塔山侧翼高地，第8师进攻塔山右翼铁路桥头堡，第21师为总预备队。一时间，弹如雨下，硝烟泥土四处飞扬，整个塔山阵地几乎被炮火犁了个遍。

国民党军攻得猛烈，东北野战军守得顽强。是矛利还是盾固，双方都使出了浑身解数，在塔山形成了反复拉锯战。国民党军刚刚攻上来，东北野战军立即组织反击，将其打回去；再攻上来，再打回去……塔山阵地前遗尸累累，战斗进入了白热化程度。

侯镜如回忆道：

各师反复冲锋，遭解放军猛烈还击，且比十三日更加猛烈。林伟俦来电话说，据第八师师长报告，该师攻占铁路桥头堡；独立第九十五师师长报告，该师一个营攻入塔山，伤亡很大，要求派总预备队加入战斗，以便扩大战果。我当时要张参谋长通知第二十一师准备参加战斗。不久，又接到林伟俦的电话，说共军集中火力向第八师及独立第九十五师反复猛烈反击，该师退守原来阵地。我要第二十一师停止待命。黄昏前，前线枪炮声时稀时密，是日，我军伤亡三千余人，独立第九十五师伤亡最大，每团缩编成一个营。

15日，随着锦州城里的枪炮声渐渐零落下来，侯镜如心知锦州必失无疑。如果再在塔山与共军这样打下去，"东进兵团"难以全身而退，随即下令停止攻击，退回锦西、葫芦岛。

果然在16日拂晓，林伟俦打电话向侯镜如报告：第8师防区截获一名从锦州化装逃出来的第79师的副团长。据他称该师驻守在锦州城南地区，在共军攻进锦州城时被俘，后混入士兵里面，趁夜暗化装逃出来。锦州已进入巷战，恐怕是守不住了，范汉杰情况不明。

这天上午，蒋介石从沈阳坐专机飞到葫芦岛。侯镜如命令林伟俦指挥部队，自己则与陈铁、罗奇、阙汉骞等一同到机场迎接。侯镜如回忆道：

蒋的专机在三架战斗机掩护下，徐徐降落。蒋介石下机后，我见蒋怒形于色，乃请陈铁陪蒋介石坐一辆汽车，向第五十四军军部开去，我同罗奇等分别乘吉普车随后，到第五十四军军部后，由罗奇向蒋介石汇报攻击塔山受挫的情况，蒋介石越听越有气。蒋介石认为塔山的战斗应由阙汉骞负责，指着阙汉骞，要枪毙他。还骂他说："你不是黄埔生，是蝗虫，是蝗虫！"蒋介石这样盛怒骂人，大家立正不动，也不敢出声。沉默好久，罗奇说："官兵是用命的，两天来的攻击，独立第五十九师伤亡很重，现每团只编成一个步兵营。主要是战车部队及第三十九军没有到达，解放军的工事构筑坚固，铁丝网鹿寨又多，又有纵深等。"又说："据第六十二军林军长报告，今早从第八师阵地送来从锦州逃出来的一个副团长，现在第六十二军前进指挥所。"蒋介石接着说："要林军长立刻派汽车送来。"这样，才转移话题，谈论锦州的战况了。不久，由罗泽闿向那位副团长查询锦州的情况，又据空军报告，证明锦州失守了，范汉

蒋介石乘"重庆"号军舰亲至锦西督战

宣传队员们冒着炮火将上级颁发的"塔山英雄团"锦旗送到前沿阵地

杰等生死不明。蒋介石亲自打电话询问林伟俦前线战况，我们只听到蒋介石说："好，好。"就没有说下去了。蒋介石连中午饭也没有吃，坐专机在战斗机掩护下，在塔山上空环绕两周，然后向北平飞去。

这场空前惨烈的塔山争夺战整整打了6个昼夜，每天都有数十架飞机，几十门大炮，轮番向解放军阵地轰炸，"东进兵团"凭借美式装备，多次组织集团冲锋。第4纵队在第11纵队和独立第4、第6师的密切配合下，依托野战阵地，顽强抗击了敌军陆海空立体进攻，以伤亡3000余人的代价，歼敌6000余人，有力地保障了主力部队的侧后安全，为攻克锦州赢得了时间。

战后，第4纵队第12师第34团被授予"塔山英雄团"称号，第36团被授予"白台山守备英雄团"称号，第10师第28团被授予"守备英雄团"称号，第4纵队炮兵团被授予"威震敌胆"锦旗。

11月8日，林彪、罗荣桓、刘亚楼、谭政在给毛泽东的电报中高度评价了塔山阻击战："这一防御战之顽强，对我当时攻击锦州，取得调整部署与攻击准备时间，起了决定的作用。"

11. 辽西会战

　　1948年10月中旬，锦州、长春相继解放后，东北国民党军只剩下锦西（今葫芦岛市）、葫芦岛和沈阳三个主要据点，苟延残喘。

　　18日，被东北战局搞得焦头烂额的蒋介石第三次飞抵沈阳，坐镇指挥。不过，这次蒋委员长是来部署总退却的。

　　蒋介石错误地判断东北野战军攻打锦州伤亡惨重，需要经过一个月以上休整补充才能再战，同时获悉东北野战军一部正向山海关方向前进，认为东北野战军不会固守锦州。据此命令第9兵团司令官廖耀湘指挥"西进兵团"（以新

锦州战役中，蒋介石乘"重庆"号军舰亲至锦西督战，仍无法挽回败局

编第 1、第 3、第 6 军和第 71、第 49 军主力，共 11 个师另 3 个骑兵旅组成）由彰武等地经黑山、打虎山（今大虎山）向南，在第 17 兵团司令官侯镜如指挥的"东进兵团"（以第 62 军、第 39 军 2 个师、第 92 军 1 个师、独立第 95 师、第 54 军和暂编第 62 师，共 11 个师组成）策应下夺回锦州，然后掩护沈阳守军经北宁铁路撤入关内；将第 207 师第 3 旅及在沈阳的重炮、装甲部队均调给"西进兵团"，以增强其进攻实力；第 8 兵团继续防守沈阳。另以第 52 军（辖第 2、第 25 师）由辽阳南下，抢占营口，以备"西进兵团"前进受阻时改经营口会同沈阳守军从海上撤退。

但卫立煌担心廖耀湘率大军通过辽西走廊时，有被东北野战军在运动中全歼的危险，因此坚持集中兵力固守沈阳。而廖耀湘也不同意继续向锦州攻击，主张南撤营口，从海上撤退。

为防止卫立煌、廖耀湘等不执行命令，蒋介石令徐州"剿总"副总司令杜聿明出任东北"剿总"副总司令兼冀热辽边区司令官，指挥撤退行动。

就在蒋介石飞赴沈阳督战的当日，林彪、罗荣桓获悉"西进兵团"一部已占新立屯并有继续南进的动向，判断沈阳之敌有可能经锦州或营口实行总退却，遂于 19 日 14 时致电中央军委，建议先不打锦西、葫芦岛之敌，采取诱敌深入、打大歼灭战的方针，在辽西新立屯、黑山、沟帮子（锦州东北）地区打大歼灭战，各个歼灭总退却的"西进兵团"。

中央军委很快就复电批准了这一建议，指出："因沈敌决心撤退，你们须用全力抓住沈敌，暂时不能打锦葫。在歼灭沈敌以前，锦葫应由攻击目标改变为钳制目标。"

林彪、罗荣桓、刘亚楼在前线指挥作战

20日，中央军委来电指出："如廖兵团继进，则等敌再进一步再进攻之；一经发觉敌不再进，或有退沈阳退营口的象征时，则立即包围彰武、新立屯两处敌人，以各个击破为办法，以全歼廖兵团为目的。望即本此方针，即刻动手部署，鼓励全军达成任务。"同时还一再指出，应以有力兵团部署于营口及其以西、以北地区，堵塞敌人海上退路，"只要此着成功，敌无逃路，你们就在战略上胜利了"。

上午10时，林彪、罗荣桓做出了举行辽西会战，以拦住先头、拖住后尾、夹击中间、分割包围的战法歼灭"西进兵团"的部署：

以锦州地区的第2、第3、第7、第8、第9纵队和第1纵队主力、第6纵队第17师及炮兵纵队立即隐蔽地向新立屯、打虎山、黑山方向急进，从两侧迂回包围"西进兵团"；第5纵队由彰武西南移至阜新东北地区，第6纵队主力仍位于彰武东北地区；第10纵队和第1纵队第3师、内蒙古军区骑兵第1师由新立屯东北后撤至黑山、打虎山一线，组织坚守防御，阻止"西进兵团"向西南前进，以争取时间待主力赶到予以围歼；第4、第11纵队等部继续在塔山地区阻击"东进兵团"；第11纵队一部和独立第4、第6师向山海关方向佯动，制造东北野战军主力入关的声势；第1兵团指挥第12纵队和5个独立师及内蒙古军区骑兵第2师，由长春南下铁岭、通江口地区，牵制沈阳守军；独立第2师由辽阳赶到营口，切断国民党军海上退路。

同日，林彪、罗荣桓、刘亚楼、谭政还下达了全歼东北国民党军的政治动员令，指出："目前我们决以我东面打援之部队与攻锦各部首先抓住从沈阳出

东北野战军某部抢渡辽河，追歼逃敌

11. 辽西会战

来之廖耀湘兵团，从野战中歼灭之。"号召全体指战员"在此形势下必须有连续打大胜仗的雄心""以勇猛果敢、前仆后继的精神，不怕困难、不怕疲劳的精神，争取大胜，争取全歼东北蒋匪军，解放沈阳，解放东北全境。"

东北野战军围歼廖耀湘"西进兵团"的预定作战地域辽西地区，地形复杂，其间有辽河、柳河、绕阳河、沙河、大凌河、女儿河纵横贯通，河水多淤泥，难以徒涉。黑山、打虎山地处彰武以南、沈阳以西，是北宁、彰武两条铁路的交会处，又有公路交错。北面是高达千余米的医巫闾山脉，南接连绵的200里的沼泽地区，中间为50里宽的狭长丘陵地带。黑山、打虎山便是这条走廊的闸门。"西进兵团"不管是西进锦州还是向南逃往营口，此处为必经之地。

负责坚守黑山、打虎山地区的是东北野战军第10纵队。东北野战军总部给该部下达的命令是这样的："锦州、长春解放后，敌廖耀湘集兵仍企图西进与锦西之敌会合，重占锦州或逃入关内。我十纵即应进至黑山、打虎山之线，选择阵地，构筑工事，顽强死守，阻住敌人，待主力到达后，聚歼该敌。"

纵队司令员梁兴初、政治委员周赤萍立即召集各师领导开会，研究部署作战计划。摆在他们面前的任务是相当艰巨的，困难重重。

迎面扑过来的"西进兵团"不仅兵力多，共11个师3个骑兵旅，装备精良，全部美式武器，战斗力强，其中有号称国民党军"五大主力"的新编第1、第6军，而且是夺路逃命，必然会拼死一搏。

反观第10纵队，连同配属的第1纵队第3师、内蒙古军区骑兵第1师在内，总共才5个师的兵力，装备仅有步枪、机枪、手榴弹以及刚刚成立不久、炮弹极少的3个山炮营，要在宽达25公里的正面同时展开防御，意味着每个阵地都

20世纪30年代的大虎山全景

将面临巨大的压力，而且时间紧迫，修筑坚固的工事显然已不可能。

纵队领导最终确定：在主要方向和制高点，控制强大的预备队，准备随时反击敌人，大量杀伤敌人有生力量。纵队党委还提出"死守黑山，抗击敌人，与阵地共存亡"的口号，要求各部以忍饥挨饿、死打硬拼的精神，决不让敌人前进一步。

当晚，第10纵队各部火速整装出发，向黑山、打虎山地区疾进。次日清晨7时，各师相继进入阵地。由于时间紧迫，各部队将动员工作与修筑工事同时展开。根据纵队党委分工，周赤萍前往打虎山，检查第30师防御阵地；梁兴初带着作战科长陆忍来到黑山，检查第28师阵地。

梁兴初回忆道：

> 二十八师担任黑山正面防御，西侧是大白台子，东侧是高家屯，为一长达三公里的丘陵地带。丘陵地带突出部是其主要阵地——一〇一高地，地势险要。登上一〇一高地，一个未曾预料到的情况突然摆在我们面前。这个制高点原来是一座寸草不生的石头山，战士们费尽九牛二虎之力，仍是一镐一个白点。照这样干，很难在短促的时间内修成工事。我和贺庆积师长交换意见之后，立即决定集中全力，作好野战工事，用大量土袋、铁轨，首先修成停面火力点，然后再尽多地挖凿散兵坑，加强阵地的副防御。由于人力不足，贺师长亲自去联系民工，支援部队运送泥土。一〇一高地顿时沸腾起来。老乡们背着满袋土石，成群结队，蜂拥而来，寸草不长的石头山变成了一座崭新的土山了。

果然，廖耀湘决定率"西进兵团"向营口撤退。当时，摆在他面前的有两条路可走：一条是由巨流山再渡辽河，经辽中退往营口；另一条是由新立屯经黑山、打虎山以东和以南地区向大洼、营口撤退。走第一条路途中要渡过四条河，需较长的时间，容易暴露行动企图；走第二条路虽不经过大河流，距离也短，只需两天半急行军就可到达营口，但道路狭窄且要"侧敌行军"。廖耀湘经反复权衡利害得失，最后选择走第二条路，直接退营口。

但蒋介石却坚持要廖耀湘西进攻打锦州后再与沈阳守军一道撤退。杜聿明则主张"西进兵团"迅速出北票，绕过义县、锦州以西地区，再向葫芦岛撤退。廖耀湘认为这是危险而不可能成功的行动，路线过长，全程都是在锦州

抗战时期的廖耀湘

被东北战局搞得焦头烂额的卫立煌

解放军主力的外线行动，而且是侧敌主力行进，极易被解放军分割包围。卫立煌也不同意蒋介石和杜聿明的方案，倾向于廖耀湘的计划。

就这样，国民党高层就"西进兵团"的下一步行动争执不休。廖耀湘回忆道：

到十八日，我几乎一切都已准备好，决心实行自己的方案。而且在必要时，我决定独断专行。当时我的想法是："只要能救出兵团主力，我就决定干，个人的罪责，出去以后再说。"

十八日晚上，我打电话给卫立煌，报告他我一切都已准备好，只待命令行动，并准备于次日拂晓攻击黑山。多疑不决的卫立煌，这时又动摇和犹豫起来了，他对我说，蒋介石急电要他明日（十九日）去北平，要我等一下再行动。我再一次叮咛他要赶快决策，争取时间，并希望他在蒋介石面前坚持我们商订过的方案。他口头答应了。

蒋介石十月十九日、二十日在北平召集卫立煌、杜聿明面商东北国民党军队而后行动方针。我因负前线军队直接指挥责任，没有去参加，当时会谈的经过和情况，是后来听说的。

据说，蒋介石在开始时，仍要杜聿明所指挥的葫芦岛国民党东进兵团与我所指挥的辽西兵团东西对进，夹击解放军，收复锦州，并在大凌河地区会师。卫立煌坚决反对这一方案。据杜聿明后来对我说，卫立煌同他在北平时都主张退沈阳。详情我不知道，也不知道他为什么中途改变了主张。

十九日上午、下午和晚上，我不断向沈阳联系，想及早知道蒋介石和卫的最后决策。听说卫尚没有回来，我急不可耐，于十九日晚上，直接打电报给蒋介石，坚决要求经黑山、打虎山直退营口，并说，时间对我不利，请他速决。二十日晚上，卫立煌由平回沈后，立即打电话给我，说蒋介石最后采取我们退营口的方案，要我按原订的计划立即攻击黑山。

在争吵五天之后，蒋介石才被迫放弃自己的方案，因为负责东北军队直接指挥的三个人（卫、杜、廖）没有一个人同意他的方案，最后才采取上述直退营口的决策。历史证明：时间已经太迟了。

21日拂晓，"西进兵团"第71军军长向凤武率部向黑山发起攻击。其中，第207师许万寿旅在兵团直属重炮掩护下，从胡家窝棚（黑山以东通往沈阳公路上的一个小村庄）由东向西从正面攻击；军主力由北向南从黑山以北侧击并包围黑山。

廖耀湘回忆道：

我初以为黑山守军兵力不大，攻击容易得手。但二十一日的攻击，受到黑山守军顽强的抵抗，攻击无大进展。我决定增强黑山攻击部队的火力，命位于第七十一军以北不远的新一军（位于芳山镇地区），即以它所属的重炮，交给向凤武指挥，以重炮火力支援明日（二十二日）对黑山继续攻击，并命新一军整饬战备，待命参加对黑山之攻击……

黑山阻击战

二十二日上午之攻击虽激烈进行，但受到黑山解放军守军的最强烈的抵抗与反击，使我攻击仍不得手。下午，潘裕昆来兵团报告第七十一军前线攻击情况，我即改命新一军军长潘裕昆为黑山攻击指挥官，指挥他的新一军和第七十一军及第二〇七师之许旅，于二十三日继续进攻黑山，并希于当日占领黑山……

新一军二十二日黄昏以后进入战斗准备位置，于二十三日拂晓参加对黑山的攻击。这天的战斗十分激烈，好多地方尤其是第二〇七师许旅正面的阵地数易其手。守军不仅顽强抵抗，而且发动猛烈的反击，直至黄昏，攻击仍无多大成就。

一连几天，黑山也没有攻下来，廖耀湘心知不妙，共军在此死守的目的无疑是要拖住他的"西进兵团"，以待攻打锦州的主力回师。

24日晨，廖耀湘亲自指挥第71军、新编第1军和新编第6军的4个师另1个旅的兵力，在200多门重炮和200多架次飞机支援下猛攻黑山、打虎山阵地，企图夺取南逃通道。其主攻方向为黑山以东高家屯、石头山一线第10纵队第28师防守的阵地，战斗进行得尤为惨烈。

梁兴初回忆道：

清晨6时，敌人炸弹成串，炮弹如注，遮头盖脸地向我黑山阵地打来。根据炮击的情况看来，敌人避开我黑山阵地正面，将矛头指向东侧的高家屯，企图切断我阵地的右臂。我们注意到这一毒辣的一着，又想到高家屯工事较弱，

黑山阻击战战斗遗址

心里不禁有些沉重。我决定再去二十八师看看。

走出纵队指挥所,只见阵地沉浸在一团浓黑色的烟雾中,高家屯炮声已停,激烈的枪声随之而起。敌人开始冲锋了!我急忙向二十八师指挥所奔去,刚走进碉堡,贺师长即迎上来说:"司令员,敌人在高家屯干起来啦!第一次冲击就展开三个营。兵分三路,对一〇一高地攻势最猛。"话音刚落,只听得飞机轰鸣声和炮弹爆炸声搅成一团,敌人又开始了第二次冲击和炮火准备。我对贺师长说:"老贺,敌人避开我刀尖,却从翼侧攻我刀背,这一着确实毒辣啊!我们现在就把刀把转过来,让高家屯成为刺进敌人胸膛的利剑,反复刺进拔出,置它于死地,立刻把八十二团准备好,要是高家屯阵地丢了,迅速反击,趁敌立足未稳就夺回来!"贺师长回答:"司令员放心吧,二十八师是经得起这场考验的。"

敌人以最反动的"党化部队"——青年军二〇七师第三旅进攻高家屯一线高地。我军据守石头山、九二高地的部队,在工事全被摧毁、伤亡很大的情况下,打退敌人三次冲锋,击毙敌人二百余名。然而敌人仍以炮火节节轰击,以重兵蜂拥而上。十五时,石头山、九二高地相继失守。一〇一高地成了我高家屯一线最后的一个制高点。十五时三十分,敌人又投入两个营,扑向一〇一高地。与此同时,敌人又分三路攻我二十九师阵地,并企图以主力向西迂回。我们判断这是敌人配合主攻方向所作的钳制性进攻。因此,命令二十九师坚决阻击,三十师速派部队抢占阵地,阻敌向西迂回。至此,我纵全线投入了战斗。战斗的焦点仍集中在一〇一高地。

被俘虏的国民党青年军第 207 师官兵

坚守101高地的第84团第2营指战员，面对敌军1个旅的凶猛冲锋，顽强抗击十多个小时，最后只剩下20余人，仍牢牢控制着阵地。第4连第1排仅剩下5人，弹药打光后，在排长李勇发带领下，以刺刀与敌肉搏，全部壮烈牺牲。战后，第1排被授予"李勇发排"荣誉称号。

林彪电令第10纵队："务使敌人在我阵地前尸横遍野而不得前进。只要你们坚守三天，廖耀湘西进兵团必遭全歼！"

梁兴初命令各师："死守三天，不让敌人前进一步！"

第10纵队将士以与阵地共存亡的决心，顽强抗击，打退国民党军整营、整团的多次猛烈冲击。激战三昼夜，牢牢地守住了阵地，为野战军主力从锦州东移争取了时间。

见黑山、打虎山久攻不下，廖耀湘准备经台安渡过辽河向营口撤退。东北野战军立即以第7、第8纵队迂回其右侧后，与第5、第6纵队对其实施钳形突击；以第1、第2、第3、第10纵队从正面突击，采取边合围、边分割的手段，求歼"西进兵团"；以独立第2师由营口以北向台安地区急进，断其退路。

25日，当"西进兵团"先头部队第49军一部到达台安西北时，遭到由盘山快速北上的独立第2师截击。同时第7、第8纵队也先后插入打虎山、台安之间，堵住了"西进兵团"南逃的通路。

廖耀湘见向营口撤退无望，又急令各军向沈阳撤退。

但为时已晚。第6、第5纵队从彰武、阜新地区南下，于25日、26日分别插到新民、沈阳以西，切断了"西进兵团"向新民、沈阳的退路；其余各纵队由黑山、打虎山地区多路向东急进，终将"西进兵团"主力9个师合围于黑山以东沿公路两侧地区，将另3个师合围于打虎山以东地区。

至此，"西进兵团"10万人马全部陷入东北野战军数十万大军的重重包围之中，廖耀湘上天无路，入地无门。

26日，东北野战军在黑山、打虎山以东，饶阳河以西约120平方公里地域内，对"西进兵团"展开向心突击，采取边合围、边分割、边歼灭的战法，直捣其指挥中心。

韩先楚的第3纵队仅用3个小时，便一举端掉了廖耀湘的兵团指挥部和新编第1、第6、第3军军部。"西进兵团"群龙无首，兵团和军、师、团的联络都已中断，各自为战，溃乱不堪。

东北野战军在辽西展开围歼战

　　林彪命令：哪里有敌人就往哪里打，哪里有枪声就往哪里追。各纵队向敌纵深猛烈穿插，大胆渗透，分割围歼。于是，国共几十万大军搅在一起，双方的建制都被打乱了。

　　"西进兵团"兵败如山倒，毫无目标地四处乱窜瞎跑。只要有人让投降，他们就坚决不反抗。第5纵队的一个侦察科长只身俘虏了新编第6军第169师的一个炮营，在几个侦察员的协助下，押回来400多名俘虏。

　　此时，廖耀湘对"西进兵团"已经完全失去了控制，和新编第6军军长李涛、第9兵团参谋长杨焜混在惊慌失措的散兵群中，东一头西一头的乱撞乱碰。杨焜回忆道：

　　那是在一个相当大的开阔地上，被围在开阔地的人，至少有三千人以上。还夹杂有辎重、行李、骡马、大车、汽车等。东边枪响，人群向西跑；西边枪响，人群又向东逃。我们几个人，先是站在汽车门的两边，拼命开着汽车跑，后来颠颠簸簸，又下来跟着跑。跑来跑去，只听得四面八方枪响，却未看见解放军人员逼近。于是我们几个人分别向跑的人群中大喊大嚷："你们不要跑，组织起来吧！帮我们突围出去，要官有官，要钱有钱啊！""司令官、军长都在这里，你们保护着出去，保证你们升官受赏！"……我们喊得声嘶力竭，这些人还是不睬不理，奔逃如故。我们认不出他们是什么官阶、职务，更叫不出他们的姓名，弄得无可奈何。后来，人群渐渐跑散了，渐渐稀少了，只剩下我们少数人蒙头转向，不知如何是好。最后我说："我们三个人，都带着随从，同在一起跑，目标太大，还是分散开来各跑各的好，免得大家同归于尽。"他

东北野战军在辽西围歼国民党军

们两人都同意，于是就分散开了，各走一方。

激战至 28 日晨，辽西会战结束。

东北野战军全歼"西进兵团"1 个兵团部、5 个军部、12 个师（旅）共 10 万余人，其中包括号称国民党军"五大主力"的新编第 1 军主力和新编第 6 军全部，生擒新编第 6 军军长李涛、第 49 军军长郑庭笈、第 71 军军长向凤武。新编第 1 军军长潘裕昆和新编第 3 军军长龙天武只身逃回沈阳。

11 月 6 日，化装潜逃到距打虎山西南 30 多里的中安堡北镇的廖耀湘，最终还是没有逃出解放军的天罗地网。廖耀湘回忆道：

当时我身边只带有新六军的一个特务连，不到两个排。周围散兵很多，到处乱跑，引来敌人的射击和追击。我想进水渠大堤以北的一个小村庄，准备在那里抵抗到晚上，再雇老百姓带路，以田间小径向沈阳方向逃窜。但那个村庄，已为解放军占领，于是我又回到大堤以南大开阔地里。我恐人多引起解放军注意，命特务连分成小组分向各个方向警戒隐蔽。我同李涛等几个人隐匿在一个凹地里，一直到黄昏。入夜后，已分散的特务连这时也联络不上，无法掌握了，最后只剩下我、周璞和新六军那个不知名的高参。我们三人再向南行动，黎明后发现到处都有解放军。我三人走到了一个外面似乎很平静的小村，一进村就发现有解放军的队伍，走在前面的那个高参被俘。我们立即傍墙角隐蔽地离开了那里。天大亮后，我与周璞钻进田野中的高粱秆堆里，隐匿了一天。夜晚再向南走了一段，白天仍在原野里隐蔽地点休息，我们看到解放军仍纷纷向各方向行动，待解放军大队过尽了，我与周璞即向沈阳前进。在途中遇到一个单独行动的老百姓，给以重金，买了一些便衣与食物，化了装继续向沈阳前进，行抵辽河边，旁听路人谈话，知沈阳已解放。我考虑再三，决心回头走，拟到葫芦岛国民党仍暂时控制的地区去。行至黑山以西，便被解放军查获。

"西进兵团"被歼后，卫立煌遂将据守沈阳外围据点的新编第1军第53师和青年军第207师第1、第2旅调进沈阳，加强城防。由第8兵团司令官周福成统一指挥第53军2个师、第207师2个旅、新编第1军1个师及4个守备总队（相当于师）、3个骑兵旅残部和地方保安部队约14万人，企图继续顽抗，或伺机经营口从海上撤逃。

为全歼卫立煌集团余部，中央军委于27日电示东北野战军：以有力兵团（不少于3个纵队）星夜兼程东进，渡辽河，歼灭营口、海城一带之敌，阻塞敌人向海上的逃路。

林彪、罗荣桓遂令刚到铁岭附近的第12纵队，在歼灭铁岭第53军第116师后，绕至沈阳西南攻占苏家屯；在开源地区的5个独立师、内蒙古军区骑兵

从东北乘船撤逃的国民党军

第2师向沈阳东郊、北郊逼近；独立第14师攻克本溪后，向沈阳南郊挺进；第1、第2纵队经新民、辽中东进沈阳西郊。

10月30日，感到大势已去的卫立煌匆忙乘飞机从沈阳逃走。当晚，周福成召开紧急会议，商量防御问题。此时沈阳守军早已军心动摇、一片恐慌。会议刚散，各级将领就纷纷自寻门路，与解放军接洽起义之事去了。

31日，东北野战军对沈阳构成了四面包围。第9纵队经海城以西直插营口；第7、第8纵队和独立第2师经辽中攻占辽阳、鞍山，切断沈阳到营口的通路，而后向营口挺进。

11月1日凌晨，东北野战军向沈阳市区国民党军发起总攻。第1、第2纵队从正西和西北方向攻击；第12纵队从南向北攻击；第1兵团指挥各独立师从正东和东北方向攻击。

拂晓，攻城各部队一举突破守军第一道阵地。守军呈现出兵败如山倒的大败局，争先竖起降旗。除青年军第207师顽固抵抗、被彻底消灭外，其余部队在军事压力和政治争取下纷纷放下武器投诚。

时任第1纵队第3师政治委员的刘贤权回忆道：

被蒋介石驱上东北战场的南方籍官兵，成帮结队，前面由一个戴红布条的人领着，到处寻找我军，见到我军后就说："我们投降，蒋介石再也管不着我们了！"有的敌军官坐着插有白旗的吉普车找到我军后，就带上我军突击队到处驱车吆喝着："解放军来了，快出来缴枪吧！"兄弟部队一个战士冲进市中心"剿总"战车团院里，喊一声："不许动！"守着战车的敌士兵说："我们早就不动了，武器车辆完好无损。"另一个补充说："我们一炮没放，不信请验炮口。"院里的汽车、装甲车、坦克整齐地排列着，驾驶员端坐车上，等待我军接收、调用。敌重炮十一团的军官

1955年被授予少将军衔的刘贤权

将十八门 155 毫米重炮交给我军兄弟部队时说，"美国送给蒋介石的这三十六门最大的炮，那十八门让你们在辽西缴了，这十八门也请你们验收。"

我军坐上敌人的卡车、轿车、吉普车奔驰往来，一个排、一个班、几个人也能有秩序地接收粮弹仓库和整营、整团敌人的投降。

……敌人对投降"仪式"也很讲究。我八团政治处主任张镇铭在街上追赶队伍，该团六连六班长迎面跑来说："主任，快来，有一伙敌人要投降呢！"原来敌人要找一位"长官"举行正式投降仪式。张主任随六班长奔向一个大院。门前站着军官见他们来了，叫一声"开门"，门开了，再叫一声"集合"，院内敌人站了队。那军官发出"立正"口令，跑到张主任跟前举手敬礼道："报告长官，本营实到八十四名，实有坦克八辆，营长跑了，现在投降，请贵军接收。——坦克营副王建业。"然后，毕恭毕敬地递过来一张名片。他又提来一个大皮包，把印章、名册、技术材料全部交出，问他坦克坏了没有，他说："没有没有，贵军投降条件上规定不准破坏嘛！"

2 日，东北野战军占领了东北最大工业城市沈阳市，歼灭国民党军东北"剿总"及 1 个兵团部、2 个军部、6 个师、3 个骑兵旅、4 个守备总队等共 13.4 万人，活捉周福成。

3 日，中共中央电贺东北野战军："热烈庆贺你们解放沈阳，全歼守敌，并从而完成解放东北全境的伟大胜利。""在 3 年奋战中歼灭敌人 100 余万，终于解放了东北 9 省的全部土地和 3700 万同胞，……奠定了数年内解放全中国，

东北野战军战车部队向沈阳市区开进

沈阳人民欢庆东北解放

然后将中国逐步建设为工业国家的巩固基础。"

在解放沈阳的同时，第 9 纵队和独立第 2 师东渡辽河，日夜兼程向营口疾进，于 10 月 31 日进抵营口外围，构成半圆形包围。

11 月 1 日，国民党军第 52 军一部为掩护其主力从海上撤走，对第 9 纵队发起疯狂反扑，有 2 个团一度突入第 9 纵队阵地，均被击退。

2 日晨，第 9 纵队在独立第 2 师协同下发起攻击。激战 3 小时，攻占营口，歼守军 1.4 万余人，摧毁运输舰 1 艘、军用商船 22 只。但第 52 军军部及第 25 师共 1 万余人乘船撤走，成为林彪在辽沈战役中一个小小的遗憾。

锦西、葫芦岛地区的国民党军在"西进兵团"被围歼时，未敢北援，沈阳失守后，也于 9 日从海上撤走。

10 日，东北野战军占领锦西、葫芦岛，12 日收复承德。至此，辽沈战役胜利结束。

东北野战军和东北军区部队经 52 天激战，在关内各战场人民解放军有力配合下，将大规模的运动战与大规模的城市攻坚战、阵地阻击战相结合，军事斗争与政治攻势密切配合，实现了中央军委提出的封闭国民党军一个战略集团在东北境内予以各个歼灭的决策，取得了打大规模歼灭战的经验，歼灭和争取起义、投诚国民党军东北"剿总"和所属 4 个兵团部、11 个军部、36 个师及地方保安团队，共 47.2 万余人，解放了东北全境。

12. 北平和平解放

    1948 年 11 月，随着人民解放军在东北、华北、华东、中原、西北战场的节节胜利，全国军事形势发生了新的转折。

    在东北，辽沈战役胜利结束，东北野战军歼灭国民党军东北"剿匪"总司令部总司令卫立煌所部 47.2 万余人，东北全境获得解放。

    在华北，华北军区第 1 兵团正在围攻太原"绥靖"公署阎锡山所部；第 2 兵团位于河北阜平休整；第 3 兵团位于绥远（今并入内蒙古）东部，准备围攻华北"剿匪"总司令部傅作义集团的后方基地归绥（今呼和浩特）。

    在西北，西北野战军发起冬季攻势，挫败西安"绥靖"公署胡宗南集团的"机动防御"战略，将其压缩于关中地区。

中国人民解放军取得了战略决战的伟大胜利（油画）

在华东和中原，11月6日，华东野战军和中原野战军联合发起了淮海战役，迅速包围黄百韬第7兵团，并对徐州形成合围态势，以求歼徐州"剿匪"总司令部刘峙集团。

此时，人民解放军总兵力由战争开始时的120余万人上升到300万人，国民党军总兵力则由430万人下降到290万人。人民解放军不仅在数量上早已占有优势，而且在质量上也已占有优势。

14日，毛泽东在《中国军事形势的重大变化》一文中指出：再有一年左右的时间，就可能将国民党反动政府从根本上打倒了。

辽沈战役后，东北野战军先遣兵团（即第2兵团）进至河北省蓟县（今属天津）地区待机；东北野战军主力位于沈阳、营口、锦州地区休整，准备1个月后向山海关内开进，同华北军区部队协力歼灭傅作义集团。

傅作义，字宜生。1895年生于山西荣河安昌村（今属临猗）。

1910年，傅作义考入太原陆军小学堂。次年辛亥革命爆发，参加太原起义，任学生军排长，在娘子关等地与清军作战。1912年被保送北京第一陆军中学堂。1915年升入保定陆军军官学校。1918年毕业，回山西在晋军服役。因治军有方，由排长递升至师长。1927年率第4师参加对奉军作战，10月乘虚袭占涿州后，孤军苦守三月余，以不足万人之师，抗击数倍于己之兵力，采用在城墙内外挖掘壕沟阻敌攻城、主动出击等办法，打退奉军多次进攻。终因粮尽援绝，于次年1月撤出涿州城，接受奉军改编。傅作义拒绝张作霖委任，被软禁于保定张学良指挥部，5月初出逃至天津。第二期北伐击败奉军后，任第三集团军第5军团总指挥兼天津警备司令。1930年蒋冯阎战争期间，任阎锡山第3

绥远抗战时的傅作义（左1）与部属

方面军第 2 路军指挥官，率部在津浦铁路沿线与蒋军作战。阎军战败后被南京国民党政府收编。1931 年任第 35 军军长兼绥远省政府主席。

1931 年"九一八"事变后，傅作义通电坚决抗日。1933 年所部编为第 7 军团，任总指挥，率部在密云、怀柔一线参加长城抗战，施近战、夜战、白刃战，给日军以打击。1935 年 4 月被授为陆军二级上将。1936 年指挥绥远抗战，采用集中优势兵力各个击破、出其不意等战法奇袭日伪军，获百灵庙大捷，收复失地。

全国抗日战争爆发后，傅作义相继任第 7 集团军总司令兼第 35 军军长、第八战区副司令长官、第十二战区司令长官，指挥所部转战晋、冀、察、绥等省，先后参加南口张家口战役、忻口会战、太原保卫战诸役，灵活运用阻击、偷袭等战法打击日军有生力量，取得包头、绥西、五原等战役的胜利。1941 年初，提出民养军、军助民、军民合作发展粮食生产的具体措施，解决军民食粮问题。

抗战胜利后，傅作义任张垣"绥靖"公署主任兼察哈尔省（今分属内蒙古和河北）政府主席、华北"剿总"总司令，执行蒋介石的内战政策，长期盘踞在华北地区。

至 1948 年底，傅作义集团总兵力 50 余万人，由傅作义系统和蒋介石系统的一部分部队组成。其中，正规军除 1 个军 3 个师约 4 万人驻守归绥、1 个师 1 万余人驻守大同外，其余主力 4 个兵团 12 个军 42 个师（旅）连同地方武装共

抗战胜利后，美国空军运载国民党军队接收华北

50余万人，孤悬于东起北宁路（今北京—沈阳）的山海关，西至平绥路（今北京—包头）的张家口，约千里的狭长地带上，失去了南北两面的依托，面临着东北野战军和华北军区部队联合打击的严重局面。这使傅作义集团犹如惊弓之鸟，惶惶不可终日。

在此形势下，对于要不要坚守华北以及能不能支撑华北局面这个问题，蒋介石、傅作义和美国政府都打起了各自的小算盘。

蒋介石早在东北作战接近失败时，认为东北不保，华北孤危，同时徐蚌会战（即淮海大战）亦有一触即发之势，曾考虑放弃北平（今北京）、天津等地，要傅作义部南撤加强长江防线，巩固江南，或加强徐蚌战场；但又怕不战而弃守华北，政治上将产生重大的影响，在美国盟友面前颜面扫地，故徘徊不定。

傅作义是长期活动于绥远地区的地方实力派，生怕南撤后，其主力为蒋介石嫡系吞并，而不愿南撤；但若要西逃绥远，又恐得不到美国人的援助，势孤力单无法生存，一时也瞻前顾后，难下决心。

而美国政府已对蒋介石丧失了信心，认为蒋氏根本无法扭转内战的败局，遂调整对华政策，由"扶蒋反共"转为扶植地方反共势力，私下允诺为傅作义提供价值1.6亿美元的装备援助，以使其能坚守平津地区，牵制东北野战军和华北军区部队南下，保持国民党的统治和美国的在华利益。

据时任国民党军第17兵团中将司令官的侯镜如、华北"剿总"中将副参谋长的梁述哉、第92军中将军长的黄翔、第17兵团中将副司令官刘春岭等人回忆：

当时的军事形势，已经很清楚，那就是紧接着辽沈战役之后，东北人民解放军必然要进关，下一次战局无疑将在华北展开。华北国民党军过去应付一个华北野战军已经感到非常艰巨吃力，如果再加上东北野战军，显然将更加无法应付。面临这种形势，美蒋反动派在处理华北国民党军今后的作战方针问题上，大体上提出了以下三个方案：

第一，固守津塘，并以塘沽为中心构成六十里的半弧形滩头阵地，防守待援，准备不得已时由海上或沿津浦线南撤；

第二，固守平、津、塘；

第三，西窜绥远。

蒋介石在发表演讲

  蒋介石因为他的内战主要资本——美械装备部队已在东北损失大半，为了保存力量，重建江南防线，想将华北兵力全部由海上南撤，万不得已就从陆路南撤，不管怎样，只要撤回江南就好。但是，他的美国主子又不肯即时提供船只，因为他们唯恐白白地丧失了他们在蒋介石反人民内战中的投资，更不愿意让人民解放军不费气力就解放华北。而傅作义对南逃也有顾虑：首先，察绥部队都不是蒋介石的嫡系，海运宁沪有困难。其次，如沿津浦线南逃，以几十万军队连同眷属物资，要通过辽阔的解放区，要通过黄河天险，而且中原地区还有强大的人民解放军，可以说希望极小；与其这样，还不如西窜绥远，或固守平津。如西窜绥远，所顾虑的是蒋介石嫡系部队带不走。而固守平、津、塘，既可以全部控制所有华北部队，还可以直接得到美国的援助。由于美、蒋、傅之间，利害矛盾，各有打算，究竟采取哪一案，是走是守，始终没有做出最后决定。一方面因为他们判断东北人民解放军在辽沈战役之后，还会有一个时期的休整，不会很快入关；另一方面，华北国民党军集团还有自己的打算，那就是抓紧利用这一新的紧迫形势，获得美援装备，并补充兵员，然后再作决定也不晚。

  11月4日，蒋介石电召傅作义到南京商谈华北作战方针。

  傅作义来到南京后，蒋介石通过国防部长何应钦向其转达委以"东南军政长官"之意，并要求傅率部南撤。但傅作义顾虑重重，生怕南撤后自己半辈

蒋介石与傅作义、卫立煌在一起

子积攒起来的家底被蒋介石借机吞掉。因此，他在军事会议上以主战的姿态，力主固守平津塘，声称坚守华北是全局，退守江南是偏安，非万不得已，不可南撤。

这一番话打动了蒋介石，毕竟轻易弃守华北在政治上过于被动，加之 50 多万大军不是说撤就能撤的，从陆上南撤要经解放区，难度太大；从海上撤退则运力有限，所需时间又太长。同时蒋介石和傅作义都认为华北军区部队在兵力上不占优势，东北野战军需经 3 个月到半年的休整才能入关，因此"华北不致遭受威胁"，而控制平津，支撑华北，牵制东北野战军和华北军区部队，使其不能南下，对于整个战局，尤其是争取时间组织长江防线非常有利。于是，蒋介石、傅作义最后决定暂时采取"固守平津地区，确保塘沽海口，以观时局变化"的方针。

傅作义依据上述方针，于 11 月中下旬调整兵力部署，放弃承德、保定、山海关、秦皇岛等地，除归绥、大同两个孤立地区外，以 4 个兵团 12 个军共 42 个师（旅），连同非正规军共 50 余万人，部署于东起滦县、西至柴沟堡（今怀安县城）长达千里的铁路沿线。

其中，以蒋介石嫡系 3 个兵团 8 个军共 25 个师，防守北平及其以东廊坊、天津、塘沽、唐山一线；以傅作义系统 1 个兵团 4 个军共 17 个师（旅），防守北平及其以西怀来、宣化、张家口、柴沟堡、张北一线。

这种部署，反映了蒋介石和傅作义虽然在方针上已统一于暂守平津，但仍各有打算，即战局不利时，蒋、傅两系部队分别向南和向西撤退。正如当时法新社电讯所报道的："坚守乎，西撤乎？傅作义正在打算盘。"

时任国民党津塘防守区中将副司令兼天津防守区司令、天津警备司令的陈长捷回忆此事时说："这样的仓皇分区设防，是不得已的临时应付""无非是

傅作义统治下的北平城

无路可走，缩到一个设防的区内，图一时的苟全。"

随着淮海战役的胜利发展，中央军委判断位于平津地区的蒋系部队向南撤退的可能性增大，一旦蒋系部队南撤，傅系部队必将西逃。如果蒋介石采取撤退方针，人民解放军虽可不战而得北平、天津等大城市，但国民党军加强了长江防线，对于而后渡江作战不利。为此，准备提前调东北野战军主力入关，包围天津、唐山、塘沽，在包围态势下继续休整，以防止国民党军南撤。

17日，中央军委致电林彪、罗荣桓、刘亚楼及东北局，指出："淮海战役，我已歼灭黄百韬兵团五个军十个师大部，余部亦将就歼。""在我胜利威胁下，蒋匪必将考虑其长江防线问题，……蒋匪所能调动的兵力只有华北、西北两集团，首先必是华北，因西北胡匪三十个师尚负有掩护四川和西南的任务。傅部连归绥四个师在内共指挥四十四个师，约三十五万人，若全部南撤，不仅傅不愿，海运这样大的数目，也难短期完成。傅目前布置，似在为其嫡系约二十个师安排退守绥远的道路，同时将葫芦岛运回的六十二军等五个师由秦皇岛退守津、沽、滦州，其目的又似在控制津、沽海口，因此，蒋匪嫡系二十四个师从华北海运江南，是蒋介石今后唯一可以使用的机动兵力。""从全局看来，抑留蒋系二十四个师及傅系步骑十六个师于华北来消灭，一则便利东北野战军入关作战，二则将加速蒋匪统治的崩溃，使其江南防线无法组成，华东、中原两野战军既可继续在徐淮地区歼敌，也便东北野战军将来沿津浦路南下，直捣长江下游。但欲抑留蒋、傅两部于华北，依华北我军现有兵力是无法完成的。"

辽沈战役胜利结束后，东北野战军入关作战，受到华北人民的
热烈欢迎

　　基于以上考虑，中央军委明确提出抑留傅作义集团于北平、天津、张家
口地区，先完成战略上的包围和分割，切断其西退和南逃通路，而后先打两
头，后取中间，以军事打击和政治争取相结合的手段就地歼灭傅作义集团的
作战方针。

　　因傅作义集团已成"惊弓之鸟"，随时有南撤或西逃的可能，中央军委于
18日命令东北野战军主力立即结束休整，迅速入关，在华北军区主力协同下提
前发起平津战役。

　　为实现这一方针，首先是如何抑留傅作义集团于华北地区，以争取时间，
等待东北野战军主力入关作战。中央军委果断采取了以下措施：

　　命令华北军区第1兵团徐向前部停止进攻太原，华北军区第3兵团杨成武
部撤围归绥，以稳定傅作义集团，不使其感到孤立而早日撤逃；利用蒋介石、
傅作义对东北野战军入关时间的错误判断，指示"新华社及东北各广播电台在
今后两星期内，多发沈阳、新民、营口、锦州各地我主力庆功祝捷练兵开会的
消息"，以及东北野战军领导人在沈阳活动的消息，迷惑、麻痹敌人；命令华
北军区第3兵团首先包围张家口，切断傅作义集团西逃绥远的道路，吸引傅作
义派兵西援。然后，华北军区第2兵团杨得志、罗瑞卿、耿飚部和东北野战军
先遣兵团出击北平至张家口一线，隔断北平与张家口的联系，以便抓住傅系部
队，拖住蒋系部队，为东北野战军入关作战争取时间；命令东北野战军主力在

平津战役前，东北野战军第1兵团司令员萧劲光（前左2）、副司令员陈伯钧（前左3）同华北军区司令员聂荣臻等会师时合影

开进中夜行晓宿，隐蔽入关，迅速隔断北平、天津、塘沽、唐山间的联系，切断傅作义集团南逃的道路，以便以后逐次加以围歼。

从23日起，东北野战军主力10个军（11月17日按照中央军委关于统一全军编制及部队番号的命令，东北野战军所属第1至第12纵队依次改称中国人民解放军第38至第49军）和特种兵全部，分别由锦州、沈阳、营口地区向关内北平、天津、唐山、塘沽地区隐蔽开进。25日，华北军区第3兵团司令员杨成武、政治委员李井泉率第1、第2、第6纵队由集宁地区东进。30日，林彪、罗荣桓率东北野战军指挥机关由沈阳出发，于12月7日进至冀东蓟县以南约10公里的孟家楼。

随着东北野战军主力大举入关作战，人民解放军参加平津战役的部队有：东北野战军12个军、1个铁道纵队和特种兵共80余万人，华北军区7个纵队、1个炮兵旅共13万余人，连同驻察哈尔、绥远边界地区的西北野战军第8纵队和东北军区所属冀热察、内蒙古、冀东军区及华北军区所属北岳、冀中、冀南军区等地方部队，总计100万余人。中共中央决定战役由林彪、罗荣桓指挥。后又决定以林彪、罗荣桓和华北军区司令员聂荣臻组成中共总前委，林彪为书记，统一领导北平、天津、张家口、唐山地区的作战和接管城市等一切工作。

29日，华北军区第3兵团首先向张家口外围国民党军发起攻击，平津战役就此打响。

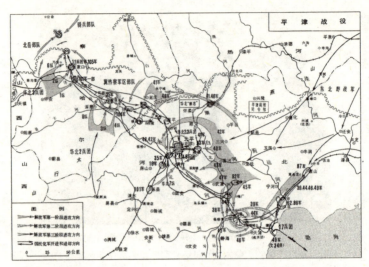

平津战役示意图

　　傅作义判断，华北军区部队对张家口的进攻是一次局部行动，决心乘东北野战军尚未入关之际，集中主力首先击破华北军区部队的进攻，然后以逸待劳，迎击东北野战军的攻势。遂令其主力第35军（欠1个师）及第104军第258师分由丰台、怀来向张家口驰援；令驻昌平的第104军（欠1个师）移至怀来，驻涿县（今涿州）的第16军移至南口、昌平，以确保北平与张家口的交通。

　　中央军委鉴于吸引傅系主力西援的目的已经达成，于12月2日命令华北军区第2兵团司令员杨得志、政治委员罗瑞卿率第3、第4、第8纵队由易县、紫荆关向涿鹿、下花园急进，切断怀来、宣化间的联系；命令东北野战军第2兵团司令员程子华率由第41、第48军等部组成的东北野战军先遣兵团由蓟县向怀来、南口急进，切断北平、怀来间的联系。该两兵团到达后，协同华北军区第3兵团抓住平张线上的守军与援军，使其既不能西逃，亦不能东撤。

　　5日，东北野战军先遣兵团在行进途中攻克密云，歼灭国民党军第13军1个师，而后主力继续南进；华北军区第2兵团进至涿鹿以南待机。

　　傅作义得知密云失守后，感到北平受到威胁，急令第35军由张家口星夜东返；令第104军主力及第16军由怀来、南口向西接应；令第94军（欠1个师）及第92、第62军由杨村、崔黄口、芦台地区开往北平，加强防御。

　　6日，第35军乘汽车东撤，华北军区第2兵团第12旅在冀热察军区部队配合下节节阻击，将其滞留于新保安地区。随后，第2兵团主力赶到新保安以

华北军区某部在平津战役中向新保安之敌发起冲击

东，打退了第35军及第104军主力的东西夹击，将第35军包围于新保安。

9日晚，东北野战军先遣兵团前出平绥线至怀来、康庄、南口间。第41军立即对进至康庄的国民党军第16军发起进攻。第16军惧怕被歼，率所部2个师掉头向北平撤逃。第41军穷追猛打，于10日将该敌6800余人歼灭于康庄东南地区。

位于新保安以东地区的第104军发现腹背受到威胁，又得知第16军已经东逃，即放弃接应第35军的计划，于当日14时南逃，企图回窜北平。东北野战军先遣兵团各部队立即展开追击和堵击，于11日在怀来县城以南的横岭、白羊城一带将其全部歼灭。

与此同时，华北军区第3兵团解放宣化，并于7日在沙岭子追歼由宣化向张家口撤逃的傅系第101军第271师，8日完成对张家口的包围。随后，由华北军区第3兵团指挥的北岳军区部队、西北野战军第8纵队骑兵旅和内蒙古军区骑兵第11师等部攻克张北，歼灭守军一部，孤立了张家口。

在此期间，东北野战军主力第1梯队6个军由喜峰口、冷口越过长城，进至蓟县、玉田、丰润、迁安地区。

此时，人民解放军虽已切断傅作义集团西逃的道路，但尚未切断其南逃的道路。同时，在淮海战场，人民解放军继歼灭黄百韬兵团之后，正在围歼黄维兵团，又在徐州西南包围了由徐州"剿总"副总司令杜聿明率领的邱清泉兵团、李弥兵团，并歼灭了企图突围逃跑的孙元良兵团，胜利已成定局。

人民解放军某部登上丰润县城城墙

　　11 日，毛泽东指示平津前线领导人：目前唯一的或主要的是怕傅作义率部从海上逃跑。为了不使蒋介石、傅作义定下迅速放弃平津向南逃跑的决心，在两星期内的基本原则是"围而不打"，如对新保安、张家口；有些则是"隔而不围"，即只作战略包围，不作战役包围，如对北平、天津等地，以待整个部署完成后，按照先打两头，后取中间的次序，从容歼灭各点之敌。尤其不可将南口以西诸点都打掉，以免南口以东诸点之敌狂逃。

　　同时，毛泽东又命令淮海前线人民解放军在歼灭黄维兵团后，留下杜聿明集团在两星期内不作最后歼灭的部署，命令山东军区集中若干兵力，控制济南附近一段黄河，并在胶济铁路线上预作准备，防止傅作义集团沿津浦铁路经济南向青岛逃跑。随后又指示华北军区抽调部队，控制保定、石家庄、沧州一线，准备搜捕由平津溃散南逃之敌。

　　根据上述指示，华北军区第 2、第 3 兵团以防止新保安、张家口之敌向东、向西突围为重点，构筑多道阻击阵地，待命攻击；东北野战军主力克服疲劳、寒冷等困难，向北平、天津、唐山、塘沽等地急进。

　　第 35 军等部被包围后，傅作义"殊感手足无措"。12 日，空军侦察报告：宝坻附近人民解放军大部队正向天津方向移动。这时，傅作义发现自己已陷入欲逃不能、欲守亦难的困境，匆忙调整部署，决定放弃南口、涿县、卢沟桥、通县（今通州）及唐山、芦台、廊坊等地，向北平、天津、塘沽收缩兵力。命令刚进至丰台的第 62 军（欠第 157 师）急速车运天津；第 86 军放弃芦台、汉沽，开回天津；第87军放弃唐山，开往塘沽。同时将北平和天津、塘沽划为两个防区，实行分区防御。

从12日起，人民解放军各部按照中央军委制定的平津战役作战方针，以迅速的奔袭行动，大胆插入平津及其外围各点之间，以实现对北平、天津、塘沽的分割包围。其中，东北野战军先遣兵团指挥第41、第42、第48军迅速占领南口、丰台、卢沟桥，从北面和西南面包围了北平；东北野战军第1兵团司令员萧劲光、政治委员萧华指挥第40、第43、第47军及华北军区第7纵队占领通县、采育镇、廊坊及黄村，从东北面和东南面包围了北平，随后又攻占南苑飞机场。

战局急速发展。至20日，东北野战军第46、第45、第44军占领唐山、军粮城、咸水沽、杨柳青、杨村等地，切断了天津、塘沽间的联系；东北野战军第38、第39、第49军及特种兵部队正由宝坻、汉沽、山海关向平津疾进。

至此，傅作义集团已全部被分割包围于张家口、新保安、北平、天津、塘沽等地，西逃和南逃的一切道路完全被封闭了，由"惊弓之鸟"变成了"笼中之鸟"。固守孤城的傅作义感到空前的迷惘、惶惑和恐惧。

想当年，傅作义正是以坚守孤城而一举成名的。

1926年，晋军与国民军宋哲元部大战于平绥线。晋军主力败退雁门关后，独留傅作义率1个团死守天镇城。国民军围攻三月不克，遂撤围而去。

次年10月，时任晋军第4师师长的傅作义率部响应北伐，从晋北突袭奉军腹地要地——涿州。不久晋军主力战败，撤回山西，涿州守军孤悬于奉军重围

傅作义（左一）和杨爱源（左二）陪同阎锡山（左三）检阅部队

之中。

奉军集中五万之众，动用了步、骑、炮、工各兵种和飞机、坦克、毒气等武器，猛攻涿州城。傅作义以八千疲惫之孤军，内无粮草外无救兵，竟苦守三个月，令奉军无计可施。此役使傅作义一举成名天下知，"国内报章以至海外人士，无不惊服，传颂不置"。

1937年11月上旬，日军大举进犯山西。傅作义临危受命，率第35军固守太原。战前，他激昂慷慨地对部属说："我们今天守太原，就像活人躺在棺材里，只差钉上棺材盖了。如果我们齐心协力守住太原，就能把棺材盖子给顶开了，大家也就得救了。否则，棺材盖子就被敌人给咱钉死了。困兽犹斗，我们抗日军人，为何不能和敌人决一死战呢？"

在顽强坚守太原城三天后，傅作义奉命率部突围。这一系列坚守孤城的防御战，为傅作义赢得了"守城名将"的美誉。

然而，事过境迁。当傅作义身负北平防务之责时，可谓兵多、将广、粮足、城固，但却茫然失措。因为傅作义清楚地看到了民心之背向，大势之所趋。

中共中央分析，傅作义在抗日战争时期主张抗日，并和共产党有过友好往

抗战时期的傅作义

来。虽在内战中执行蒋介石"戡乱"的反共政策，但随着国民党军的节节失利，已对蒋介石的反动统治失去了信心。在兵临城下、身陷绝境的困境中，傅作义有两种可能：其一，傅曾经是抗日爱国将领，与蒋介石独裁卖国、排除异己有着比较深的矛盾，现在蒋介石政府行将覆灭，有可能选择和平的道路；其二，傅长期反共，与共产党打了多年的仗，在整个华北统率着50多万国民党大军，不到万不得已时，是不会轻易接受和谈的。

孙子曰：不战而屈人之兵，善之善者也。用和平方式解决战争问题，对革命对人民最为有利。北平

是中国最悠久的城市和古都之一。为保护文化古迹免遭炮火破坏和200余万人民的生命财产，中央军委在立足于打一场大仗的同时，又力争和平解放，为胜利后在北平建都创造比较好的条件。

早在11月初，中共中央华北局城市工作部即指示北平地下党组织，通过多种渠道直接与傅作义及其周围的人员进行接触，争取他走和平道路。

傅作义也开始与中共联系，进行和谈试探。11月7日，他草拟了一封给中共中央、毛泽东主席请求和谈的电报，表示已认识到追随蒋介石"戡乱"的错误，今后决定以

北平和平解放后，人民解放军举行入城式，通过正阳门

共产党、毛泽东主席为中心来达到救国救民的目的，并要求中共方面派员到北平商谈。

但这时，傅作义只是试探中国共产党的和谈条件，尚非诚意和谈。因为他对自己的力量估计过高，自信能抵挡一阵，以便讨价还价，保存实力。

对此，毛泽东于11月26日为中共中央起草致林彪、罗荣桓、刘亚楼等的电报中指出："在尚未解决蒋系以前，假如傅真愿谈判，我们应当和他谈判，以便分化傅、蒋，首先解决蒋系，但不给傅以任何政治上的借口。这是我们的第一个计划。同时我们也准备第二个计划，即在有某种确定需要时，真正允许傅作义反正，但现时不作此项实际的决定。"

此时，蒋介石眼见华北大势已去，决心放弃华北，退保江南，便致电力劝傅作义突围。他在电文中称：平津在战略上已失去意义，目前共军刚刚合围，立脚未稳，愚意以突围为上策，望兄激励所部奋力向塘沽突围，中正当派海空军全力掩护，撤离险地，希早下决心。

傅作义接电后顾虑重重，举棋不定。但没过几天，战局就急转直下。傅作

北平青年学生在街头演讲，呼吁与中共进行和谈

义见自己的嫡系部队第 35 军被围新保安，危在旦夕，而北平城又迅速被解放军团团包围，于 12 月 14 日派《平明日报》社长崔载之为代表，在该报新闻部主任李炳泉（中共党员）的陪同下，出城与解放军洽商和谈。傅作义此举无非是想探清共产党的态度，若被国民党特务机关侦悉，也可以推到新闻界身上。

第二天一大早，崔载之、李炳泉携带电台及报务员、译电员等一行 5 人，秘密出城，于 16 日到达东北野战军第 48 军驻地，要求进行和谈。

中共中央获悉后立即给平津前线司令部发电，指出：

对傅作义代表谈判内容以争取敌人放下武器为基本原则，但为达到这个目的可以运用某些策略。我们应试图利用傅作义及其集团内大批干部，对于自己生命财产的恐惧，可以考虑允许减轻对于傅作义及其干部的惩处，允许他们保存其私人财产为条件，而以傅作义下令全军放下武器为交换条件。我们的第一个目的是解决中央军。你们应向傅的代表试探，有否命令中央军缴械之权力，如无，则可向他提出让路给我军进城，解决中央军。傅所提条件不像是真正的条件。这是一种试探性行动。傅作义如有诚意谈判，还会派代表出来。

刘亚楼派平津前线司令部参谋处长苏静为代表，与崔载之在北平城外八里庄进行谈判，希望傅作义集团自动放下武器，人民解放军可保证其生命财产的安全。

崔载之对苏静说："我们是代表傅作义先生来谈判的，纯属诚意，绝非阴谋把戏，过去曾有谈判之蓄意，这次军事情况是直接推动，愿意谈解放问题的方案。"

接着，崔载之又提出：傅作义希望解放军放回被围困于新保安的嫡系部队第35军，以便加强傅作义在北平城内的力量，共同对付蒋嫡系部队。若有必要，还可以掺杂一部分人民解放军战士一起进城。组建华北联合政府，自己的军队可以交给联合政府，等等。

傅作义的意图是以华北五省二市作筹码，参加联合政府，将北平、天津、察哈尔、绥远划为"和平区"，所部改称"人民和平军"，归联合政府领导，其目的是想在军事上保存实力。显然，傅作义认为尚有实力，可再坚持3个月，观望全国形势的变化。这是中共中央所不能答应的，谈判未获结果。

战场上的胜败左右着傅作义对和谈的态度。

为了打破傅作义依靠自己的实力，建立所谓华北联合政府的幻想，按照毛泽东制定的"先打两头，后取中间"的攻击次序，12月21日，华北军区第2兵团第3、第4、第8纵队共9个旅发起新保安战役，迅速扫清外围据点，于次日晨开始攻城。激战9小时，全歼第35军军部和2个师以及保安部队共1.6万人，中将军长郭景云兵败自杀。

傅作义戎马大半生，所倚仗的就是第35军。可万万想不到自己苦心经营了半辈子的第35军竟然在几天内就化为乌有，在傅系中引起极大震惊。

这使傅作义既痛心又害怕，心情非常沉重，一连数日吃不下饭，睡不着

参加第一次谈判的苏静（左2）与崔载之、李炳泉（左3）

人民解放军某部攻克新保安

觉，双手插在棉裤裤腰里（傅作义的习惯动作），在办公室里转来转去，坐立不安，甚至自己打自己的嘴巴，痛心疾首地说："哎！我的政治生命完了！"

中央军委估计到在攻击新保安后，张家口的国民党军可能向西突围，同时考虑到华北军区第3兵团在兵力上与张家口守军相比不占优势，遂令东北野战军第41军于攻击新保安之前，由南口西进，归华北军区第3兵团指挥，加强对张家口的包围。

23日拂晓，张家口守军果然全力向北突围。华北军区第3兵团指挥所属第1、第2、第6纵队及东北野战军第41军共11个师（旅），在北岳、内蒙古军区部队配合下，冒风雪严寒，展开堵击和追击，当晚解放张家口。

战至24日16时，仅以900人的伤亡，将国民党军第11兵团部、第105军等部共7个师（旅）5.4万人歼灭于张家口东北西甸子、朝天洼一带，仅第11兵团司令官孙兰峰率少数骑兵逃脱。

就在解放军攻打张家口的同一天，傅作义给毛泽东发出一封电报，电文如下：

毛先生：

一、今后治华建国之遭，应交由贵方任之，以达成共同的政治目的。

二、为求人民迅速得救，拟即通电全国，停止战斗，促成全国和平统一。

三、余决不保持军队，亦无任何政治企图。

四、在过渡阶段，为避免破坏事件及糜乱地方，通电发出后，国军即停止任何攻击行动，暂维持现状。贵方军队亦请稍向后撤，恢复交通，安定秩序。细节请指派人员在平商谈解决。在此时期，盼勿以缴械方式责余为难。过此阶段之后，军队如何处理，均由先生决定。望能顾及事实，妥善处理。余相信先生之政治主张及政治风度，谅能大有助于全国之安定。

傅作义

12 月 23 日

25 日，中共中央宣布蒋介石等 43 人为罪大恶极的头等战犯，傅作义赫然名列其中。

毛泽东之所以要这样做，颇有深意：一是揭露蒋介石的假和谈阴谋；二是在客观上加强傅作义等国民党高级将领在蒋介石一方的地位，防止蒋介石谋害他们。为解除傅作义的顾虑，毛泽东指示在宣布战犯名单同时，配发了一篇短论，称：像傅作义这样的战犯不可能不惩罚，但减轻惩罚还是可能的，唯一出路就是保证不再杀害革命人民，不再破坏公物、武器，缴械投降，立功赎罪。

而傅作义对毛泽东的意图并不理解，本来就怕和平解决后得不到共产党的谅解，而且自己的主力部队在新保安、张家口连续被歼，情绪非常低落。所以当共产党把他列为战犯时，傅作义精神上受到很大刺激，思想上更想不通。就连他的亲信人员也说："这样不违背中共的宽大政策吗？这一定是中共一批青年干部做的，毛先生一定不知道。"

此时，崔载之给傅作义连发几封电报，劝他考虑解放军的条件，军队要放下武器，否则谈不下去，并请他及早复电。

平津战役中缴获敌人的武器

就在宣布战犯名单的第二天，傅作义发出急电，令崔载之立即返回北平，电文如下：

总座纯为国家为人民及保全平津文物与工商业基础，毫无任何政治企图，其意亦即帮助成功者速成；而不是依附成功者求个人发展，因之，如果缴械亦可先从自我缴起，吾克迭次来电意见均甚好，希即返平面谈。

崔载之立即将傅作义的电报转交给苏静，由苏静将这一情况报告了平津前线司令部。

平津前线司令部随即以林彪的名义同时发了两封电报，一封是发给苏静的："望傅之代表稍待，然后再回北平"；另一封是发往中共中央军委的："傅之来电转上，该电似非真意，似另有企图，我们拟准其回去，并告以傅本战犯，现如能下令缴械，则对其本人及其部属可予优待，军委有何指示，盼复之。"

但苏静还未接到林彪的电报，崔载之就已走了，李炳泉和报务员、译电员则仍留在谈判所在地的八里庄，电台也留下了。

27日，林彪将崔载之已回北平的情况报告了中央军委。傅作义与中共的第一次和谈就这样结束了。

在傅作义同中共秘密接触、进行和谈之际，蒋介石已有所察觉。为了保住他在平津的军事实力，阻挠破坏北平和谈，蒋介石立即派国民党军令部部长徐永昌飞赴北平，对傅作义进行拉拢利诱。

北平和平解放后，罗荣桓在前门城楼上检阅入城部队

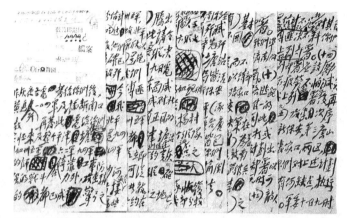
毛泽东起草的关于发起平津战役的电文

此时，傅作义正深深陷入各种错综复杂的矛盾之中。解放军兵临城下，自己的嫡系部队第35军等主力被全歼，首次派人出城和谈未果，自己又被中共列为战犯，同时还受到蒋介石的胁迫，思想斗争十分激烈。

是战，是和，傅作义一时难以决断。于是，他一面下令在城内动工修筑环城马路，在东单、天坛修建临时机场，准备战事；一面召集幕僚心腹商量，准备继续与中共进行和谈。

与此同时，傅作义给毛泽东又发去一封电报，其大意是：他本人主张起义，并公开发表和平通电，再派人进行谈判。

此间，傅作义还约见中国民主同盟副主席、燕京大学教授张东荪，要其找中共，表示他自己无任何要求，只希望给他一个台阶下野，并用协商办法处理北平的国民党军队和政权问题。

对于傅作义的思想脉搏，毛泽东可以说是了如指掌。为实现和平解放北平这一目的，毛泽东及时采取措施，大力加强对傅作义的政治争取工作。

战犯名单公布后，毛泽东发电指示北平地下党：傅作义虽列为战犯，但与蒋介石有矛盾，仍要争取。必须讲清只要傅作义使北平和平解放，就是为人民立了大功，人民一定不会忘记他的。

遵照毛泽东的指示，北平地下党通过各种渠道，及时向傅作义传递了这一信息，向他及其幕僚宣传共产党的统一战线政策，宣传和平解放北平符合人民的利益，讲清只要傅作义接受和平谈判，和平解放北平，就是为人民立了大功，人民是不会忘记的。

12. 北平和平解放

12月31日，中央军委电示北平地下党转告傅作义，请他派有地位能负责的代表和张东荪一道出城到平津前线司令部进行谈判。

1949年1月1日，中共中央和毛泽东致电林彪、罗荣桓、聂荣臻等人：

（一）傅作义不要发和平通电。因为电报一发傅即没有合法地位了，他本人及其部属都可能受到蒋系的压迫，甚至被解决。傅的此种作法是很不切合实际的，也是很危险的，我们不能接受他的这一想法。

（二）傅作义跟随蒋介石反共多年，我方不能不将其与刘峙、白崇禧、阎锡山、胡宗南等一同列为战犯。况且我们这样一宣布，傅作义在蒋介石及蒋军面前地位也加强了。傅作义也可借此大做文章，表示只有坚决打下去，除此之外别无出路。但在实际上则和我们谈好，里应外合，从而和平解放北平。傅氏立此一大功劳，我们就有理由赦免其战犯罪，并保有其部属。北平城内全部傅系直属部队，均可不缴械，并可编为一个军。

（三）希望傅派一有地位能负责之代表携同崔载之及张东荪一道秘密出城谈判。

（四）傅作义此次不去南京是正确的，今后也不要去南京，否则有被蒋介石扣留，做第二个张学良的危险。

平津前线司令部收悉中央军委电示后，立即研究，确定派李炳泉回城，当

北平和平解放后，人民解放军炮兵部队通过前门大街

面向傅作义传达中央军委的意图。

　　傅作义听了这四点意见后，如释重负，消除了不少疑虑。但是并未表示完全接受中共所提的条件，只是说："为了保全北平文化古城，还要继续谈判，希望谈得更具体一些。"

　　5日，林彪、罗荣桓公开发表《告华北国民党将领书》，严正指出：

　　北平、天津、塘沽均已被包围，你们的陆上通路已完全断绝，从海上和空中，纵然有少数人逃跑，但你们绝大多数仍无法逃脱被歼灭的命运。现在只有一条路，就是立即下令全军，向本军投降，我们一律宽大待遇，对于你们全体将领官兵眷属的生命财产，一律加以保护。傅作义本人虽然罪为战犯，只要能够迅速率你们全体投降，本军也准其将功折罪，保全他们的生命财产。如果你们同意这种办法，即望速派代表前来本司令部接洽。本军总攻在即，务望当机立断，勿谓言之不预。

　　在人民解放军强大的军事压力和政治攻势下，傅作义决定派华北"剿总"土地处少将处长周北峰为代表，与张东荪秘密出城，到平津前线司令部进行第二次和谈。

　　周北峰与中国共产党的渊源颇深，早在1937年他就曾受傅作义之托，赴延安谒见过毛泽东主席。抗战胜利后，周北峰担任傅作义的代表，在集宁、丰

北平和平解放后，人民解放军列队入城

镇、张家口同八路军进行停战谈判。多年来，傅作义与中共的接触，大部分都是由周北峰代表他参加的。

6日凌晨，周北峰与张东荪一起前往平津前线指挥部，与中共代表聂荣臻谈判。

聂荣臻问周北峰："这次你来了，我们很欢迎，你看傅作义这次有诚意吗？"

周北峰坦率地回答："我看老总（傅作义的部下对傅作义的称呼）已经看清了形势，这次叫我来主要是看解放军对和平解放的条件。"

聂荣臻又问："条件很简单。我们要求他停止抵抗。不过你是单谈北平问题呢？还是傅作义全部统辖的部队和地区呢？"

周北峰说："我是奉命来谈全面的问题，包括平、津、塘、绥的一揽子和谈。"

聂荣臻点了点头，问道："傅先生是否还准备困兽犹斗，用当年守涿州的办法在北平负隅顽抗？"

周北峰诚恳地说："这次叫我出城商谈，我看是有诚意的。这是大势所趋，人心所向，只有走这一条路。当然在具体问题上，还可能费些周折，老总还有不少顾虑。我们这次商谈是要比较具体点的。"

聂荣臻说："好吧！我们仔细谈谈。"

7日，中共中央军委致电林彪、聂荣臻，要求向傅方代表严正表示下列诸

1949年1月，北平和平解放后，国民党军傅作义部队开出城外接受改编

点：和平让出平津；傅系军队以解放军名义编为一个军，不能有其他名义；其他军队一律缴械；迅速解决，否则我军即将举行攻击。

8日，聂荣臻与周北峰、张东荪举行第二次正式谈判。双方就如何改编，傅作义总部所属军队如何解放军化，所属地方如何解放区化，行政机关如何改组，军政人员如何安排等事项进行了会谈。

9日，双方最终形成了一个《会谈纪要》，并规定务必在1月14日午夜前做出答复。周北峰回忆道：

上午十时，林、罗、聂、刘等几位将军一起来了，我与张东荪随着一同走进一间布置好的会场，分别坐下后，还是由刘亚楼同志做记录，又开始了会谈。这次会谈主要是有关傅部数十万军队和一些文职人员的安排情况，并将昨天所谈内容重述一下。全部谈完后，又问我与张有什么意见。张东荪说："我没什么意见。"林彪说："请周先生说吧！"我说："傅的希望与要求全都谈了。"于是林彪让刘亚楼同志将会谈的结果，整理一个"纪要"，以便草签。这次会议较顺利，气氛也比较融洽。

聂荣臻立即将会谈情况电告中央军委。军委复电指示：

（一）平津绥塘均应解决，但塘绥人民困难尚小，平津人民困难甚大，两军对峙，军民粮食均有极大困难，故应迅速解决平津问题。

（二）为避免平津遭破坏起见，人民解放军方面可照傅方代表之议，傅方军

平津战役期间，人民群众将大批粮食运往前线支援解放军

队调出平津两城，遵照人民解放军命令开赴指令地点，用改编方式根据人民解放军的规定改编为人民解放军，并由双方代表于三日内规定具体办法，于一月十二日下午一点开始实施。平津两处办理完毕后，即可照此办法解决塘绥问题。

同日，毛泽东再次电示平津前线司令部："为避免平津遭受破坏起见，人民解放军方面可照傅方代表提议，傅作义军队调出平津两城，遵照人民解放军命令，开赴指定地点，用整编方式，根据人民解放军的制度，改编为人民解放军。"并明确了谈判的基本方针：傅作义只有和平让出北平、天津，才能赦免其战犯罪；和平解放后，傅作义部可以改编为一个军，他的私人财产可以保全，其部属眷属的安全、财产均可保障。

11日，周北峰回到北平向傅作义做了详细汇报。

傅作义听后信心倍增，但当看完了《会谈纪要》后，只是唉声叹气，摇摇头说："谈的问题还不够具体。这个文件，过两天再说。"

显然，傅作义仍持观望态度，协议未能达成。周北峰回忆道：

这几天内，我内心非常不安。看傅的样子是要拖延时间，也有背城一战的可能。如果是傅先生一时想不开，背城一战，北平这个数百年的故都岂不同锦州的情况一样了吗？明清两代王朝的文物古迹岂不都要付诸战火？……

几天后，傅对我说："你可以电告林、罗、聂，就说前次所谈都已研究了，只是限于十四日午夜答复，时间太仓促，不日你将偕邓宝珊将军再去。"

原来，外受解放军军事、政治双重压力，内受蒋介石要挟逼迫的傅作义，内心十分矛盾，思想斗争激烈。他既不想关闭与解放军已经开启的谈判大门，又不愿接受"缴械投降"的条件，既不愿率部南撤成为蒋介石的殉葬品，又不想与国民党彻底决裂背上"叛将"的名声，更不愿血战到底做共军的俘虏。

危急关头，傅作义想起了老朋友、时任国民党政府晋陕绥边区司令兼华北"剿总"副司令的邓宝珊。

同为西北军将领的邓宝珊，早在北伐期间，就曾与共产党人刘伯坚、刘志丹等人亲密合作，并请邓小平、李子洲等人在其创办的中山军事学校和中山学院担任要职，人称"粉红色的将军"。

1949年2月，邓宝珊（左4）、傅作义（左5）在西柏坡受到
周恩来（左3）的亲切接见

邓宝珊不仅资历深，地位高，有政治头脑，而且与共产党有过很长一段时间的友好合作。抗日战争时期，驻守榆林的邓宝珊多次到延安与毛泽东、朱德等人会晤，赞同抗日民族统一战线。1944年12月，毛泽东致信邓宝珊，称赞道："先生支持北线，保护边区，为德之大，更不敢忘。"

傅作义知道只有邓宝珊才能不辱使命，于是派专机将他接到北平。

1948年12月28日，邓宝珊乘坐的专机降落在天坛临时机场，对前来迎接的傅作义说："宜生兄，我是和你共患难来了。"

是夜，两人促膝长谈，分析时局，一致认为，蒋介石政权大势已去，和平解决华北问题是人心所向。针对傅作义怕把他以战犯对待的顾虑，邓宝珊开导说："只要你决心和平解决，其他一切具体问题，包括你个人前途问题，都由我去谈判解决。"

中共中央在对傅作义进行争取工作的同时，指示中共地下党组织对国民党的其他部队加紧争取工作。

经过一系列耐心细致的工作，国民党军第17兵团司令官侯镜如、第92军军长黄翔等人准备起义；西直门、崇文门的守军也同意在解放军攻城时，来个"里应外合"，开城门迎接解放军进城；甚至连傅作义的嫡系第35军（原来的35军在新保安被歼后，重新在北平组建的）副军长丁宗宪也准备率部在德胜门、安定门一带单独起义。

1949年1月10日，历时66天的淮海战役胜利结束，人民解放军歼灭了杜津明集团 55 余万人。消息传来，世界为之震惊，特别是困守平津的国民党军更是惶惶不可终日。

14 日，解放军约定答复的最后期限到了。傅作义决定派邓宝珊作为全权代表，在周北峰的陪同下，前往解放军平津前线司令部谈判。

当日下午 1 时，邓宝珊、周北峰等人来到北平通县西五里桥的一个大院子。林彪、罗荣桓、聂荣臻等在院子门口亲自迎接。

罗荣桓说："你们先休息休息，等一会儿再谈。"

邓宝珊连忙摆手说："不累。是不是现在就可以谈？"

聂荣臻郑重地对周北峰说："周先生，我们前次谈得很清楚，14 日午夜是答复的最后限期，现在只剩下几个小时了，我们已下达了进攻天津的攻击令了。这次谈判就不包括天津了。你们有什么意见？"

邓宝珊对周北峰说："用你的名义打个电报，将这情况报告总司令请示。"

守卫天津的是国民党第 62 军（欠 1 个师）、第 86 军等部 10 个师及非正规军共 13 万人，由天津警备司令陈长捷指挥，企图凭借"大天津堡垒化"的防御体系进行固守。

大大出乎傅作义意料的是，总攻天津的战斗自 14 日上午 10 时打响后，攻城部队迅速在东西南三面 9 个地段突破城防，至次日下午 3 时全歼守军，俘虏陈长捷，解放天津。

邓宝珊、周北峰深感新保安、张家口、天津相继解放后，北平已成孤城，只有促成和平解决北平问题，才是最佳的上策。周北峰回忆道：

上午开始了通县谈判，但是已经不包括天津了。参加谈判的有林彪、罗荣桓、聂荣臻、邓宝珊和我，由解放军平津前线司令部的参谋处处长苏静同志做记录。会议一直开到深夜，主要内容包括傅部军队的改编原则和具体办法（专指北平部分），对傅的华北总部和部队中团级以上的人员安排以及对北平市的文教、卫生等行政单位的接收办法，共整理归纳出具体条款十余条。第二天下午，继续会谈北平和平解放的问题。林彪说："绥远的问题，党中央指示缓缓再谈。但是如果北平的和平解放能顺利完成，使中国数百年古都的文物都能够完整回到人民怀抱，绥远的问题就好谈了。毛主席说：将用一种更和缓的方式，我们叫它做绥远方式。"最后双方签署了北平和平解放的初步协议，并决

放下武器的国民党军欢迎解放军

定次日由邓宝珊先生、刁可成和王焕文偕同苏静同志和解放军平津前线司令部队列科王科长进城。我仍留通县以备联系。

协议的主要内容是：北平和平解放，国民党驻平郊部队开赴指令地点，听候改编为人民解放军；释放被俘人员，对被俘人员不以战俘看待；双方在北平成立联合办事处，处理过渡问题等。

邓宝珊临走前，林彪让他给傅作义带一封信。信是毛泽东亲自执笔，以林彪、罗荣桓的名义写给傅作义的，敦促他当机立断，早日下定决心，接受"八项条件"，放下武器，站到人民方面来。目的在于保全北平文化古城，并且指出傅部官兵出路。信中还提到，天津已经解决，平津战役只有北平一城了。中央军委已下达攻城命令，希望傅作义不要再拖延，尽早抉择为好。

17 日，邓宝珊一行返回中南海傅作义的住处，详细汇报了会谈经过和达成协议的情况。

根据第三次谈判所取得的结果，双方代表对和平解决北平的具体实施方案进行商讨，于 19 日草拟了《关于北平和平解决问题的协议书》。

21 日，东北野战军前线司令部代表苏静和傅作义方面代表王克俊、崔载之在协议书上签字。双方议定成立北平联合办事处。

北平和平解放已成定局，但蒋介石仍不死心，一面以恫吓、暗杀、封官许愿等手段极力阻挠和破坏傅作义的和谈行动；一面派次子蒋纬国带着他的亲笔信飞抵北平，面见傅作义，要其坚守北平或南撤。

蒋介石与次子蒋纬国

傅作义婉言相拒："请向总统致意，时至今日，一切全晚了……"

蒋纬国忙说："不晚不晚，千军易得，一将难求，希望总司令能顾全大局。"并代表蒋介石许诺，只要傅作义撤到青岛，则由美军援助南撤，届时一定任命傅作义为东南军政长官，统率所有的国民党军队。

傅作义当然知道蒋介石的用意，郑重地说："我半生戎马，生死早已置之度外，至于个人荣辱，更不在意。国家大局高于一切。我是炎黄华胄，只要对国家民族有利，对人民有利，个人得失又何足道哉！"

蒋纬国见无可挽回，只好飞回南京复命。

21日，傅作义发布文告，对外正式公布了北平和平解放的实施方法细则。各报刊纷纷登载，国民党中央社也发表了这份文告。

北平城的男女老少涌上街头，奔走相告。人们围在文告前，一遍又一遍地朗读着，有的聚集在广播喇叭下一句句地细听，各报馆的号外也被抢购一空，到处都在谈论解放军，谈论和平解放。

22日，傅作义在华北"剿总"机关及军以上人员会议上，宣布北平城内国民党守军接受和平改编，发出了《关于全部守城部队开出城外听候改编的通告》。

当天，国民党军开始陆续撤离北平城，接受改编。至31日，20余万国民党军全部开出城去，听候改编。古城北平宣告解放！

2月3日，人民解放军举行了隆重的入城仪式。上午10时，4颗信号弹腾

人民解放军举行北平入城式

空而起，解放军入城部队以坦克部队为先导，浩浩荡荡、威武雄壮地从永定门进入北平。

整个北平城沸腾了！到处人山人海，载歌载舞，欢庆解放。

北平的和平解放，创造了将国民党军和平改编为人民解放军的"北平方式"，成为执行毛泽东提出的以"八项条件"解决国民党军的第一个榜样，争取了大批国民党军高级将领和建制部队站到人民方面来，是中共中央战略指导的一大成功。

13. 天津战役

　　1948 年 11 月底，东北野战军和华北军区部队主力联合发起平津战役。至 12 月 20 日，在平张铁路（今北京—张家口）线上的华北军区第 2、第 3 兵团和东北野战军先遣兵团（由第 41、第 48 军等部组成），将傅作义集团第 11 兵团和第 35 军分别包围于张家口、新保安；在北平周围及天津、塘沽地区的东北野战军主力，完成了对塘沽、天津和北平的分割包围，圆满实现了中央军委关于抑留傅作义集团于平津张地区并实行"围而不打""隔而不围"的战略布局。

　　从 21 日起，人民解放军开始逐批围歼被分割包围之敌，相继歼灭困守新保

华东军区第 2 兵团某部攻占新保安火车站

安的第35军、由张家口向北突围的第11兵团部及7个师，将傅作义集团残部分割包围于北平、天津、塘沽三地。

天津，华北地区第二大城市和最大的工商业城市，有200万人口，与上海、广州、武汉合称中国四大商埠。自明清两朝定都北京后，天津就有京畿门户之称，战略地位十分重要。

地处水陆要冲的天津是北宁路（今北京—沈阳）、津浦路（天津—浦口）的交会点，境内河流纵横，北运河、永定河、大清河、子牙河、南运河汇入海河流入渤海，西上约120公里是北平（今北京），东下约70公里可经塘沽出海，是南北交通的重要枢纽。海河纵贯市区，将全市分为东西两个部分，使市区形成南北长12公里、东西宽约5公里的狭长地域。市内多高大建筑物，郊区地形开阔，多为低洼地，地形复杂、易守难攻。

驻守天津的是国民党军第62军（欠第157师）、第86军等部10个师，连同特种兵及地方部队共13万人，附山炮、野炮、榴弹炮60余门。警备司令陈长捷同傅作义一样出身晋军，又同为保定军校毕业，与傅作义有多年的袍泽之谊。傅作义主政华北后，念其旧谊，就将陈长捷从兰州调到天津，负防守天津之责。

天津设防坚固，其城防工事经过日本侵略军和国民党军的长期修缮，形成了完整的防御体系，共筑有长达42公里的环城碉堡工事，各种大小明碉暗堡数以千计，仅大型碉堡就有380余座。同时还结合市内高大建筑，构成了若干个

国民党军修建的碉堡工事遗迹

既能独立坚守，又能以火力互相支援的防御要点。同时还环绕市区周围挖有一条宽 10 米、深 3 至 4 米的护城河，河内水深 1.5 至 2 米。护城河外侧设置有铁丝网、鹿寨和雷场；内侧筑有土墙，墙上有铁丝网、电网，每隔 30 米就筑有一座碉堡。墙内交通沟连接纵深地堡群与核心工事。

陈长捷回忆道：

天津市区是东北和西南偏斜的长方形，南北二十五华里，东西窄处尚不及十华里。经过傅总部指示，缩紧构筑的周沿城防工事线，达九十华里，间隔着海河、永定河、运河，分成河北（金钟河、运河以北）、河东（海河以东）和市区的三个方面。西北和西，南和东南，地面低洼，河渠交错，形为河网与泛滥区；只有东及东北方较广坦，来攻者可以展开大的兵力。对此设成三带阵地，虽未完全达成原计划，配以临时野战工事，已经基本是设堡的坚固阵地。以为来攻者若非很长时间构成攻城工事，步步逼近，付出很大的代价，是不可能攻破的，更不可能以强攻急袭摧毁的。

平津战役中，中国人民解放军攻击国民党军天津警备司令部

为固守天津，陈长捷将市区划为三个防区和一个核心区，具体部署是：

海河以东，新开河以南为东防区，由第 86 军（辖第 26、第 284、第 293 师）和新组建的第 305 师防守，统归第 86 军军长刘云瀚指挥；新开河西北，墙子河、南马路以北为西北防区，由第 62 军军长林伟俦指挥所部第 67、第 151 师防守；墙子河、南马路以南，海河以西为西南防区，由陈长捷亲自指挥第 94 军第 43 师和津南第 1、第 2 支队防守；城内海光寺、耀华中学、中原公司地域为核心阵地，由天津警务司令部宪兵团、特务营等部防守。

同时，陈长捷把新组建的第 184、第 326、第 333 师作为总预备队，配置于核心阵地及其附近地区。并把各部的炮兵集中使用，统归警务司令部指挥。

对天津的城防，陈长捷颇为自负，自诩为"固若金汤"，企图凭恃"大天津堡垒化"的防御体系进行固守，并多次向部下吹嘘："这样坚强的设堡阵地，充足的弹药器材，比起傅作义当年仅仅一师守着涿州城，不知优越到多少倍。涿州的防守三个月，创造战史上的伟绩，我们现在傅总司令的指挥下，也必要坚持胜利。"

傅作义仍不放心，一再追问："共军围城，你能独立撑多久？"

陈长捷信心十足："不会比长春差，起码也耗他半年。"

于是，傅作义的心底又萌生了一丝希望：如果陈长捷能坚守天津几个月，那么他在与中共和谈的砝码必将大大加重，故一再命令陈长捷："只要坚定的守住，就有办法！"

起初，中央军委计划先攻塘沽，后打天津。但前线指挥员报告，由于塘沽东面靠海，其他三面为水渠盐池，不能对敌形成包围，也不便大部队展开。同时判断北平、天津国民党军有突围的可能，林彪、刘亚楼致电中央军委建议：以少数兵力监视塘沽，集中兵力先打天津。

中央军委批准了东北野战军的作战计划，并命令第 41 军迅速归建；华北军区第 2、第 3 兵团全部由平绥铁路沿线东调，协同东北野战军严密包围北平。

中国人民解放军某部在平津战役中发起进攻

　　东北野战军领导人决定集中第38、第39、第44、第45、第46军，第43军第128师、第49军第145师共22个师，连同特种兵部队总计34万人，配属山炮、野炮、榴弹炮等大口径火炮538门，坦克、装甲车40余辆，以绝对优势的兵力和兵器夺取天津。

　　根据天津守军在部署上北部兵力强、南部工事坚固、中部兵力和工事均不很强的情况，以及天津地形南北长、东西窄的特点，东北野战军决定采取东西对进、拦腰斩断、先南后北、先分割后围歼、先啃骨头后吃肉的战法，发起天津战役。具体部署是：

　　以第38、第39军为西集团，从和平门两侧由西向东实施主要突击；以第44、第45军为东集团，从民权门两侧由东向西实施主要突击；以第46军附第49军第145师，从前后尖山由南向北实施助攻；以第39、第45军各一部及东北野战军司令部警卫团从北面实施佯攻；以第43军第128师为预备队。另以第49军主力位于军粮城，监视塘沽守军。

　　1949年1月2日，各攻击部队进至天津周围，至13日基本肃清了外围据点，使护城河一线的主要防御阵地暴露在人民解放军的直接攻击之下，为攻城突破创造了有利条件。

　　与此同时，除担任尖刀突击任务的分队外，其余部队利用夜暗，不顾天寒地冻，挖掘了大量的交通壕、单人掩体和营以上指挥所、观察所等工事，为攻城部队实施突击提供了极大的方便。

平津战役天津前线指挥部——杨柳青镇药王庙

其间，负责指挥夺取天津的东北野战军参谋长刘亚楼敦促陈长捷仿效长春的郑洞国率部放下武器，可保证其生命财产的安全，但遭到拒绝。

　　陈长捷回忆道：

　　一月十一日接到解放军送来的"和平放下武器"的通牒，即约杜建时到部会商。开始是各怀鬼胎，以目相视，默默无言。刘云瀚是蒋介石、陈诚的嫡系心腹，对战事虽然忧虑，但默不作声。林伟俦和秋宗鼎又都慑于特务的监察，有所欲言，而又吞吞吐吐，没有一个说应该和可以放下武器的。

　　就这样，室内的五个人谁也不开口。沉默许久，还是林伟俦打破僵局，试探地问陈长捷：是否给解放军回封信？

　　陈长捷考虑了片刻，答道："复他一封信吧！"

　　于是，由陈长捷口述，秋宗鼎执笔，写了一封复信。大意是：武器是军人第二生命，放下武器是军人耻辱。如果共谋和平，请派代表进城商谈……

　　这实际上彻底地关闭了天津和平解放的大门。

　　14 日上午 10 时，总攻天津的战斗打响了。

　　随着刘亚楼的一声令下，500 余门火炮一齐怒吼，炮弹雨点般倾泻在国民党守军阵地上。一座座明碉暗堡被炸塌，一道道铁丝网、鹿寨被掀翻，高峭的围墙也被炸开了豁口。

　　在炮火的掩护下，工兵部队迅速排除了护城河外地雷等障碍物，并用苇子

待命总攻天津的我军炮群

13.

天津战役

第四野战军特种兵司令部坦克部队配合部队攻打天津

桥、船桥等渡河器材架起浮桥，保障坦克和突击分队的顺利前进。

至 11 时，东西两个攻城集团通过护城河，从 7 个突破口突破了国民党守军号称"固若金汤"的天津城防，攻入城内；南集团第 46 军一部和第 49 军第 145 师也从 2 个突破口突入城内。

林伟俦回忆道：

经过激烈战斗，城防线的碉堡和铁丝网全被解放军炮火所摧毁，护城河水深结冰，人可通过，已不成为障碍。解放军冲进了城防线，连续突破缺口多处，进城分成三路前进。刘云瀚派兵一团增援反扑，企图恢复既失阵地，均被解放军击退。解放军跟尾冲击，又突破了第八十六军的预备阵地。

陈长捷从各方面电话得知城防主阵地线东西门相继被突破后，立即派出总预备队保安师到西营门监狱附近增援，指定第六十七师师长李学正指挥，并叫保安师长住在第六十七师师部。保安师部队一触即溃，又缺乏通讯联络，只有一个师长住在六十七师师部，一个兵也联络不到。国民党部队在城破之后都成了惊弓之鸟，闻风逃散了。

这时陈长捷还用无线电话报告北平华北"剿总"总司令傅作义，并得到指示："设法抽兵恢复被突破的地区。"但已无兵可调。市区只有警备旅分散在各主要交通街道碉堡守备，该旅又是新编成的没有重武器，缺乏战斗力。市区各街道所构筑的碉堡，根本上也缺乏兵力驻守，原拟街巷作战的计划，已不可能。固守天津进行顽强抵抗的企图，已经在解放军的强大力量打击下彻底粉碎了。

突入城内的解放军各部向纵深迅猛发展。

第38军在和平门突破城垣，第43军第128师也随后由此入城，两支部队向金汤桥、海光寺、中原公司进攻；第39军在西营门以北的南运河地区突破城垣后，沿忠庙大街、金华桥向金汤桥进攻；第44军在民族门突破城垣后，经东车站向金汤桥进攻；第45军在民权门突破城垣后，一部向金汤桥进攻，另一部向城北进攻；第46军和第49军第145师在津南突破城垣后，向耀华中学进攻。各突击部队与敌展开激烈的巷战，运用穿插分割战斗，穿墙越顶，直插猛扑。

眼见大势已去，杜建时立即召集陈长捷、林伟俦、刘云瀚到警备司令部地下室作最后会商。此时，大家都感到第三线是不能也无力可守。"分区的核心战"再打下去，仍是死路一条。因为解放军英勇无比，没有攻不下的堡垒。

杜建时认为：多坚持地方多糜烂，而无救于大局。在无可如何的情况下，他决定放弃"核心抵抗"计划，遂让陈长捷打电话给北平华北"剿总"司令部参谋长李世杰，报告天津战况并询问和谈消息。

谁知得到的答复仍是那句话："再坚持两天就有办法。"陈长捷气得把电

东北野战军某部会师天津金汤桥

陈长捷被俘后，被从地下室押出来

话机狠狠地摔在桌子上，骂道："让我们牺牲，作他们讨价还价的资本。"

15日晨，东西主攻集团在金汤桥胜利会师，将守军分割成数块。而后采取击弱留强，先吃肉后啃骨头的战法，经过29小时激战，全歼守军13万人，生俘陈长捷、第62军军长林伟俦、第86军军长刘云瀚、天津市市长杜建时等。

天津解放后，据守塘沽的国民党军第17兵团部及第87军等部5个师共5万余人，于17日乘船南逃。东北野战军第49军追歼其后尾3000人。至此，傅作义集团只剩下北平一座孤城，平津战役胜利在望。

14. 宜沙战役

1949年春，中国人民解放战争进入了战略决战的最后阶段。

经过辽沈、淮海、平津三大战役，国民党赖以发动内战的主要精锐被消灭殆尽，残存的正规军只剩下71个军227个师约115万人，加上特种兵、机关、学校和地方部队，总兵力204万人，其中能用于作战的部队只有146万人。这些部队多是新建或被歼后重建的，且分布在从新疆到台湾的广大地区，在战略上已无力组织有效防御。同时，国民党统治区内的经济陷入总崩溃的局面，通货膨胀，物价飞涨，财政枯竭，民不聊生。国民党统治集团在政治上民心尽

国统区内开展的声势浩大的反内战运动

失，内部各派系间矛盾重重，相互倾轧，处于分崩离析状态。

与此相对应的是，人民解放军已解放了东北全境、华北大部、西北一部和长江中下游以北广大地区，各解放区连成一片，总面积达 261 万平方公里，总人口约 2 亿，经济实力进一步增强。人民解放军总兵力已增至 400 万人，其中野战军 218 万人，占据绝对优势。而且士气高昂，装备得到进一步改善，作战能力有了大幅提升，不仅能打运动战，而且能进行阵地攻坚战；不仅能攻克国民党军坚固设防的城市，而且能一次围歼数十万人的国民党军精锐兵团。

种种迹象表明：国民党政府面临着军事、政治和经济上的全面崩溃，蒋家王朝如风中残烛，摇摇欲坠，在中国的败亡命运无可挽回。

然而，蒋介石仍在最后的垂死挣扎，虽于 1 月 21 日以"因故不能视事"为由宣布"引退"，由李宗仁出任代总统，但仍以国民党总裁身份继续操纵军政大权，加紧编练新军，调集部队组成长江防线，同时利用与中共"和谈"之机，企图"划江而治"，保持江南半壁河山，获得喘息时间，伺机反扑。

毛泽东自然知道蒋介石不甘心退出历史舞台，正在重整军力，试图卷土重来；李宗仁则幻想桂系独成格局，退守江南以成南北朝的局面；美国人更不愿放弃在华利益，正转而支持国民党其他派系，以阻止共产党人胜利的脚步；而斯大林怀疑中国共产党的胜利，担心引起第三次世界大战。

同时，在越来越热闹的"和平"活动中，国内一部分人产生了不切实际的

1949 年 3 月，国民党南京政府成立"和平商谈代表团"，前往北平与中共谈判。图为国民党首席代表张治中与代表邵力子、李蒸等人在北平

幻想：一些中等资产阶级和上层小资产阶级分子，害怕革命的进一步发展会损害他们的利益，希望革命就此止步；一些资产阶级右翼分子则要求共产党把人民战争"立即停下来"，反对"除恶务尽"……

是将革命进行到底，还是半途而废？

1948年12月30日，毛泽东发表《将革命进行到底》的新年献词，指出："中国人民将要在伟大的解放战争中获得最后的胜利，这一点，现在甚至我们的敌人也不怀疑了。"同时宣布"把伟大的人民解放战争进行到底。……几千年以来的封建压迫，一百年以来的帝国主义压迫，将在我们的奋斗中彻底地推翻掉"。

要解放全中国，必须首先突破国民党的长江防线。

当时，从湖北宜昌到上海长达1800余公里的长江沿线上，国民党军部署了115个师约70万兵力，另有130余艘舰艇、300余架飞机支援作战。此外，美、英等国也各有军舰停泊在上海吴淞口外海面，威胁或伺机阻挠人民解放军渡江。

1949年1月，中共中央政治局召开会议，确定人民解放军各野战军将向长江以南和西北进军。15日，中央军委发出《关于改各野战军番号事》的电令，规定西北、中原、华东、东北野战军分别改称第一、第二、第三、第四野战军。其中，第四野战军下辖2个兵团部、12个军、1个特种兵司令部、1个铁道纵队、1个骑兵师、2个整训师及6个后勤分部和南下工作团及两广纵队，共88万余人。林彪任司令员，罗荣桓任政治委员，刘亚楼任参谋长，谭政任政治部主任。

根据中共中央、中央军委的既定方针，第四野战军积极开展整

《人民日报》刊登的《毛主席发表对时局声明》

训，为向长江以南进军在思想上、组织上、物资上作了必要准备。

4月7日，林彪、罗荣桓、刘亚楼发出命令：除已先期南下的先遣兵团所辖第40、第42、第43军外，驻平津地区的9个军分三个梯队大举南下，执行进军中南，解放豫、鄂、湘、赣、粤、桂（今广西壮族自治区）六省的任务。

中南六省中，河南位于中原地区，湖北位于长江中游的洞庭湖以北，跨长江两岸，其他四省均位于长江以南，总面积约115万平方公里。郑州、武汉、长沙、南昌、广州、南宁等城，历来为军事重镇或战略要地。中南地区由山地、丘陵、平原、水网稻田地、亚热带山丘丛林等组成，地势北高南低，东、西、北面环山，南面环海。分布有豫西、豫南、鄂北、湘鄂北、赣南、粤北、粤东、粤西、桂东、桂西和岭南山地，崇山峻岭，道路崎岖；黄河、长江、珠江三大水系，湘江、资水、沅江、澧水、赣江、汉水六大主干支流以及上千个大小湖泊密布其间；1300多个沿海岛屿星罗棋布，更有仅次于台湾的全国第二大岛——海南岛。同时，南方气候温湿，夏季高温多雨，蚊蝇虫蚁滋生，易发传染病。这些对于长期战斗生活在北方严寒地区的第四野战军指战员来说，无疑是一个巨大的考验。

余汉谋

驻守在中南地区的国民党军，是华中军政长官公署长官白崇禧集团和华南军政长官公署长官余汉谋集团等部，共30个军约80个师，加上地方部队，总兵力近50万人。其中，白崇禧指挥23个军50余个师驻守鄂、湘、赣、桂等省，余汉谋指挥7个军21个师驻守广东。

蒋介石企图以白崇禧集团和余汉谋集团组成湘粤联合防线，屏障华南，扼守湘、赣、粤、桂等省，待机反攻；如无法阻挡解放军的攻势，则白崇禧所属湘鄂边区"绥靖"公署宋希濂部6个军15个师退守鄂西山区，以四川为大后方，白崇禧部主力退守湘南，余汉谋部固守广东，确保两广云贵，实现"割据西南，反共复国"之目的；倘此计划再败，则退守云贵山区；最后可逃往国外，伺机卷土重来。

4月21日，毛泽东主席和朱德总司令发出了《向全国进军》的命令。中国人民解放军百万雄师强渡长江，以秋风扫落叶之势迅速摧毁国民党军号称"固若金汤"的千里江防。

28日，中央军委致电林彪、罗荣桓，刘伯承、张际春、李达，萧劲光、陈伯钧并告中原局："和谈破裂，桂系亦从来没有在具体行动上表示和我们妥协过，现在我们亦无和桂系进行妥协之必要。因此，我们的基本方针是消灭桂系及其他任何反动派""萧陈及中原局应当迅即准备接收汉口汉阳两城，以免敌人退走，仓促接收，毫无准备。"

据此，第四野战军前委对南下各兵团各军发出继续南下的指示。至5月底6月初，除进至长江南岸的先遣兵团外，其余各兵团先后到达长江以北的襄阳、樊城、安陆、孝感、浠水一线展开。

5月中旬，第四野战军为突破国民党长江中游防线，并继续向中南地区进军，决定由第12兵团司令员兼政治委员萧劲光指挥先遣兵团，在中原军区一部兵力配合下，从湖北武汉至江西九江间强渡长江，至25日解放了武汉、大治等16个市县，毙伤俘国民党军1.6万余人，并争取国民党华中军政长官公署副长官、河南省政府主席兼第19兵团司令官张轸率部2万余人起义。

白崇禧（右起）、蒋介石与何应钦在一起

先遣兵团发起汉浔间渡江作战后，白崇禧将其在武汉、九江地区的部队分别撤至长沙以北、以东和南昌以西地区，重新组织防御。具体部署是：

以第10兵团第103、第58、第97、第126军分别布防于益阳、岳阳、平江、长寿街地区，担任第一线正面防御。以第3兵团第7、第46、第48军为右翼，布防于萍乡、宜春和上高地区，一部前出奉新、高安；以宋希濂部为左翼，布防于巴东至岳阳间长江沿线，其中第2、第15、第79、第124军重点置于沙市（今属荆州）、宜都、宜昌一线，第118、第122军分别控制巴东、石门地区；以长沙"绥靖"公署主任程潜部及陈明仁第1兵团第14、第71、第100军置于长沙、宁乡、安化、湘乡地区，担任第二线防御。

当时，宋希濂所部包括第14兵团（辖第79、第122、第124军）和第20兵团（辖第2、第15、第118军），共6个军近10万人，是国民党军在西南地区的一支主要武装力量。有"鹰犬将军"之称的宋希濂成为蒋介石固守西南的左右二臂之一，另一臂为胡宗南。

但有谁知道，这位蒋介石的嫡传弟子、反共悍将，早年曾参加入中国共产党，陈赓是他的入党介绍人。

宋希濂，字荫国，1907年生于湖南湘乡。

1924年，宋希濂考入黄埔军校第一期，与徐向前同在第1队学习。在校期

参加东征的黄埔军校校军教导第1团部分官兵

间，曾亲聆孙中山先生讲话，并曾参与护卫孙中山到韶关督师。毕业后任黄埔军校教导第 2 团少尉副排长。1925 年参加东征和讨伐滇桂叛军之役，经陈赓介绍加入中国共产党。

1926 年 3 月，中山舰事件爆发，蒋介石开始在国民党第 1 军中清除中共党员。具有国民党和共产党双重党籍的宋希濂选择退出了共产党，那的确是一个大浪淘沙的时代。

北伐战争后，宋希濂被派往日本千叶陆军步兵学校中国将校班进修。1930年毕业回国，任教导第 1 师中校参谋。年底参加中原大战，因功升任团长。1931 年 3 月，不满 24 岁的宋希濂升任警卫第 1 师第 2 旅少将旅长，成为黄埔一期生中的佼佼者。

1932 年"一·二八"淞沪抗战打响后，宋希濂以"誓死保卫祖国"的壮志率部开赴上海，与第十九路军共同抗击日军，升任第 87 师副师长。一年后升任第 36 师师长，率部入闽平定"福建事变"，把枪口对准了曾并肩战斗的第十九路军。在那个大动荡的年代里，人们的性格自然也被赋予了大动荡的色彩。

1934 年，宋希濂兼任抚州警备司令，参加对中央苏区的第五次"围剿"。1935 年 6 月 18 日，奉蒋介石之命在福建长汀中山公园枪杀被俘的中共早期主要领导人瞿秋白。宋希濂在晚年回忆此事时说："这是我一生中最大的憾事！"

抗战期间，宋希濂先后参加了淞沪会战、南京保卫战、武汉会战、滇西战役和远征军入缅作战等，历任第 71 军军长、第 34 集团军副总司令、第 11 集团军总司令等职，战功赫赫，曾获华胄荣誉奖章和奖状，后被授予青天白日勋章。

1944 年 5 月，远征军强渡怒江，拉开滇西大反攻序幕

全国内战爆发后，宋希濂追随蒋介石"剿共"，与人民为敌，历任新疆警备总司令、华中"剿匪"副总司令兼第 14 兵团司令、华中军政长官公署副长官兼湘鄂边区"绥靖"司令官等职。但此时的宋希濂早已失去抗战之勇，在与人民解放军的交手中屡战屡战。不过，对蒋介石极度忠诚的宋希濂还是在国民党败局已定的情况下，率部与人民解放军拼力厮杀，妄图保住西南一隅。

为加强岳阳至宜昌间的长江中游防线，宋希濂在宜昌主持召开军长以上指挥官会议，确定："以主力防守长江南岸，竭力阻止解放军渡江，并以有力部队守备北岸的宜昌、沙市两大据点，非万不得已时决不轻于放弃。如解放军在下游渡过长江，我右翼感受包围的威胁时，即由钟彬指挥第十四兵团逐步后撤，撤至渔洋关、石门、慈利、大庸之线，以第二军和第一二四军担任秭归至宜都附近的江防。"

针对国民党军的布防态势，6 月 2 日，中央军委致电林彪、萧克、赵尔陆、聂鹤亭，指出：

同意你们各军到齐休整一短时期，然后三路或两路同时动作（惟十三兵团应先数日攻歼江北之敌）。此种计划可以齐头并进，一气打到赣州、郴州、永州（零陵）之线，再作一个月休整，而在路上只作某些必要的小休息。为使白崇禧各部处于我军猛打猛追，猝不及防，遭我各个歼灭，如像刘邓由江边一气打到闽北那样，你们各军到达攻击准备位置之后，只要粮食状况许可，至少应休整半个月，消除疲劳，统一意志，然后按计划攻击前进。

据此，第四野战军前委决定以主力自武汉及其东西地区兵分三路渡江南进。其中，第 12 兵团沿粤汉铁路（广州—武昌）前进，第 13 兵团在宜昌、沙市地区渡江南进，第 14 兵团除留第 42 军在河南剿匪外主力沿粤汉路跟进，第 15 兵团并指挥两广纵队会同第二野战军第 4 兵团沿湘赣边攻击前进。

6 月中旬，西路第 13 兵团进入鄂北、鄂中地区，开始战前整训，组织广大指战员学习、训练游泳，田埂行军，以适应南方水网作战。同时敌情、民情及渡口、船只作了侦察。

宋希濂部 7 万人马驻扎宜昌，粮食供应出现危机，即将断炊。为稳定军心，摆脱不利态势，6 月下旬，宋希濂决定抽调 14 至 18 个师的兵力由宜昌前

第13军某部开进南昌市

出远安、当阳、荆门，掩护兵站抢运远安、当阳地区的存粮，以"解决部队吃饭问题，缓和补给的困难""并搜集荆门及襄樊方面解放军的情况"。

为粉碎蒋介石的"长江中游防线"和西南联防计划，歼灭宋希濂集团有生力量，并乘胜渡江，第四野战军前委决定以第13兵团司令员程子华指挥所属第38、第47、第49军和配属的第39军及湖北军区独立第1、第2师共约25万人，发起宜沙战役，并明确了作战方针：以先头部队迂回宋希濂部突出部分，断其退路，围而不攻；先完成迂回，然后组织攻击，以达成打大歼灭战。具体部署是：

第38军进至宜城、钟祥一线隐蔽集结；第49军进至沙洋、马良集结，西渡汉水切断敌军向沙市的退路；第47军集结襄阳，截断敌军向宜昌的退路；第39军为预备队，从云梦出发尾随第49军向荆沙进击；湖北独立第1、第2师在当阳、荆门正面诱敌深入。

这样，程子华就在宋希濂部的东、东北和北面布下了一个张开大口的袋子。只待诱敌深入后，东面的第49、第39军，北面的第47军两翼斜插，实施迂回包围，然后收紧袋口，全歼宋希濂的第14兵团。

国民党军果然中计。6月25日，宋希濂派第2军和保安第4旅渡江北上，发动以抢粮为目的的进攻。见第四野战军没有动静，遂于7月3日增派第124军由宜昌附近继续北进，于7日到达远安、当阳地区，抢运存粮。

第13兵团及配属各部立即冒雨向预定目标发起奔袭。

9日，第47军右翼先头第141师一部由南漳进抵当阳东北观音寺附近时，

抗战时期，宋希濂在沙盘前部署作战任务

进行短暂休息，战士们纷纷晾晒衣物。由于干部麻痹大意，没有派出警戒分队，遭敌第 2 军第 9 师一部袭击。虽只损失了百余人，但没有完成迂回包围任务，而且更为严重的是过早地暴露了我军的战役意图。

10 日上午 10 时许，第 47 军左翼先头第 140 师向远安攻击前进中，与敌第 124 军第 223 师一部后尾在黄土坡交火，该敌乘隙南逃。

这时，宋希濂发现解放军主力逼近，恐遭围歼，急令各部向宜昌全线撤退，南渡长江。

眼看精心布下的"口袋阵"就要失控，第 13 兵团司令员程子华一面向第四野战军前委汇报，一面采取应变措施，将部队一分为二，变大口袋为小口袋，由奔袭迂回包围转为追歼作战，阻敌南渡西逃，在宜昌城全歼守军。

具体部署是：命令第 47 军继续向宜昌之龙泉铺、鸦雀岭地区追击前进；命令第 49 军沿河溶、两河口、张家口（今张家冲）之线向宜昌方向急进；命令第 39 军进至荆门以南至建阳驿一带，监视江陵和沙市；命令湖北军区独立第 1、第 2 师及当阳分区独立团从正面猛追。

接到命令后，各部立即丢掉重型装备，日夜兼程追击敌人，包围宜昌城。时值六月酷暑，宜沙地区气候变幻无常，一会儿烈日曝晒，一会儿滂沱大雨，山洪暴发道路垮塌，河水猛涨山体滑坡。

追击部队在急行军中经常筹不到粮食，买不到盐，加上北方人居多，不适应南方酷热气候，生病减员时有发生。行军的时候，因为连续作战时间长，有的战士走着走着就跌倒了、再也爬不起来了。据战后统计，一般连队发病率占25%，严重者高达70%以上。

但重重困难阻挡不住解放军前进的步伐。指战员们忍饥挨饿，保持了高昂的斗志，经常连续24小时追击，像"赶猪进圈"一样，一边追，一边打，一边围。一场追击围城攻坚战在宜昌城的外围激烈地展开了。

12日，第47军第139师占领龙泉铺后继续向宜昌方向追击前进，在土门垭追歼守军第2军第91、第164师及保安第4旅各一部；第141师在双莲寺西北地区截歼由当阳西撤之第2军第9师一个团大部；第140师占领鸦雀岭，守军第124军军部、第2军军部及第76师一部乘汽车向宜昌仓皇逃窜。

此时，宋希濂各部主力先后撤至宜昌、江陵、沙市等地及沿江一线。

13日，第13兵团命令第47军和湖北独立第1、第2师及第38军一部，迅速围攻宜昌，并以炮火控制江面，阻敌南撤；命令第38军主力由宜昌东南古老背一带渡江，迂回至宜昌对岸磨鸡山一线，切断宜昌守敌退路；命令第39军暂集结于建阳驿至沙洋一带，配合第49军攻占沙市、江陵（今属荆州）。

14日黄昏，第47军等部对宜昌发起攻击。第139师在无炮火掩护的情况下，英勇作战，仅4个小时即攻克坚固设防的镇境山。第140师也顺利占领了古老背。

15日晨，宋希濂乘小火轮到枝江换乘军舰前往宜昌城视察。第47军发现敌舰，便集中火力射击。由于没有重炮，未能截住敌舰，让宋希濂从江上逃

解放军某部渡江追击逃敌

走。事后他回忆这段经历，曾感叹：犹如九死一生，心有余悸。

宋希濂急令宜昌守军弃城撤退。第124、第2军及保安第4旅等部，乘江南退路尚未被切断之机，利用夜间渡江向三斗坪方向撤退；在江南的第15军、第79军等部亦向西逃跑。

16日3时，第47军攻入宜昌城。军长曹里怀和政委周赤萍致电兵团司令部："因我军监视不严，作战不力，宜昌之敌于15日夜全部逃脱。我正搜集船只，拟渡江追赶。"

17时，第47军第140师第418、第402团及第139师第416团，从镇川门、西坝乘船渡江，追击逃敌，在三岔口、响铃口地区歼第2军后尾500余人。

第38军一部于16日在古老背、沈家店、王家渡等地渡过长江，17日占领白洋、宜都、林江等地，18日占领长阳。

在第47、第38军向宜昌追击的同时，第49军完成了对沙市、江陵的包围，决定以第147师主攻沙市，以第145师围攻荆州，并适时抽调部分力量配合第147师，以第146师为总预备队。

经15小时激战，第147师及第145师主力于15日晨攻克沙市，歼守敌第64师一部。当天下午，第146、第145师各一部攻克江陵，全歼守军第64师一部及湖北保安第4旅，俘1700余人，其余守军渡江南撤。

鉴于宋希濂部已退逃湘鄂西部山区，第四野战军前委命令第38、第49军

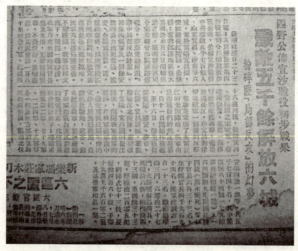

关于宜沙战役的报道

向湘北常德、桃源一线推进；第 47 军主力渡江向松滋、宜都、枝江地区前进；第 39 军主力向沙市、江陵地区前进，一部进至石门、澧县。至 29 日，各军相继占领慈利、临澧、常德、桃源等县城，历时 28 天的宜沙战役结束。

此役，第四野战军第 13 兵团等部歼灭国民党正规军 4 个团，地方军 2 个旅另 2 个团，共计 1.5 万余人，其中俘敌 1.1 万余人，解放鄂、湘两省 17 个县市，打开了南进湘西的大门，切断了宋希濂集团与白崇禧集团的联系。

这是第四野战军主力南下后第一次作战，未能实现歼灭宋希濂部主力的预期目的，最主要的原因是对白崇禧集团力避与我决战的行动特点认识不足，采取了通常情况下的诱歼敌军和近距离迂回包围的部署，使敌稍经接触即迅速收缩得以逃脱。此外，当地山多路窄，道路泥泞。部队初到南方，不熟悉水网稻田地和山地作战特点，行动迟缓。加之官兵不习惯南方气候水土，又没有配发蚊帐、雨具，非战斗减员增多，严重影响了战斗力。

15. 衡宝战役

1949 年 4 月，人民解放军举行渡江战役，突破长江中下游国民党军防线。至 5 月，相继解放了南京、上海、武汉及江南广大地区，汤恩伯集团的几十万大军被消灭殆尽。

以蒋介石为首的国民党当局"划江分治"的企图宣告破产，遂将其主力华中军政长官公署长官白崇禧集团和川陕甘边区"绥靖"公署主任胡宗南集团分别撤向华南、西南地区，重新组织防线。

参赞军机、工于心计的白崇禧，因指挥作战常常以谋略制胜，在国民党将

毛泽东在北平双清别墅看南京解放的捷报

白崇禧（前左）视察部队

领中人称"小诸葛"。

白崇禧，字健生，国民党陆军一级上将。1893 年生于广西临桂（今桂林）。

白崇禧自幼聪颖伶俐，5 岁时即入私塾读书，酷爱读古典书籍和武侠小说，崇拜英雄人物。1907 年考入广西陆军小学堂第 1 期。当时全省一千多名考生只招收 120 人，白崇禧以前六名的优异成绩被录取。

自古英雄多磨难。三个月后，因身染恶性疟疾和军事学科测验不及格的原因，白崇禧自动退学。这次挫折对白崇禧触动很大，由此更加发愤读书，强健体魄。

功夫不负有心人。两年后，白崇禧以第二名的成绩考入广西省立初级师范，并被选为领班生。

1911 年，辛亥革命爆发。血气方刚的白崇禧加入了广西学生军敢死队，由桂林出发进入湖北，从此开始了他的戎马一生。

不久，白崇禧被送入武昌陆军预备学校。1914 年考入保定陆军军官学校。1916 年毕业后，在桂军任连长、营长、统领。1923 年被孙中山任命为广西讨贼军参谋长。次年任定桂讨贼军前敌总指挥兼参谋长，提出先攻陆荣廷后击沈鸿英之策得手，于 1925 年结束旧桂系军阀对广西的统治，成为新桂系首领之一，与李宗仁、黄绍竑并称"桂系三巨头"。1926 年 3 月，两广统一，桂军改编为国民革命军第 7 军，任参谋长。

北伐战争开始后，白崇禧任国民革命军总司令部参谋次长、代理参谋长。

在攻取南昌之际，奉命指挥 2 个师、1 个旅，于滁槎附近追歼孙传芳 3 个军 1.5 万余人。1927 年 1 月，出任东路军前敌总指挥，率部以佯动手段占领杭州。3 月兼任上海警备司令，积极参与策划和发动"四一二"反革命政变。

8 月，白崇禧率部击败占领南京城郊龙潭车站的孙传芳部，歼其 6 万余人，名声大震，赢得"小诸葛"之称。时任南京国民政府行政院长的谭祖庵写了一副对联，盛赞白崇禧：指挥能事回天地，学语小儿知姓名。10 月任西征军第三路前敌总指挥。

1928 年初，白崇禧击败由湖北退集湖南的唐生智部，将其收编为 4 个军。5 月任第四集团军前敌总指挥，率部参加第二期北伐，借机扩张了桂系势力。1929 年，在蒋桂战争中兵败逃往越南。1930 年，在蒋冯阎战争中任反蒋军第一方面军总参谋长，出兵湖南被击败。

1932 年 4 月，白崇禧任广西绥靖公署副主任兼民团司令，提出并实行自卫、自治、自给的"三自"政策和寓兵于团、寓将于学、寓征于募的"三寓"政策，得到了李宗仁的支持，巩固了广西势力地盘。

1934 年 11 月底，中央红军长征突破国民党军第四道封锁线时，白崇禧指挥桂军和何键指挥的湘军在湘江两岸与红军血战四天三夜，致使红军遭受重大损失，由长征出发时的 8.6 万余人锐减为 3 万余人。

抗日战争全面爆发后，白崇禧到南京出任国民政府军事委员会副总参谋长，参与制订对日作战计划。太原失守后，鉴于武器装备敌强我弱，以正规战与敌硬拼难以持久，提出以游击战配合正规战，积小胜为大胜，以空间换时间的作战指导思想，与毛泽东的持久战思想有异曲同工之妙，为蒋介石所采纳，由军事委员会通令全军作为对日作战的最高战略方针。

1938 年 3 月，白崇禧协助李宗仁指挥徐州会战，取得了台儿庄大

白崇禧（左）与李宗仁

捷。7月代理第五战区司令长官，参与指挥武汉保卫战。12月任桂林行营主任，负责指挥第三、第四、第九战区对日军作战。1939年底至翌年初指挥桂南会战，在昆仑关一役中，取得了抗战以来首次攻坚战的胜利。此后主持编写《游击战纲要》一书，提出"游击战为长期抗战，消耗敌人兵力，争取主动地位，富有弹性之战法"。

抗日战争胜利后，白崇禧编著了《现代陆军军事教育之趋势》，提出"为将之道，要能带兵，要能练兵，要能用兵。开诚布公，信赏惩罚，此为带兵之道；技艺纯熟，指臂相使，此为练兵之道；运用之妙，存乎一心，此为用兵之道"，认为军事训练内容由战场需要而决定，应融讲堂、操场、战场三者于一体。1946年5月出任国防部长，积极执行蒋介石反人民的内战政策。1948年5月任战略顾问委员会主任委员兼华中"剿总"总司令。在国民党大势已去情况下，1949年初仍主张与共产党划江而治。4月任华中军政长官，企图阻止人民解放军解放华中华南。

白崇禧所倚仗的是手里三四十万能战之兵，自以为凭他的足智多谋和"神机妙算"，完全可以与解放军周旋下去，或许能打出个新局面。

然而，大厦将倾，败局已定，谁也挽救不了国民党败走大陆的命运。

在5月初武汉解放前夕，白崇禧集团由武汉、九江一线撤至湖南、江西省西部，其中以第3、第10兵团共7个军约15万人部署于岳阳、长沙和萍乡、宜春、上高地区，企图迟滞解放军南进。

第四野战军司令员林彪、第二政治委员邓子恢指挥集结于鄂东南、赣西北和赣江中游东岸地区的所属第12、第15兵团和第二野战军第4兵团共10个军约43万人发起湘赣战役，决心歼灭白崇禧集团一部。

7月8日，第15兵团一部奔袭奉新、高安，计划包围突出于该地区的白崇禧集团第176师，诱歼援敌。但该师已先期撤退，第15兵团即向西追击；同时，第12兵团经通城，第4兵团渡赣江取捷径直插醴陵、萍乡，对白崇禧集团实施两翼迂回。

10日，第四野战军发现白崇禧集团一部停留于上高、宜丰地区，即令第15兵团停止追击，令第4、第12兵团加速向其两翼迂回。

白崇禧人称"小诸葛"，自然不是浪得虚名。他很快就发觉解放军以重兵向其侧后迂回，于13日下令全线向攸县、茶陵地区撤退。

1949年9月，毛泽东与程潜、陈明仁等人在天坛游览

15日拂晓，当第15兵团进抵上高时，守敌已全部撤逃。迂回包抄的第12兵团等部亦未能截住敌军主力，仅歼其后尾一部。

16日，毛泽东致电林彪、邓子恢、萧克等人，指出："判断白崇禧准备和作战之地点，不外湘南、广西、云南三地，而以广西的可能性为最大。""和白部作战方法，无论在茶陵、在衡州以南什么地方，在全州、桂林等地或在他处，均不要采取近距离包围迂回方法，而应采远距离包围迂回方法，方能掌握主动，即完全不理白部的临时部署，而远远地超过他，占领他的后方，迫其最后不得不和我作战。因为白匪本钱小，极机灵，非万不得已不会和我作战。因此，你们应准备把白匪的十万人引至广西桂林、南宁、柳州等处而歼灭之，甚至还要准备追至昆明歼灭之。"

次日，毛泽东再次致电林彪、邓子恢、萧克并告刘伯承、张际春、李达、陈毅、饶漱石、粟裕，对歼灭白崇禧部的作战方针提出补充意见：

（一）基于白匪本钱小，极机灵，非至万不得已决不会和我决战之判断；基于四野之总任务在于经营华中及华南六省，二野之任务在于经营西南四个省，以及进军之粮食、道路等项情况，我们认为你们各部应作如下之处置。

（二）陈赓四个军即在安福地区停止待命，不再西进，待十五兵团到达袁州后，由十五兵团之一个军为先头军向赣州开进。这个军即确定其任务为占领赣州及经营赣南十余县。陈赓三个军、十五兵团两个军统由陈赓率领，经赣州、南雄、始兴南进，准备以三个月时间占领广州，然后十五兵团两个军协同华南分局所部武装力量及曾生纵队，负责经营广东全省。陈赓率四兵团三个军担任深入广西寻歼桂系之南路军，由广州往肇庆向广西南部前进，协同由郴州、永州入桂之北路军，寻歼桂系于广西境内。然后，陈赓率自己的三个军入云南。在此项部署下，陈赓四兵团以外之另一个军即由安福地区入湖南，受十二兵团指挥，暂时担任湖南境内之作战，尔后交还刘、邓指挥，由湖南出贵州。曾生两个小师应即提早结束整训，遵陈赓道路或仍走粤汉路东去广州。（三）四野主力除留置河南的一个军，留置湖北的重炮部队，以五个军组成深入广西寻歼白匪的北路军，利用湘桂铁路南进，协同陈赓歼灭桂系于广西境内。（四）上述这种部署，是不为白匪的临时伪装布阵（例如过去在赣北，现在在茶陵，将来在郴州、全州等处）所欺骗，采取完全主动的部署，使白匪完全处于被动地位。

由于白崇禧部已全部退却，不可能将其截住，加之正值三伏酷暑，气候炎热，部队在追击作战中病号日益增多。第四野战军遂决定停止追击，各部休整待机。

8月4日，华中"剿总"副总司令、湖南省政府主席程潜和国民党军第1兵团司令官陈明仁在长沙起义。第四野战军主力和第二野战军一部随即挺进至赣南和湘东北部地区。

这时，全国各战场的形势发生了重大变化。第一野战军在扶郿战役中重创胡宗南集团，迫其缩据川陕边的秦岭地区，兰州战役中又歼灭马步芳集团主力，正准备向宁夏、新疆进军；第二野战军正准备由南京、芜湖、上饶出发，取道湘西、鄂西，向西南进军，以求歼云、贵、川、康之敌；第三野战军在解放福州之后，继占南日、平潭诸岛，即将发起漳（州）厦（门）金（门）战役。

起义后陈明仁（右）与程潜合影

　　不甘失败的蒋介石组织胡宗南集团和白崇禧集团，分别退踞川陕边和湘桂地区，凭借当地地形险要、人口稠密、回旋余地大等有利条件，构设防线，割据西南和中南，等待国际事变，伺机卷土重来，东山再起。

　　据此，白崇禧制定了"以维护粤、桂、川、黔之安全，并相机打击匪军之目的，即以主力于湘江两岸地区，采取持久，力求创机歼敌，各以一部在湘西及鄂西方向，利用山岳地障，拒匪进犯，并相机策应湘江方面之作战方针"，将其所辖主力第1、第3、第10、第11、第17兵团12个军31个师共20万余人，在湘南的衡宝公路（今衡阳—邵阳）两侧和粤汉铁路（广州—武昌）的衡山至乐昌一线展开，企图依托湘江、资水、永乐江，背靠云、贵、桂，构成一条以衡阳、宝庆（今邵阳）为中心，东起粤北乐昌与华南军政长官余汉谋集团相衔接，西到湘西芷江与川湘鄂边区"绥靖"公署主任宋希濂集团相呼应的半弧形"湘粤联合防线"，阻止人民解放军南进广东、广西，战况不利时再退向广西、海南岛或贵州、云南，或干脆逃往国外。

　　具体部署是：华中军政长官公署及第3、第10、第11兵团部均位于衡阳，第46军驻守乐昌，第97军位于郴县（今郴州）、汝城，第48军驻防耒阳，第7军位于衡阳的泉溪，第58军驻守衡山，第103军位于永丰，第71军位于宝庆东北的界岭、青树坪，第1兵团部及第14军驻守宝庆及其以北的新化，第125军驻守洪桥，第17兵团部及第100军位于芷江、安江（今黔阳市），第126、第56军分别位于零陵、桂林。宋希濂部第122军驻防大庸、桑植，主力布防于湖北建始、恩施地区，扼守川东门户。

第四野战军进驻长沙市

正所谓"机关算尽太聪明，反误了卿卿性命"。

林彪、邓子恢遵照毛泽东关于对白崇禧集团取大迂回动作，插至敌后，先完成包围，然后再回打的方针和部署，统一指挥第四野战军第12、第13、第15兵团和第二野战军第4兵团，分成中、西、东三路进军华南，同时发起衡宝战役和广东战役。

参加衡宝战役的中、西两路军共约40万人。具体部署是：

中路军以第12兵团司令员兼政治委员萧劲光指挥第40、第41、第45、第46军和第13兵团第49军组成，向衡宝地区白崇禧集团主力正面攻击，求歼其一部，而后第46、第49军留置湖南，其余3个军进军广西，配合东路军、西路军围歼白崇禧集团。第二野战军第18军暂归第12兵团指挥，配合中路军作战。西路军以第13兵团司令员程子华指挥第38、第39军组成，由常德取道沅陵攻取芷江，而后沿湘黔桂边进军桂西，切断白崇禧集团西逃云、贵的道路，完成右翼战略迂回任务。

另以第13兵团第47军和湖北军区独立师留置湘西北永顺、大庸以南地区，牵制宋希濂集团，保障第四野战军南进部队的翼侧安全，并掩护第二野战军主力西进四川前的集结。此外，以经湘准备入川的第二野战军第5兵团部指挥第16、第17军集结于常德、宝庆一线为预备队，随时准备协同中路军作战。同时，以第4兵团司令员兼政治委员陈赓指挥第4、第15兵团和两广纵队组成东路军，发起广东战役，歼灭余汉谋集团，封闭白崇禧集团的海上退路，并由第4兵团插向广东西部、广西南部，完成左翼战略迂回任务。

从9月13日起，西路军第13兵团主力沿常德至芷江公路南进，至10月5日解放沅陵、泸溪、溆浦、辰溪、怀化、芷江、黔阳、会同等地，歼灭国民党军第103军一部，第17兵团司令官刘嘉树率兵团部与第100军主力从芷江南逃。

至此，人民解放军从右翼突破国民党军"湘粤联合防线"，切断了白崇禧集团主力退往云、贵的道路。

9月28日，白崇禧在衡阳城内华中军政长官公署长官部召集高级将领开会，讨论如何应付当前局势。会议首先由参谋处长林一枝报告各方面的战况，随后与会人员发表各自意见。

华中军政长官公署副长官兼第3兵团司令官张淦说："要守住衡阳嘛，必须采取攻势，以攻为守，否则等着挨打，想守也守不住。"他建议第7军加入

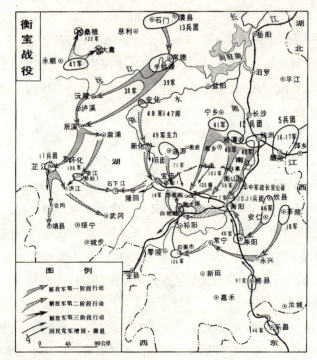

衡宝战役示意图

宝庆方面战斗，从左翼出击，一鼓作气，打到湘潭、株洲一带，迫使正面的解放军不得不向后撤退，然后再将出击部队用火车运回衡阳。这样，就可以守住衡阳，最低限度也可多守一些时间。

张淦发言后，会场沉默了许久。见没有人说话，白崇禧便点名叫第7军副军长凌云上发表意见。

凌云上不愿意由第7军出击，但顾于张淦是顶头上司，不便当面顶撞，只好说："根据新化以北的敌情判断，连日以来敌人挺进非常迅速，毫无顾虑，在战例上来看，先头部队之后必有强大的部队继续推进，衡阳正面敌人的主力部队必将展开主力进攻。我的意见，衡阳是一个三角顶点，突出在前方，指挥所在此极为不利，应速撤到东安，并以有力部队据守武冈，以固广西北方门户。"

这时，有人自言自语地说："出击什么？我看干脆撤退了吧！"

接着，又有人低声附和道："撤退是对的，但撤往哪里去呢？到广东吗？回广西吗？倒是一个难题。"

于是，众说纷纭，莫衷一是。据时任第48军军长的张文鸿回忆，张淦以攻为守的建议遭到大多数与会者的反对，尤以华中军政长官公署副长官兼第10兵团司令官夏威反对最为激烈。夏威坚决主张退守广西老巢。时任第7军参谋长的邓达之回忆道：

全场就乱哄哄地议论起来。有的说，撤到广东好，广东比广西富足，经费来源较易，而且广东靠海，与香港、台湾联络方便，对争取美援有好处。有的说，撤回广西好，广西是我们的老家，人地相宜。回到广西后，一方面可以继续征兵，搞民团，实行空室清野，打游击；另一方面可以同云南、贵州取得联系，共同抵制解放军；到万不得已时，还可以逃往越南，与保大合作。此时，白崇禧站起来说："张司令官以攻为守的意见很好，可以考虑。至于撤回广西的意见，也应该做好准备。这两案待我们详细研究后再作最后决定。"

当西路军进逼芷江，将白崇禧的注意力吸引到西线时，中路军于9月中、下旬先后西渡湘江，秘密集结于衡宝以北娄底至湘乡一线。10月2日，以主力分路向青树坪、永丰、白果市等地展开正面攻击，突破守军第一线阵地。守军第71军见势不妙，立即后撤。第12兵团遂派部队向敌后穿插，防其主力南逃。

这时，白崇禧发觉人民解放军主力南下，急从乐昌、耒阳、郴县等地调第46、第48、第97军等部北上加强衡宝防线，企图会同原在该线的第7军及第1兵团迟滞人民解放军南进。

第13兵团某部抢渡湘江，挺进衡阳

第四野战军领导人判断，白崇禧集中主力似有在衡宝一线反击的企图，遂于5日令已进至衡宝线以北的中路军主力在现地停止待命；令西路军停止南进，由黔阳、芷江折向宝庆、祁阳之间地区；令第46、第18军西进耒阳、常宁；令预备队第16、第17军向衡阳以北渣江地区机动。准备在衡宝地区迎战白崇禧集团主力反击。

5日晚，中路军主力停止于衡宝线以北待命；而第45军第135师在急行军中未接到停止前进的命令，仍按原定部署，在衡阳西北的金兰（今金兰寺）乘隙越过衡宝公路，楔入宝庆东南沙坪、灵官殿地区白崇禧集团防御纵深，对其侧后造成严重威胁。

6日，白崇禧集中5个师的优势兵力向第135师发起猛烈进攻，准备一口吃掉孤军深入的第135师。

身陷重围的第135师是一支具有光荣传统、能征惯战的部队，其前身可追溯到土地革命战争时期的"瑞金团"，即中华苏维埃共和国中央工农政府警卫团。当年在长征途中，该部曾活动于黔北川南，迷惑和调动国民党"追剿"大军，为主力红军四渡赤水立下了汗马功劳。时任第135师师长的丁盛，人称"丁大胆"，在战将如云的第四野战军里以作战勇猛著称。

战斗就这样阴差阳错地打响了。

敌军发起一次次疯狂的冲锋，均被第135师顽强击退。激战竟日，双方伤亡惨重，但第135师如磐石般牢牢地坚守住了阵地。

仗打到这个份上，大大出乎双方主帅的意料。

白崇禧没有料到丁盛的第135师如此难啃，像插在喉咙里的一根坚硬的鱼刺，想吞又吞不下去，想吐又吐不出来。而林彪同样也没有想到第135师能以一师之力把白崇禧的主力死死拖住。

于是，林彪、邓子恢决定抓住这一有利战机，在祁阳以北地区歼灭白崇禧集团主力，电令：第135师以一部迟滞水东江地区的白崇禧部，主力向湘桂铁路前进，炸毁铁路和桥梁，不惜一切代价，切断敌西逃之路；第133、第134师向水东江、演陂桥一线的第7军攻击；第41军第122、第123师向第71军攻击；中路军其余各师向衡宝公路西南前进；西路军第38、第39军经洪江、洞口火速向祁阳挺进，准备参加衡宝会战。

白崇禧见解放军突破其"湘粤联合防线"左右两翼，并已楔入腹地，心知

第 135 师领导在衡宝战役后庆功大会上（左起吴瑞山、丁盛、韦祖珍、韩生涛、任思忠）

不妙，立即于 6 日午夜令所属主力向广西方向撤退，改守湘南新宁、零陵、新田、嘉禾一线。

7 日零时，第 7 军第 171、第 172 师和第 48 军第 138、第 176 师由宝庆、祁阳向武冈撤退；第 56 军、第 46 军（欠第 174 师）和第 7 军第 224 师、第 97 军第 33 师向道县撤退；第 58、第 125 军和第 48 军第 175 师、第 126 军第 304 师向零陵撤退。在衡宝地区仅留第 14 军第 10、第 62 师等部于桃花坪（今隆回）、宝庆间警戒，掩护主力撤退。

清晨 5 时，第四野战军发现白崇禧集团已全线收缩，即令第 135 师在灵官殿地区坚决进行阻击；令中路军疾速向武冈、白地市、水东江追击；西路军迅速占领武冈、洞口一线，堵击退却的白崇禧集团；第 46、第 18 军和第 5 兵团主力向衡阳、零陵、宝庆地区疾进。

同日，毛泽东在给林彪、邓子恢、谭政、萧克、赵尔陆等人的电报中指出："白崇禧指挥机动，其军队很有战斗力，我各级干部切不可轻敌，作战方法以各个歼灭为适宜。"

此时，第 135 师经过连日英勇抗击，打退了桂系起家部队、号称从没打过败仗的"钢军"——第 7 军的多次进攻，成功地遏阻了敌人南逃之路。

9 日拂晓，第 135 师从石株桥进至鹿门前（今炉门前）西北的官家咀。8 时，林彪、邓子恢电令第 135 师："敌第七军等部已被我抓住，你师目前应设法坚决堵住石株桥、铜锣坪之敌南退道路，配合我其他各军歼灭该敌。"

衡宝战役后，第 405 团被授予"勇猛顽强"锦旗

14 时，第 135 师第 405 团领导在杉木冲勘察地形时，意外发现第 7 军军部率警卫营、工兵营、炮兵营等部，正途经黄土铺向南仓皇撤逃。第 405 团一面立即向上级报告敌情，一面组织 3 个营分路并肩突击，将第 7 军军部分割成数段，展开围歼。

时任第 46 军军长的詹才芳回忆道：

当敌人第七军军部退至黄土铺时，我尖刀师某团的九个连，像支支飞箭同时飞向敌人，把敌人的行列截成数段。于是一场恶战开始了，双方都拼命争夺西边山头阵地，猛烈的枪炮声响成一片。敌第七军军部的警卫营大多数是广西老兵，受过长期的法西斯训练与欺骗教育。因此这次战斗相当激烈，每一块稻田和树林，每一条水沟，每一座房屋都经过反复争夺。该团二连勇猛地趟过了半人深的水沟突入敌群，各自为战地纵横穿插。战斗到最激烈的时候，全连的战斗小组只要听到哪里有枪声就向哪里冲，哪块树林里有敌人，便在我军打击下起了火。敌人躲在房子里，我们就用冲锋枪、手榴弹一齐从门里、窗里向里面打。由于该团运动迅速，战术勇猛，往往使敌人的重机枪还没有来得及架好，他们的射手就被我军战士用刺刀捅死了。在这场猛烈的战斗中，二连全体指战员一直保持着高昂的士气，轻伤不下火线，重伤不闹，干部牺牲了，战斗员就自动组织战斗。机枪班的最后一个射手林少云双腿被打断了，他仍然坐在地上端着机枪向敌扫射。二排战士杨贵峰一面鼓动大家，一面代理排长指挥，最后七个人连续攻下七个阵地，并从老百姓的床底下拉出五个敌军军官，俘虏二十多个敌人。经过这场恶战，终于把敌"精锐"第七军军部解决了。

歼灭了敌第七军军部，敌人溃不成军。随军部撤退的敌一七二师师部及其两个团想掉头逃窜，也被我尖刀师另一个团的机枪"钉"住不能动了。在细雨蒙蒙的黑夜里，四面八方炮声隆隆，枪声紧密，敌军四个主力师已全部被我各路大军紧紧包围在数十里方圆的山峦间，到处听到我指战员"缴枪不杀"的喊声。

激战3小时，第405团将这股敌人共1200余人全歼，打乱了第7军的指挥系统，为歼灭被围的白崇禧部4个精锐师创造了有利条件。

与此同时，第404团迅速控制鹿门前附近的高地，拦腰截住南逃的第172师，当即对其实施攻击。黄昏前，第41军一部追至该地区，配合第404团作战。

自左翼迂回的第40军在白地市及其东北地区截住向东南方向逃窜的第7军第171师和第48军第138、第176师，切断其东逃之路；自右翼迂回的第41军主力进至文明铺及其西北地区，切断敌西逃之路；正面攻击的第45军主力与尾追的第146师也逼近铜锣坪、石株桥一线。

至9日晚20时，中路军将第7军第171、第172师和第48军第138、第176师等4个精锐师合围于祁阳以北黄土铺、铁栏桥、严家殿、石株桥方圆不足50平方公里的地域内。

当晚，白崇禧急令被围的4个师全力突围。但为时已晚。第四野战军前

第四野战军某部在黄土铺以南向敌军发起冲击

委决定集中中路军 12 个师的兵力，采取连续突击和重点突破的战术，歼灭被围之敌。

10 日晨，第 46、第 41、第 45、第 49 军等部从东、北、西三面展开向心攻击。激战至 11 日上午，除第 138 师师部率 1 个团逃跑外，白崇禧的 4 个精锐师 2.9 万余人全部被歼，第 7 军副军长凌云上、参谋长邓达之和第 171 师师长张瑞生、第 172 师师长刘月鉴、第 176 师师长李祖霖被生擒活捉。

凌云上回忆道：

我与师长张瑞生、李祖霖商讨，如何应付以后的战斗，均主张即刻派出得力搜索队，四处搜索并侦察突围路线，以便今夜突围。9 日下午 4 时，据各搜索队先后报告，只有回龙亭西侧有两条小山路，向西搜索 20 余华里均未发现解放军，其他方面都是包围部队，无法通过。我即决计于当天入夜实行突围。当时的部署是：以一七一师由回龙亭西南之小道，一七六师由回龙亭西北之小路突围；各部队突围后在文明铺集合，如不遭阻击，务须秘密行动，以免暴露企图。计划完毕，即命令各师于下午 7 时开始行动。

我随一七一师行进，行约 20 余华里，即遭遇解放军袭击，乃将部队分为许多小股，令其各循行进道路，仍须保持秘密行动。但在此地区后，村村山山都是解放军，部队处处被击，真是天罗地网，无法逃脱。此时部队非常混乱，无法再行指挥，我乃同师长张瑞生、参谋长李有全率一个警卫连，由大山（忘记山名）秘密西行，但仍受到阻击。在惶乱中，我与张瑞生等失去联系，不知他们的去向。此时我手上仅掌

1949 年 10 月上旬，解放军第四野战军第 15 兵团向广州进军

握手枪兵一班，真是无可奈何。后来始知这两条小路原来是解放军有意识地开放了一个袋口，使我们钻入袋底后，即将袋口收缩，从四面八方袭击，一网打尽，真是马陵道战术的妙用。那天夜晚非常昏暗，到后来我连这个手枪班也失去联系，迫不得已躲入山沟的荒草中，妄想解放军去后再设法逃脱，但在10日上午9时，我即被解放军搜索出来。

此役，是人民解放军向中南进军中具有决定意义的战役之一，历时34天，歼灭白崇禧集团3个军部、5个整师和7个师各一部，共4.7万余人，其中毙伤7000余人，俘虏3.8万余人，投诚2000余人。解放了湘南和湘西大部地区，其中县城24座。不仅将白崇禧赖以起家的第7、第48军的4个精锐师基本消灭，也使得西南国民党军主力疲于奔命，无暇顾及第二野战军主力的行动，为以后第四野战军主力进军广西全歼白崇禧集团和第二野战军经湘西进军西南创造了有利条件。

16. 广东战役

　　广东省位于中国大陆的最南部，北与湖南、江西接壤，东北与福建相邻，西依广西，南濒南海。境内地势北高南低，河川纵横交错，水陆交通发达。海岸线长，东有汕头港，中有黄埔港，西有湛江港，为中国远洋航运和军事运输的优良海港。沿海岛屿众多，是海上交通要冲和控制南海战略水运的重要依托。

　　1949 年 2~4 月，国民党政府陆续由南京迁至广州。5 月 7 日，代总统李宗仁飞抵广州，决心"为防止中国赤化，作最后五分钟的努力"。此时，行政院长兼国防部长何应钦和参谋总长顾祝同等一大批军政要员也云集广州。8 月，

蒋介石、李宗仁在中华民国总统、副总统就职典礼上

人民解放军解放江西省全境，准备向广东省进军。

23 日，李宗仁召集广东、广西军政要人陈济棠、余汉谋、薛岳、白崇禧及顾祝同开会，商议两广合力固守广东问题。会议决定由广州"绥靖"公署主任余汉谋率部"巩固粤北，确保广州"，并要求华中军政长官白崇禧与余汉谋加强湘粤边境的联防，以增强防御力量。

31 日，国民党政府下令将广州"绥靖"公署改为华南军政长官公署，由余汉谋任华南军政长官，统一指挥广东境内的陆海空军。

这时，盘踞在广东大陆的国民党军有自青岛南撤的刘安琪第 21 兵团和自闽赣逃粤的胡琏第 12 兵团、沈发藻第 4 兵团共 11 个军，连同保安部队约 15 万人。依照国防部指令，余汉谋以其主力第 21、第 4 兵团共 7 个军沿粤汉铁路（广州—武昌）曲江（今韶关）至广州一线设置三道防线，控制湘赣入粤的铁路、公路及水路咽喉，企图阻止人民解放军入粤。具体部署是：

第 39、第 63 军位于曲江、南雄、始兴、乐昌地区，构成第一道防线；第 4 兵团第 23、第 70 军位于翁源、英德、清远地区，构成第二道防线；第 21 兵团第 32、第 50 军位于增城、从化、花县（今广州市花都区）地区，构成第三道防线；第 109 军及警卫团等部防守广州市。另以第 12 兵团第 10、第 18 军于潮安、汕头地区，策应粤北和广州；第 62、第 64 军分别位于湛江、海南岛，保持其通往雷州半岛和海南岛的退路。

然而战局已不可逆转，解放军势如破竹，似疾风扫落叶，战上海，取长沙，通向广州的大门已经打开。

人民解放渡河南进，追歼逃敌

第四野战军前委根据中央军委关于以大迂回大包围的作战方针解放华南的统一部署，决定以所属第15兵团第43、第44军，两广纵队和配属的第二野战军第4兵团第13、第14、第15军，共22万人，组成东路军，由第4兵团司令员兼政治委员陈赓统一指挥，在广东大陆的人民解放军各游击纵队配合下，于第四野战军主力举行衡宝战役的同时，发起广东战役。

为加强对广东、广西地区的党政军工作的统一领导，中共中央于8月1日任命叶剑英、张云逸、方方分别为华南分局第一、第二、第三书记。华南分局受华中局领导。

9月7日，叶剑英和陈赓在江西赣州主持召开作战会议，进一步研究了解放广东的作战计划。

8日，中共中央致电叶剑英、方方、陈赓、邓华：陈赓邓华两兵团向南进军，"第一步进至曲江、翁源之线，准备在该线休息若干天，然后夺取广州。""我陈邓两兵团应争取于十月下半月占领广州。"

同日，叶剑英等致电中央军委和林彪、邓子恢，报告了解放广东的作战计划。29日，再次致电报告了分三路挺进广东的具体部署：

"（一）以四兵团为右路军。于九月三十日起，先后自桂东、上犹、南雄、始兴地区分路出发，顺路扫歼汝城、乐昌、仁化之敌。如敌扼守曲江、英德、翁源地区，除十四军主力沿北江西岸，经英德、清远地区直插三水，截断广州敌西退道路外，兵团主力于十月九日拂晓开始从东西南三面攻歼曲江之敌，然后迅速南下，协同十五兵团（缺四十八军）歼灭英、翁地区之敌，尔后直迫广州。如敌不守曲、英、翁地区，则迅速协同十五兵团，于十月二十日进至三水、高塘圩、归龙市之线，形成对广州西北面之包围。（二）以十五兵团为左路军。于十月一日自南康、信丰地区出发，十月八日进至翁源以东地区，依情况出英德南北之线。如英德敌坚守，则协同右路军合歼之。如敌南撤，则协同右路军迅速南下，于十月二十日进至龙眼洞、车陂之线，形成对广州东北及东面之包围。（三）以两广纵队、粤赣湘边纵队、粤中纵队组成南路军，由曾、雷、林统一指挥。两广纵队于十月十日自和平地区出发，于十月二十日前进至东莞，冲破顺德、佛山之线，截断广州敌南退道路，等待主力部队歼灭之。"

9月底，各参战部队结束休整，进至粤赣湘边境地区集结。时任第43军第127师师长的王东保回忆道：

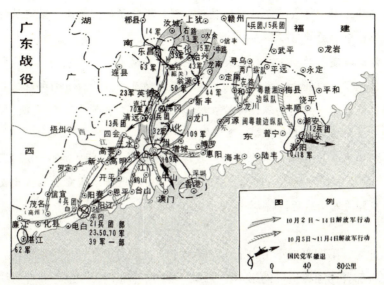

广东战役示意图

　　根据上级的指示，我师驻宜春以东的浦沙江一带，休整待命。这时，正是夏秋三伏季节，火焰焰的太阳把大地晒得热气腾腾，空气里带着潮湿，到处是热的威力，连树上的乌鸦也张着嘴喘气……

　　我师的指战员们，绝大多数来自北方，他们生活在冰天雪地的东北，那里的夏季干爽宜人。可是，一下子来到了江西，别说适应南方的气候和水土了，这个闷热吧，就够他们受的了，他们憋得喘不过气来，浑身全被汗水浸着，黏糊糊的，他们恨不得扒下一层皮。再加上军旅的疲累，不少人患了疟疾、肠炎和胃病。

　　这一来，指战员们在情绪上就出现了烦躁、不安，对南下作战没有充分的思想准备。面对这种情况，我师党委决定，利用部队休整时间，抓紧进行战前的军事和政治训练。

　　首先召开了各种会议，对渡江前后的行军、作战进行了战评，总结经验，吸取教训。接着，开展了三查活动：查思想、查工作、查作风，激发指战员们的斗志，树立起将革命进行到底的思想。然后，结合敌情、气候等条件，集训干部、补充兵员、精简骡马，进行适应性的训练。

　　时间很快就过去了，通过近两个月的休息，我师指战员政治思想、阶级觉悟都有明显的提高，人员、马匹的体力也有所恢复和增强。同时，指战员们也基本消除了对南方气候不适应的畏难心理，增强了战斗意志，坚定了打到南方去，解放全中国的信心和决心。

师党委还召开了士兵代表大会，表彰和奖励了一批作战先进单位和功臣模范，传达了上级指示，发出了向广东进军的动员令。指战员们群情激奋、热血沸腾、战斗情绪空前高涨，纷纷表决心写请战书，表示要奋勇作战，为祖国为人民再立新功。这次大会成了立功创模的誓师大会。

1949年9月10日，接到命令：我师为43军的前卫师。随着一声令下："出发！"我师昂首阔步斗志旺盛、齐装满员、兵强马壮，从宜春地区出发了。26日，我师进入南康地区待命。

此时，第四野战军主力正在发起衡宝战役，力求全歼白崇禧集团。白崇禧急忙将部署在湘粤边境的第46、第48、第97军北调，"湘粤联合防线"遂宣告瓦解。白崇禧、余汉谋两集团形成各自为战的态势。

10月1日，毛泽东在数千里之外的北京天安门城楼以洪亮的声音向全世界宣告：中华人民共和国中央人民政府成立了！

毛泽东按动按钮，天安门广场上第一面鲜艳夺目的五星红旗冉冉升起，迎风飘扬。随后，朱德总司令宣读《中国人民解放军总部命令》，号召解放军"迅速肃清国民党反动军队的残余，解放一切尚未解放的国土"。

新中国诞生的喜讯随着无线电波传到了华南前线，全体指战员决心为解放全中国再立新功。第四野战军前委发出争取更大的胜利为新中国献礼的号召。

2日，广东战役打响了。

右路军第4兵团3个军合击曲江。其中，第13军在赣南支队的配合下，由大庾出发，奔袭仁化；第

朱德在开国大典上发布《中国人民解放军总部命令》

14军在湘南支队配合下，由湘南汝城出发，奔袭乐昌，先头第40师及军侦察营，以每天150里的急行军速度南进，一部进至曲江西南的下庙背，阻击余汉谋部第39、第63军西逃；第15军在北江第2支队配合下，由始兴向曲江挺进。6日，第14军袭占乐昌，第13军进占仁化，第15军占领周田，继续向曲江攻击前进。驻守曲江的第63军深恐被歼，慌忙弃城南撤。7日，第15军占领曲江后，主力即向广州追击。第45师于9日攻占英德县城。

左路军第15兵团2个军分别从江西南康、信丰向广州推进。6日，第43军占领翁源，与粤赣湘边纵队一部会合。9日，第44军进占新丰。同日，两广纵队与粤赣湘边纵队沿龙川、河源、惠州，向广州以南挺进。

翁源、曲江的解放，使粤北大门洞开。为阻止解放军向广州推进，余汉谋急忙将南撤的第39军配置于佛冈、源潭地区，将第63军置于清远，与防守从化、花县地区的第50、第32军和驻守增城地区的第109军，在广州以北和东北100余公里的正面上，构成保卫广州的"最后防线"。余汉谋、薛岳在广州市召开大会，疯狂叫嚣要"誓死保卫广州""决与广州共存亡"。

人民解放军各路大军乘余汉谋部署尚未就绪之际，不顾疲劳饥饿，昼夜兼程，展开猛烈进击。11日，第15军攻占连江口。12日，第14军第40师奔袭清远，守军第23军第211、第213师弃城而逃。13日，第40师进占清远城。

第15兵团第43军第127师于10日晨冒着瓢泼大雨，踏着泥泞崎岖的山路，以每小时5公里的速度，奔袭佛冈。

佛冈县是通往滘江口火车站、花县、从化、广州的必经之地，是广州外围

国民党军修建的碉堡工事遗址

的重要掩护据点之一，为兵家必争之地。号称"钢铁团"的国民党军第 39 军第 103 师第 307 团在此驻守。该团共 2000 余人，全部美式装备，占据佛冈河两岸，并构筑了较坚固的工事和地堡，准备死守。其中，团主力位于 196 高地和 139.8 高地，另以 1 个营置于小坑东北 94.1 高地和 125 高地。

下午 4 时，第 127 师急行军 70 多公里，进抵距佛冈县城 5 公里的岗江下、龙水井区。经现场勘察地形，师指挥部决定：以第 397 团经大田、小坑直插城西南，首先切断守敌向花县、广州方向的退路；以第 381 团主力 2 个营从左侧经何屋村、大琴脑，直往南穿插至石角老城，并与第 397 团取得联系，协同作战，将守敌全面包围；以第 380 团从正面进攻，首先歼灭 196 高地之敌，然后向张田坑、139.8 敌主要阵地压缩；师指挥所设在佛冈以北的 185 高地；以第 381 团的 1 个营和师警卫营，作为师预备队，在师指挥所南沟隐蔽待命。

在明确作战部署后，师长王东保又补充道："命令各部队要利用夜晚天黑，发挥我军近战夜战的特长，迅速对敌实施分割包围，力求全歼当面之敌。"

王东保回忆道：

11 日下午 3 时，我师在佛冈地区向敌人发起了总攻。霎时间，众炮齐发，火光闪耀，轰隆巨响，硝烟弥漫，大地也在颤抖。战斗异常激烈……

在我强大炮火支援下，经半小时后，我们突破了敌 139.8 主力阵地。部队正向敌地堡发起冲锋。敌人躲在地堡里负隅顽抗。第一次冲锋没有奏效。

"山炮抵近，火力支援！"

在两门山炮近距离的射击下，我们又组织了第二次冲锋，很快就攻克了敌人的核心地堡。顿时，敌人全线崩溃，向 152 和 194.1 高地退逃，我们对残敌穷追不舍，与 381 团主力配合，一举攻克了县城和城南的佛冈村。

381 团主力和 379 团部队，在我炮纵山炮营转移到 139.8 新阵地时，在所有火炮的支援下，攻克了敌人 194 和 125 两高地的外围阵地，歼敌二营一个连之后，正组织对两地进攻时，我野炮营赶上来了，在炮火的全力支援下，379 团突破了敌二营阵地，二连连长白云生率领的突击队，首先夺取了敌一号堡。七、八连反复两次与敌人拼刺刀，白刃格斗，终于攻克了敌二、三号碉堡。

下午 5 时，佛冈战斗结束！全歼敌人 307 团。

人民解放军某部向守敌据守的堡垒发起攻击

12 日，第 44 军占领从化。13 日，第 14 军占领清远，第 15 军占领源潭，第 43 军占领花县，第 44 军占领增城。至此，余汉谋集团的"最后防线"全面崩溃。

时任第 43 军第 128 师第 382 团 1 营 3 连连长的高凤岐回忆道：

10 月 12 日清晨四时，我前卫团部队由佛冈向花县出发，路程大约一百六十里。途中在鳌头圩一带撞上一股敌人，我们迅速果断俘获了他们，事后查明为敌五十军一〇六团三营的二百余人，除三十来人跑掉，俘敌二百一十五人，电台一部，轻、重机枪八挺，步枪百余支。战场还未来得及打扫，我率部队立即急奔花县。

一路上，山路连绵加上河溪非常不好走，战士多为北方人对南方的气候、地形很不适应。跟随部队从北方征战到南方的体高个大的战马不善爬山，赶不上马背还没人肩膀高、善于爬山的南方小马。我们是先头部队，必须按时到达指定地点，而且一路上行动要肃静快速，不能暴露部队行动。战士们把迫击炮、重机枪、九二步兵炮全部从马背上卸下来，背着爬过八百米以上的高山，而驭手用缰绳牵着马匹跟随部队之后。

我们到达花县，还听不见枪声，战士们有些着急，我们是从敌人的后方插进去的，先包围再进攻。只要战斗一打响，保证敌人跑不了。我们的部署每个战士已经心中有数。

前方枪声响了，这是我团打响的。我们快速包围住敌人。紧接着枪声激烈，我们截住了敌人，战士们奋勇向前冲锋，战斗半小时，我团把敌人全部歼灭。张实杰（又叫赵浩然）团长将情况报告给黄荣海师长："该敌花县保安队一百五十余人被我方全歼，俘敌八十七人，截获步枪32支，物资一部分。"黄荣海师长指示：除武器上交外其余原封不动，你团立即出发。并限定我团连续作战，在午夜十二时赶到并抢占仁和桥。

我前卫一营于十二日夜十二时零三分，抢占了仁和桥，歼灭敌人一个连。战士们没有来得及吃早饭继续前进。到了太和圩，张实杰团长用无线电报告师部：据调查广州市还有少部分敌人，敌人大部分已向西撤去。我们直插沙河圩，向广州市挺进。

13日下午七时三十分，我们赶到了沙河圩，战士们高呼："我们进广州了！"

李宗仁见解放军迅速逼近广州城，心知国民党政府已到了风声鹤唳、大厦将倾的岌岌可危关头，遂于11日召集行政院长兼国防部长阎锡山、参谋总长顾祝同和薛岳、余汉谋及广州卫戍司令李及兰等开会。经过一番乱哄哄的争吵后，会议决定把总统府、行政院撤至重庆，广东省政府撤至海南岛。

12日晚，顾祝同在余汉谋公馆召开紧急军事会议，决定为保存实力，立即撤离广州，一部乘船从珠江口撤往海南岛，大部向粤西雷州半岛撤退。

仓皇混乱之中，李宗仁逃往桂林，阎锡山、顾祝同逃往台湾，余汉谋、薛

1949年11月，李宗仁携家眷和随员由桂林经香港飞抵美国

岳则逃往海南岛，整个广州城陷入更大的混乱。

14 日 12 时，陈赓获悉广州守敌西逃，立即调整部署：右路军第 14 军由清远直插三水，切断第 63、第 109 军西逃退路；第 13、第 15 军沿北江东岸南下，追击西逃的余汉谋集团。南路军两广纵队从博罗、惠阳越过广九铁路（广州—九龙）直插虎门，阻击沿珠江南逃的余汉谋集团主力。左路军第 43 军一部攻占白云山、五雷岭等山头阵地，主力沿广花公路（广州—花县）向广州市区攻击前进；第 44 军一部沿广增公路（广州—增城）、一部沿广九铁路向广州市区攻击前进。

19 时 30 分，第 43 军第 128 师第 382 团经急行军，沿广花公路进至广州市东北郊沙河圩。这时听到市内声声爆炸巨响，看到浓浓白烟直升天空。原来，国民党军在撤离广州时，把白云、天河机场以及石井、石牌、黄埔等地的军火、军需仓库统统炸掉，以防落入解放军手中。

团长张实杰拿出地图，召集各营干部部署任务，指示前进路线和占领地点。1 营直插总统府、警察局、国防部；2 营顺沿江面向西搜索前进；3 营从中心向西插，即沿惠宁路前进。

第 382 团由黄花岗、大北路（今解放北路）突入市区。21 时，占领总统府、行政院、省政府、警察局，并在黄沙火车站歼灭未及逃跑的国民党军千余人。张实杰回忆道：

我们从沙河进广州城。当时战士们的情绪比较高，说，打到广州就是革命到底，就可以回家去了。他们是希望回家去，想回去种地，"老婆孩子热炕头"嘛。我没有这种想法，我们已经职业化了，不会有这个想法了。我在那里布置了各营的任务。二营直接到江边，沿着江向西走，占领黄沙车站，直到沙面。一路上他们没有遇到什么抵抗，只是在黄沙那里打了一仗，捉了有一千多个人。当时，国民党军占着高楼，阻止我们向西走，我们就组织部队冲锋，把他们俘虏了，这才到了沙面。我们伤亡的很少，也就伤亡了四五个人吧。

广州解放基本上算是比较和平的。一营直接沿着中山路向西走，到了警察处（现在的公安局）那里，公安局长出来投诚，说代表广州市 160 万人欢迎解放军进城。公安局长起义了，但他下面还有 19 个派出所。我们就下命令叫他在原地维持秩序，不要搞乱了，但是没有缴他们的枪，连他们的帽徽也没有

第43军参加广州入城式，受到市民欢迎

摘。公安局我们没有动，他们自己也没有什么动作，就像和平时期一样的维持秩序。到了第二天早上我们才叫他们在警察处集合、缴枪。拿下警察处之后，一营沿着中山路到了迎宾馆，占领了李宗仁的总统府。省政府也是我们占的，那时候稀里糊涂的也不知道是省政府。也没有费过一枪一弹。里面还有工作人员在维持秩序、看着房子，军队就没有了。那里面的资料、文件什么都没有毁坏，都保存下来了。

我们14日傍晚才进城，老百姓已经在街道上的很多地方都挂上了五星红旗。15日早间，我们从沙河那边过来，沿着中山路走到大东门，广播电台就广播了，说："解放军进城了，大家出来欢迎！"当时老百姓很佩服解放军，都是打旗欢迎。解放军的纪律很严明，绝对不取百姓一针一线。那时候大家都不进房子，都睡在马路上。我当时在中山路警察署的西边，在公路南边马路上睡着了。我的部队都在那里过的夜，好在那个时候还不冷，直接就可以睡在大马路上了。我们都带了给养，带的能吃三天，也没有跟广州这里的商户做生意。

高凤岐回忆道：

我带领一营三连作为我团前卫连进入沙河后，我接到营里的指示：把前卫排和火器组织好，直插总统府。当时战士们个个摩拳擦掌，都想最先冲进广州占领总统府，立个头功。三连随我不管三七二十一拼命地跑。那天天热，战士们每人负重30斤左右，个个汗流浃背，跑得上气不接下气。不少市民站在门口、路边，有的看热闹，有的欢迎我们，还有一些国民党兵站在路边等候我军接收，也有一些国民党兵到处躲藏时被老百姓从家里赶出来四处流窜。当时攻占总统府至关重要，只要碰上的国民党兵不击枪不反抗，我们就不理睬，一个劲向总统府方向跑。在离总统府300米处驶来一辆小卧车，发现我们后开车急转弯逃跑，结果车撞倒路边大树上撞坏了，车上的人逃走了。

我们到达总统府后，我命令三排一个班守住大门，其余人跟随我进入总统府，经严密搜索，广州国民党总统府于1949年10月13号被我中国人民解放军占领，并插上五星红旗。

之后，我率部奔向当时的伪市政府与连主力会合。二排在向市政府前进的路上截获敌师长行李车一辆。我连很快又占领了市政府，连部并设在市政府。而后我连部队在流花桥西区小火车站截下国民党一列火车。车上装的医院的医疗器材，被服，车上还有国民党从青岛带来的京剧团，连人带物都成了我们的战利品。

紧接着，我连又占领了中山礼堂、流花陆军医院、四个警察所。天亮了，我部在老百姓的协助下，缴获了国民党很多枪支，弹药以及战利品。其中步枪有三百多支、其他各种轻机枪支共七麻袋，装了满满三卡车。

二连占领了警察总署、港务局、海关等，当时海关的地上掉满了银元，战士们走路踩在上面铛铛的响。部队接管后，战士们进进出出，没有一个人去捡

广州解放后第15兵团举行阅兵式

地上的银元占为己有。

一连占领了白云机场，有 26 小时没有联系上。

十四日凌晨三时许，我团都顺利占领了各个预定地点，广州解放了！

在人民解放军从北面和东北面逼近广州时，毛泽东于 10 月 12 日电示：不使广州敌向广西集中。

据此，第 4 兵团当即决定不停留地跟踪追击西逃的国民党军。15 日，第 14 军占领三水，第 15 军占领佛山。16 日，第 14 军占领四会、高要。

17 日，陈赓获悉国民党军除第 63、第 109 军已西逃粤桂边境外，第 4、第 21 兵团及第 39 军向阳江方向溃逃，即令第 14 军 3 个师、第 15 军 2 个师和第 13 军 1 个师分三路向阳江方向追击。

其中，西路由高要经新兴迂回至阳江西侧；东路由佛山经鹤山、台山直插阳江；中路由三水经高明、恩平直逼阳江。并要求各部队在粤中纵队配合下，大胆、高速地平行追击和超越追击，从撤逃的国民党军两翼前出，断其退路，达成合围。同时命令第 13 军主力向茂名（今高州）前进。

第 4 兵团指战员为追上相距 100 公里以外的国民党军，不顾疲劳，昼夜兼程，途中歼灭国民党军第 4 兵团部、第 39 军、第 70 军各一部及暂编第 3 纵队全部，迫使第 39 军第 91、第 103 师和保安第 3、第 4 师投诚。至 24 日，将国民党军第 21 兵团部和第 23、第 50、第 70 军及第 39 军残部等共约 4 万人，包围于阳江地区。

人民解放军第 4 兵团向阳江地区追击逃敌

25 日，国民党军多次沿阳江至电白公路向雷州半岛突围未逞，被压缩在阳江西南之白沙圩至平冈圩东西约 5 公里、南北约 10 公里的狭小地域内。

26 日拂晓，第 4 兵团发起攻击，战至 12 时，全歼被围的国民党军，取得阳江围歼战的胜利。

在此期间，驻守江门的国民党军第 4 巡防联合舰队 500 余人并舰艇 11 艘起义；潮汕地区国民党军第 12 兵团乘船从海上向金门和台湾撤退。

至 11 月 4 日，第 13 军在粤桂边纵队配合下占领罗定、茂名、信宜、廉江等地，封闭了白崇禧集团由广西向雷州半岛和海南岛撤退的道路。广东战役结束。

此役历时 34 天，人民解放军伤亡 1700 余人，歼灭余汉谋集团主力 6.2 万余人，其中俘虏 4.1 万余人，解放了除钦州、合浦（今均属广西壮族自治区）地区和雷州半岛以外的广东大陆，解放县城 38 座，为而后解放广西和海南岛，最后全歼白崇禧集团创造了有利条件。

17. 鄂西战役

  1949 年 7 月，国民党川湘鄂边区"绥靖"公署主任宋希濂所部第 14、第 20 兵团约 10 万人，由湖北省宜昌、沙市（今属荆州）地区败退至巴东、五峰、恩施、龙山地区，与在长江以北巫山、万县（今重庆市万州区）等地设防的川陕鄂边绥署孙震所部第 16 兵团 2 万余人，组成"川湘鄂边防线"，企图依托鄂西和湘西北山区有利地形，阻止人民解放军入川。具体部署是：

  第 14 兵团第 15、第 79 军及地方团队布防于宣恩、鹤峰、五峰；第 20

第 42 军某部在大巴山区追歼逃敌

兵团第124、第2军防守建始、恩施、巴东，第118军位于湖南龙山；第16兵团第41、第47军及第127军、保安第3旅位于四川巫山、忠县及以东地区。

10月中旬，衡宝战役结束后，第四野战军主力集结湘西南，准备发起广西战役；第二野战军第3、第5兵团集结湘西，准备进军贵州、四川。

为策应第四野战军主力进军广西，保障侧后安全，并配合第二野战军西进四川，经中央军委批准，决定以第四野战军第42、第47军主力和第50军及湖北军区部队等9个师，会同第二野战军第3兵团第11、第12军在鄂西南、湘西北地区，分为左右两路发起鄂西战役，以钳形合击战法，求歼宋希濂集团于彭水、黔江地区。

22日，第四野战军前委决定：以第50军和第42军第124、第155师及湖北军区独立第1、第2师为右路军，由湖北军区副司令员王宏坤指挥，主力从宜昌、秭归，沿川鄂公路直插建始、恩施、宣恩；第124师监视长江以北巫山、忠县地区的第16兵团，保障主力翼侧安全。第47军配属第3兵团，前出四川黔江，切断宋希濂部西退四川、贵州的道路。

28日，右路军主力分别由宜昌、秭归等地渡过长江，于11月2日进至巴东东南的榔坪、赵家垭、茅坪。

10月29日，第二野战军前委做出部署：以第3兵团第11、第12军和第47军（欠1个师）为左路军，由第3兵团司令员陈锡联、政治委员谢富治指挥，主力从沅陵、泸溪，沿川湘公路经龙山、来凤，直出咸丰，配合右路军行动。

同日，左路军第47、第11军在永顺、桑植佯动，牵制宋希濂部。第3兵团主力从沅陵、泸溪出发，沿川湘公路向龙山开进，于11月1日进至龙山以南的洗车地区。

时任第二野战军参谋长的李达回忆道：

毛主席制定的大迂回、大包围部署，是一个"关起门打狗"的决策。这个门既不能早关也不能迟关。正如我们所料，十月十四日晚，当南线我军刚刚占领广州不久，国民党反动政府的残余，便急忙逃到重庆。其他各地乱七八糟的敌人，也像一群失散的鸭子，纷纷向西南流窜，甚至连过去远在东北地区的

"冀热辽边区第二路绥靖总指挥部"总指挥赵洪文等部，也先期逃到四川了。我们秘密隐蔽在湘西地区的野战军主力，大张挞伐的时机到了。……十一月一日，我二野的三、五兵团和四野一部以迅雷不及掩耳的动作，从敌人意料不到的，也是敌人大西南防线最薄弱的黔、川部分，突然挺进。

11月3日，左路军、右路军同时向宋希濂部发起攻击。

右路军先头第149、第155师和湖北军区独立第1、第2师向巴东以南的野花坪、野三关、朱砂土一线展开攻击，歼守敌一部。

此时，宋希濂错误判断人民解放军的兵力不大，非常自信防御阵地不会被轻易突破，遂令第124、第79军分别在恩施、鹤峰坚守阵地，阻击人民解放军右路军南下；令第2、第15军南下龙山、来凤地区，会同驻龙山的第118军，企图打击位于永顺以北地区的人民解放军左路军第11、第47军，以阻止其西出四川黔江。

4日，林彪命令右路军乘宋希濂部主力南调之机，向其防御纵深攻击；命令左路军第47军进至龙山以南的洗车地区待机。

右路军遂全线展开猛烈进攻。5日，湖北军区独立第1师攻占建始。6日，第50军先头第149师在鸦鹊水歼敌第164师一部。7日，湖北军区独立第2师攻克恩施，直指咸丰。左路军主力积极配合右路军作战，向当面守敌发起猛攻。第12军相继攻占永绥（今花垣）、秀山，直指酉阳；第11军连下龙山、来凤，逼近咸丰。至此，左右两路大军对宋希濂集团形成南北钳击之势。

与此同时，担任战略迂回任务的第5兵团并指挥第3兵团第10军，分由邵阳和桃源地区出动，以突然迅速的动作，直出湘西，挺进贵州。

人民解放军从北起湖北巴东、南至贵州天柱宽约千里的地段上，实施多路突然进击，迅速突破"川湘鄂边防线"，完全出乎国民党守军的意料之外，打乱了其整个西南防御部署。

直到这时，被打蒙了头的宋希濂才清醒过来，放弃进攻左路军的计划，急忙于8日下令全线西撤，企图在彭水、武隆地区，结合罗广文第15兵团，组织防御，凭乌江天险阻止解放军进攻。

为不使宋希濂集团有计划的撤退和进行有组织的抵抗，力求将其歼灭在乌江以东地区，林彪命令右路军第50军第148、第149师和湖北军区独立第1、第2师向宣恩、咸丰追击，第42军第155师、第50军第150师向利川、石柱、涪陵追击；令左路军第47军第139、第141师向黔江以西追击。

人民解放军立即发起追击，加速猛进。追击部队所经地区，均为人迹罕至的高山峻岭，连绵不断，云雾弥漫，加之数日阴雨，道路泥泞，交通不便，而敌人撤退时大肆破坏桥梁道路，四处烧杀抢掠，都增加了行动的困难。

全体指战员在"与敌人争速度抢时间"的口号下，风餐露宿，忍饥挨饿，每日强行军上百里，勇猛追击，边走边唱着新编的歌谣：

> 扛着美国枪，拉起缴来的炮，
>
> 翻越千重山，涉过万道河，
>
> 打到西南去，解放全中国。
>
> ……

追击中，当地人民群众给予解放军大力支持帮助，积极筹集粮草，送水送饭，提供宿营地，照顾伤病员，当向导，修道路，鼓舞了士气。

9日，右路军先头部队进至宣恩地区。

第四野战军某部冒雨露营

这时，宋希濂部第 14 兵团第 79 军第 98、第 199 师，第 15 军第 169 师和第 20 兵团第 124 军第 60 师，仍徘徊于宣恩、鹤峰地区，企图夺路西逃。

到嘴的肥肉岂能让它溜走。王宏坤立即命令第 50 军主力和独立第 1、第 2 师抢占宣恩城及其西南的交通要点，首先切断敌军西逃退路，而后分割聚歼。

10 日，第 50 军第 148、第 149 师和独立第 2 师在迅速抢占宣恩城外的制高点后，发起猛烈攻击，一举攻克宣恩城，歼守敌第 124 军第 60 师 2 个团。

12 日，独立第 2 师进抵咸丰地区，与由龙山追击的左路军第 11 军第 31 师会合。独立第 1 师由宣恩进至咸丰以东的中寨坝，截歼第 79 军第 194 师一部。第 50 军第 148、第 149 师进至宣恩西南的倒洞塘、晓关，从而彻底封锁了敌军西逃之路。陷入重围的敌军 4 个师无心恋战，在第 79 军副军长萧炳寅的指挥下，纷纷向西南逃窜。

13 日，第 50 军第 148、第 149 师，独立第 1、第 2 师和第 11 军第 31 师发起攻击，在宣恩以南的高罗、麻阳寨、沙道沟，对敌军 4 个师实施围歼。经连日激战，至 19 日将被围之敌 1.4 万余人全歼，俘虏萧炳寅。

第 42 军第 155 师占领巴东后，于 11 月 14 日在第 50 军第 150 师的协同下，一举突破利川以东的卡门阵地，并占领利川城，歼守敌保安第 2 师一部。20 日，第 155 师进占石柱，歼守敌保安第 2 师和地方团队各一部。随后继续

人民解放军某部翻山越岭追歼逃敌

向涪陵挺进。湖北军区宜昌军分区部队于15日占领五峰，16日攻克资丘，迫使国民党五峰、长阳县政府及地方团队千余人投降。至此，湖北全境获得解放。

当右路军主力围歼宣恩地区之敌时，左路军正分路向西追击。11月12日，第47军第139师进抵酉阳以北的黑水，击溃2个团，并跟踪追击至两河口，再歼敌一部。17日，第139师与第141师在郁山镇会合，随后进军彭水。第11、第12军至16日相继解放黔江、郁山镇、彭水、龚滩，进至乌江东岸。随后渡过乌江，向白马、江口一线发起攻击，守军一部被歼，一部向南川溃逃。

25日，中央军委决定：第四野战军第50军第148、第149、第150师，第47军第139、第140师及第42军第124师、湖北军区独立第1师入川作战，归第二野战军指挥。

刘伯承、邓小平命令第11、第12军和第47军分别在龚滩、彭水和白马、土坎等地渡过乌江，进至南川地区，以钳形攻势求歼宋希濂部和罗广文第15兵团于长江南岸；第50军和独立第1师在肃清石柱东南地区的宋希濂残部后，向涪陵挺进，配合南川地区主力作战；第42军第124师西进万县，堵击向重庆撤逃的孙震部第16兵团。

各部照此命令，以迅猛动作展开追击作战。其中，第11、第12军和第47军将敌分割合围于南川以北地区，并于25日攻占南川城，切断了残军西撤綦江的退路。第47军第139师第416团于22日在涪陵东南的白涛渡追歼第14兵团余部，俘虏兵团司令官钟彬。

此役，人民解放军共歼灭国民

钟彬

党军 4 万余人，解放了鄂西及乌江以东大片地区，粉碎了"川湘鄂边防线"，从东面打开了进军四川的门户，并将国民党军的"西南联合防线"拦腰斩断，有力配合了广西战役。

18. 广西战役

　　广西省（今广西壮族自治区）地处中国西南边陲，东北与湖南接壤，北与贵州相邻，西与云南接壤，东南与广东相接，西南与越南交界。境内山脉连绵，河川交错，地形复杂。

　　民国时期，广西省是桂系军阀赖以起家的老巢。当时全省人口 1270 余万，地瘠人贫。自 1925 年 7 月，新桂系首领李宗仁、白崇禧、黄绍竑统一广西后，便苦心经营，实行自卫、自治、自给的"三自"政策和寓兵于团、寓将于学、寓征于募的"三寓"政策。同时极力鼓吹大广西主义和排外思想，提出"建设广西，复兴中国"和"桂人治桂"的口号，进一步巩固了广西势力地盘，保持着半独立的状态。

　　1949 年 4 月底，由南京逃至桂林的国民政府代总统李宗仁召集广西军政首脑商讨时局。与会人员一致认为，国民党政权已至末日，积重难返，迟早必然

白崇禧与女儿白先智在台湾

崩溃，决无挽回的可能。因此，纷纷建议李宗仁在广西与中国共产党言和，实现局部的和平。

中国国民党革命委员会中央委员、白崇禧的老师李任仁更是语重心长地规劝李宗仁："德公，蒋先生在大陆上垮台，尚有一台湾可以负隅，你如在大陆上失败，则一条退路都没有，又何苦坚持到底呢？失败已经注定，我们为什么不能放下屠刀，却要把这害国害民的内战坚持到底呢？"

李宗仁内心十分矛盾，自觉国民党在"内政、外交、军事、财政，同处绝境，断无起死回生之望"，却又依旧坚持"不成功则成仁"，想做"断头将军"，便断然拒绝了与中共再度和谈的建议。

10月，国民党军华中军政长官白崇禧集团在衡宝战役中受到重创，4个精锐师全军覆没。白崇禧集团残部遂由湖南退入广西。

此时，白崇禧手里的精锐部队所剩无几，与解放军作战的本钱基本输光了。但他反对与中共和谈，声色俱厉地大骂那些主张和谈的人是投降论者。

不甘心失败的白崇禧积极补充和重建被歼的部队，将入桂的湘、鄂、赣各省保安、自卫等地方团队编入正规军。经补充后，其兵力有5个兵团12个军约15万人，连同10月下旬由广东逃到粤桂边界地区的余汉谋集团残部4个军，共约20万人。为增强实力，白崇禧还成立了桂东、桂南、桂西、桂北、桂中5个军政区，有地方武装约10万人。

白崇禧自恃还有较强的武力，企图依托广西的有利地形，以桂林为中心，沿湘桂铁路及其两侧组织防御，以"确保左右两江，增援黔省，屏障昆明，及支援雷、琼"，并准备在情况危急时西逃或南窜。

具体部署是：黄杰第1兵团（辖第14、第71、第97军）、徐启明第10兵团（辖第46、第56军）位于桂林及其以北地区，沿湘桂铁路多层设防；刘嘉树第17兵团（辖第100、第103军）位于湘西南靖县、通道地区；张淦第3兵团（辖第7、第48、第126军）、鲁道源第11兵团（辖第58、第125军）位于桂东北龙虎关、阳朔、荔浦和梧州地区；余汉谋集团残部据守钦州、合浦（今均属广西壮族自治区）地区和雷州半岛。

时任国民党军第3兵团第48军军长的张文鸿回忆道：

我在桂林休整期间，曾问白崇禧今后的作战计划是怎样的？白说："现在

解放军某部疾行在广西山区，包抄南逃的白崇禧集团

共军想吸引我们主力在桂北地区，他们在正面不采取积极进攻，而在我们左右两翼派遣相当大的兵力急进，即一部由黔桂边境尾随我十七兵团刘嘉树部西进，以一部由广东南路向桂南方向进迫。一俟形成包围态势，企图将我主力围困于桂柳一带而消灭之。而我们的作战计划目前尚未具体决定，须待与友军洽商和情况发展，再作最后决定。"白又说："目前我左翼是必须顾虑的，现在已电十七兵团刘嘉树部到达南丹附近时，即停止于南丹、河池之线，拒止共军之突然沿黔桂铁路向我柳庆一带袭击，给我主力部队以侧翼之威胁。另外已命十一兵团鲁道源部即开岑溪附近向东南方向警戒，防止广东方面共军入侵。你即准备率四十八军（暂缺一七五师）先开往龙州早为部署，靠紧越南。其余各兵团暂在原地整补，视情况的变化，再陆续饬令行动。"

11月5日，白崇禧在桂林主持召开有华中军政长官公署官员及5个兵团司令官参加的作战会议，讨论下步行动方案。

会上提出了两案：一是向南转移，于广西地区策划持久，不得已时经由钦州转运海南岛。二是向西转移，进入黔、滇与西南地区兵力会合，以策后图。

最终，白崇禧决定采取第一案，即"华中主力，准备向南转移，经由钦州转运海南岛"。同时确定作战方针是："以持久作战之目的，即以一部固守湘桂边境，拒匪进犯；另以有力兵团，增援黔中，阻匪深入；并在南路方面采取攻势，与粤境友军协同，先求击破突入南路之匪，以保障我之右翼安全，掩护滇黔，并支援雷、琼方面之作战。"

具体部署是："一、以第十七兵团，固守湘桂边境，拒匪进犯。二、以第

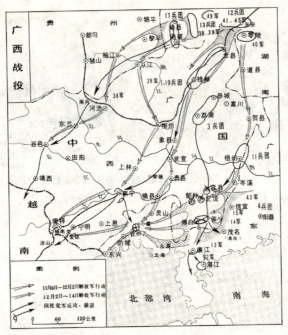

广西战役示意图

一、第十七兵团，分由桂林、三江附近，向独山、都匀挺进，驰援黔中，拒匪深入。三、以第三、第十一兵团，向郁林、北流、容县、岑溪地区集中，准备与粤境友军协同，向廉江、化县、茂名（今高州）、信宜地区之匪攻击。"

为歼灭白崇禧集团，林彪决心以第四野战军第12、第13兵团和第二野战军第4兵团共9个军及滇桂黔边纵队、粤桂边纵队等共40万余人，分三路向广西挺进。具体部署是：

西路军第13兵团部率第38、第39军由湘西南直插百色、果德（今平果），切断白崇禧集团入滇退路；南路军第4兵团部率第13、第14、第15军和由粤西进至郁林（今玉林）、博白一线，阻止白崇禧集团经雷州半岛退海南岛，而后向南宁或钦州方向发展，与西路军达成钳形合围态势；北路军第12兵团部率第40、第41、第45军，待西、南两路军切断白崇禧集团退路后，由湘桂边界地区南下，协同西、南两路军歼灭白崇禧集团于广西境内。另以第49军沿湘桂铁路两侧跟进，担负剿匪和维护交通的任务。

11月6日，西路军从湘西南洞口、武冈出发，于10日攻占靖县（今靖州）、通道，国民党军第17兵团仓皇西逃。西路军展开追击，攻占黔东南榕江、从江等地，于 15 日揳入桂北。

北路军一部于 10 日袭占全州后，主力相继进至湘西南新宁、东安、江永等地。

南路军第 13 军在广东战役后已进至廉江、茂名地区，第 14、第 15 军和第 43 军分别于 10 日和 15 日向廉江至信宜一线前进。

此时，进军西南的人民解放军第二野战军主力已突破国民党军川黔防线，逼近贵阳。

白崇禧在处境孤立、西逃无望的情况下，决定乘人民解放军西、北两路军尚未深入桂境之机，以其主力第 3、第 11 兵团共 5 个军南下郁林、容县、岑溪，发动"南线攻势"，企图在余汉谋集团残部的配合下，夹击人民解放军南路军，进而控制雷州半岛，打通逃往海南岛的道路。

11 月 24 日，国民党军第 3、第 11 兵团向廉江、茂名、信宜一线发起进攻，遭到解放军南路军的顽强阻击。同日，毛泽东指出：这是歼灭该敌的好机会，应迅速部署围歼。

第四野战军随即决定举行粤桂边围歼战，就势歼灭国民党军第 3、第 11 兵团。据此调整部署：

令南路军以一部兵力在廉江至信宜一线阻击国民党军，主力待机出击；北路军及西路军第 39 军南下桂林、荔浦、梧州及柳州，攻击国民党军侧后；西路

第 38 军某部抢占曼耗的红河浮桥

军第 38 军继续挺进百色；调第 43 军西进参战，以加强南翼。

27 日，南路军主力发起反击，并乘胜追击。第 43 军接连攻占容县、北流、郁林，歼第 11 兵团大部。30 日夜，第 43 军第 128 师一部突入博白县城，全歼第 3 兵团部，活捉华中军政副长官兼第 3 兵团中将司令官张淦。

时任第 128 师第 382 团参谋长的王子玉回忆道：

十一月三十日早晨六点，我们一二八师三八二团奉命由北流附近的鹿潘村一带出发，连续行军八十多里，第二天中午途经玉林时，接到师部指示：要我团到达苏立圩时有一个半小时的休息，吃过饭协同兄弟部队歼灭博白的敌人。大约十五时，我们进到了苏立圩，部队原地休息。指战员们经过近百里的急行军，非常疲劳。我们初到广西作战，没有军用地图，找来的地图又不准，因此常走错路，八十多里路程，实际走了一百多里。当部队正在埋锅做饭时，师首长派骑兵送来一封信，问我们还能不能走？要是走不动了，就让开路叫兄弟部队先过去。我们几个团干部看了信很有意见，认为上级说我们走不动了，挡住了兄弟部队前进的道路了，我们几个人商议了一下，决定向师里报告，部队立即出发，奔袭博白。并确定：三营、警卫连、侦察排为前卫。政委王奇对我说："参谋长，我们再累也要赶在兄弟部队前面，你带三营冲进博白去，我组织全团跟进。"我说："好，就这么办！让侦察排长钟岐山马上带队出发。"

十五时三十分，团和各营的集合号声四起，大路两边的干部战士，来不及

广西战役中，人民解放军某部渡河挺进梧州

吃饭的，就把刚煮熟的大米饭带在身上，边走边吃；机枪连、炮兵连的骡马在上鞍、装载，部队很快集合完毕。侦察排和三营八连的尖兵班随即向博白方向疾驰。部队各营、连干部在行军途中，边走边进行战斗动员、布置战斗任务、研究具体的战斗方案，决心进了博白城，不管遇上多少敌人，都要冲进去，发挥我团善于夜战、巷战的特长，力争在城里歼灭敌人。

十八时三十分，我们进到分界埠，赶上了三七九团一营，他们还抓了不少俘虏。据侦察：敌第三兵团司令部及兵团司令就住在博白图书馆。这一情况说明，敌人还未发现我军的意图。敌大部队在短时间内还赶不到博白，今晚袭击博白是一个好时机。新的情况更加坚定了我们想定的目标，活抓张淦。

约二十点，部队行进到城郊，隐隐约约看到博白城黑乎乎一大片。我让侦察排长在路边停下，并命令部队做好战斗准备，部队由强行军转为静肃行进。八连尖刀排八班的战士，端着枪沿着路边悄悄地向城北门接近，到达北门时，敌哨兵发现人影走动，便问道："干什么的？你是哪一个？"话音未落，只听得"叭"的一声枪响，敌哨兵应声倒下。"八连冲呀！"随着枪声，八连如闪电般地冲进了城门，只见街道两旁摆满了大炮和炮车，那些刚从梦中惊醒的敌兵，在街上东窜西撞，被战士们枪膛里喷出的条条火舌所撂倒，八连很快全歼了敌第三兵团部所属的一个炮兵营。七连冲入城后，直插图书馆敌兵团司令部，迅速将图书馆四面包围起来。图书馆内，敌警卫部队负隅顽抗。三营集中火箭筒和重机枪在东边掩护七连进攻。这时，三七九团一营的一个连队也在图书馆南边与敌人对峙。

三营调整好部署后，开始火力攻击。一发发火箭弹连连击中图书馆小楼，一串串子弹射向敌人的火力点。敌人的枪哑了，七连在这一瞬间，冲进了图书馆，消灭了残存的警卫部队。"缴枪不杀！快投降！"杀声如雷，震撼敌胆。在威武的战士面前，敌军官们个个举起了双手，张淦的人事处长（女婿）被火箭弹炸伤，作战处长也负了轻伤，在俘虏的人群中，唯独不见张淦。战士们分头搜索，七连七班的一位战士和营部一名通信员，在来到图书馆大门左侧耳房时，看到一个人趴在床底浑身颤抖，便走过去一把将他拉出，此人看到黑洞洞的枪口正对准他，哆哆嗦嗦地说："我是……张淦，我……投降，请你们不要开枪。"

18. 广西战役

人民解放军某部在广西贵县召开庆功大会

　　同日，第 4 兵团主力占领陆川，即与第 43 军将国民党军第 3 兵团所属第 7、第 48、第 126 军合围于陆川、博白地区。经两天激战，将该敌大部歼灭。

　　张文鸿回忆道：

　　12 月 1 日拂晓，四十八军先头部队一三八师到达陆川城郊时，突然发现县城已为解放军占领，即在南郊与解放军发生激战。一三八师攻城半日，毫无进展，军部即以无线电与兵团部取联络，请示今后行动。兵团命令四十八军立即向博白转进。1 日下午 2 时许，军即以一三八师之一部退据城西南附近山地，担任掩护，以一七五师为前卫，即沿山间小道经新圩向博白县城转进。一七五师率兵一团及军部行李辎重，到达新圩时（陆川至博白间之新圩），天已入黑，宿营仅两小时，约在 9 时左右，即为埋伏在新圩各方面之二野部队突然袭击，四十八军军部及一七五师部队官兵梦中惊醒，措手不及，遂被解放军消灭。此时军部指挥所正在山间小道行进途中，闻报想派部队前往救援，碍于山路运动不便，而且情况不明，即停止行进。同时又闻博白城内城郊第七军部队正与解放军发生激战，势甚危急，饬令四十八军排除万难速向博白城郊急进增援。时正夜半，伸手不见掌，山路又异常崎岖，行进极为迟缓。约于 12 月 2 日拂晓前，博白方向枪声忽告沉寂，而一三八师前头部队在距博白约 20 华里左右山地与解放军发生接触，枪声逐渐转密。天明后，有由博白城逃出士兵云，兵团部已被解放军消灭，司令官张淦死生不明，部队官兵四散奔逃等语。正在这个时候，一七五师之五二四团在军指挥所西北面山地又与解放军突然接触，已展开作战。正面之一三八师与右侧之五二四团与解放军战斗数小时，双方均无进展。当时我感到山中补给困难，又是孤军作战，遂决定暂时撤入大山里去，再作下一步行动的打算。当以一三八师派一营兵力据守山口隘路，其余部队均逐步脱离解放军径自撤入大山里来。当午我以无线电报话机向长官部联系（是时白崇禧已率高级幕僚由南宁乘飞机逃往海南岛），长官部副参谋长林一枝转告白崇禧的指示："该军如不能突过博白进入十万大山，应即就原地化整为零，分途向大容山区集结，暂时一面打游击，一面等待后令行动。最好能设法向南突进至雷州半岛，并随时以无线电与长官部保持联络"等语。于是我即依照指示，以营为单位，当晚分途行动，向大容山区集结。军部及特务营（此时军部仅有指挥所人员约20人），于12月5日到达大容山西北麓桂平县之某乡（地名已忘）。一七五师五二四团亦有一个残破之营到达。当时我的胃溃疡病复发，痛苦万状，不能再随队伍行动，即决定将队伍交由副军长黄建猷负责指挥。我则带一个卫士前往桂平县属之罗秀圩友人家中暂时休养。12月6日晨到达罗秀圩，住下仅半日，下午解放军二野部队之一三五团亦进入罗秀圩宿营，我于12月9日成为俘虏。

　　此时，北路军和西路军第39军分别由湘桂边界地区和桂北南下，配合南路军作战，迫使国民党军第1、第10、第17兵团纷纷南逃。

　　为全歼白崇禧集团于广西境内，广大指战员在"决不让敌人跑掉"的口号下，克服山高林密路远等困难，发起迅猛追击。

人民解放军第39军骑兵部队在南进途中

由于长时间、超负荷的行军，许多战士的鞋早就磨破了，露出了脚趾头，脚底板也磨出了血泡，甚至干脆赤足追赶敌人。

队伍中，班长大声鼓励道："咱们光着脚干，能磨坏咱们的脚，可磨不掉咱们的决心！"

"对！磨不掉咱们的决心！"大家异口同声地重复着班长的话。

毕竟脚是肉长的，总不能就这样一直光着脚行军。于是，有南方籍的战士出了个好主意——打草鞋穿。很快，战士们都穿上了草鞋，走起路来也更来劲了。

战士们兴奋地说："这下看白崇禧怎么跑吧！他能跑我们就能追，他们有汽车，我们有草鞋，非把他追垮不可。"宣传队员们不失时机地唱起了快板：

> 人民的战士智慧高，
> 什么困难都能克服掉。
> 稻草鞋，真是好，
> 穿在脚上真轻巧。
> 上山能攀登，下坡遇雨也滑不倒。
> 不怕太阳晒，不怕雨水浇，
> 看你白崇禧，还往哪里跑！

人民解放军某部南下时，宣传队进行宣传活动

人民解放军在粤桂边地区追歼逃敌

　　12月7日晨，第40、第45、第43、第14军各一部追至钦州以北地区，将国民党军第10、第11兵团残部和交警总队等部包围，并于当日将其歼灭。西路军第39军于4日解放南宁，第38军于5日解放百色。

　　至此，白崇禧集团主力已被消灭殆尽，第1、第17兵团剩下的残兵败将向中国和越南边境地区狼狈逃窜。白崇禧本人则仓皇逃往海南岛。往日里神采奕奕、颇为自负的"小诸葛"面容憔悴，两眼无神，声语低沉，完全一副斗败公鸡的模样。

　　不久，已是光杆司令的白崇禧逃到了台湾，即被蒋介石委以"总统府"战略顾问委员会副主任的虚职，自此永远地失去兵权，在国民党军界中销声匿迹了。

　　人民解放军第39、第13军和第43军1个师跟踪追击，8日占领防城，11日占领镇南关（今友谊关），14日占领等浪（今峙浪）。国民党军除约2万人逃入越南外，其余均被歼，战役结束。

　　此役，人民解放军各参战部队密切协同，贯彻远距离包围迂回的作战方针，实现了在广西境内歼灭白崇禧集团的计划，共歼灭国民党军17.3万余人，其中俘15.7万人，解放了广西全省和广东省钦州、雷州半岛等地区，为以后解放云南省和海南岛创造了有利条件。

19. 海南岛战役

海南岛又名琼崖，中国第二大岛，位于南海北部，北隔琼州海峡，宽11~27 海里，与雷州半岛隔海相望。全岛面积 3.2 万余平方公里，海岸线长1584 公里，素有"南中国海门户"之称，是华南的海上屏障，战略地位十分重要。

为固守海南岛，将其作为未来反攻大陆的基地，蒋介石调集陆军 5 个军 19个师，海军 1 个舰队另 1 个陆战团、舰艇 50 余艘，空军 4 个大队、飞机 45 架，总兵力 10 万余人，统由海南防卫总司令薛岳指挥。

全国战斗英雄刘梅村（立船头者）率领全营宣誓，决心消灭残敌，解放海南岛

薛岳依仗海空军优势，组织了环岛立体防御体系，兵力部署是：第 32 军守备琼东（今属琼海），第 62 军及教导师、暂编第 13 师等部守备琼北，第 4、第 64 军守备琼西，第 63 军守备琼南，海、空军担负环岛巡逻和海上封锁任务。薛岳用他的别名命名为"伯陵防线"，并吹嘘这条防线"固若金汤"，企图凭借这道防线和琼州海峡天险，阻止人民解放军渡海登陆，以长期固守。

当时，在海南岛上有一支中国共产党领导的革命武装——琼崖纵队。这支部队成立于 1927 年 7 月，孤悬敌后、坚持斗争长达 23 年之久。

1927 年 7 月，中共琼崖特别委员会和中共琼崖军事委员会先后在文昌、琼山、琼东、定安、乐会（今属琼海）、万宁、陵水、澄迈、儋县（今儋州）、临高等县举行武装起义，组建了琼崖讨逆革命军，共 700 余人。不久改编为琼崖工农革命军，攻占陵水、藤桥、三亚、蛟塘、和舍等城镇，并创建了乐会、万宁、陵水等根据地。

1928 年 2 月，根据中共中央决定，琼崖工农革命军改称琼崖工农红军，共 1400 余人；同时将农军改称赤卫队，总人数达 1 万余人，逐步向国民党军力量薄弱的山区发展。3 月，国民党军调集 4 个团 4000 余人"围剿"琼崖工农红军和苏区。至 12 月，琼崖工农红军遭受严重挫折，苏区大部丧失。余部 130 余人和部分赤卫队员、苏维埃政府工作人员等转移到定安县母瑞山，建立新根据地。

1929 年冬，成立琼崖工农红军独立团，后扩编为独立师。1930 年 9 月，中华苏维埃第一次全国代表大会筹备委员会命名琼崖工农红军独立师为中国工农红军第 1 独立师（后改称第 2 独立师），下辖第 1、第 2 团，独立营（后扩编

定安母瑞山革命根据地纪念园

芭蕾舞剧《红色娘子军》（剧照）

为第3团）和琼崖红军军政干部学校，共1300余人。

1931年5月1日，第2独立师第3团女子军特务连在乐会县成立。这就是著名的红色娘子军连。

新中国成立后，电影工作者把她们的战斗故事搬上银幕，拍摄了一部脍炙人口的电影《红色娘子军》。"文化大革命"期间，由电影改编的芭蕾舞剧《红色娘子军》风靡一时，成为"八大革命样板戏"之一。

1932年7月，国民党军3000余人"围剿"第2独立师。反"围剿"作战持续5个多月，第2独立师遭受严重损失，余部在母瑞山继续坚持斗争，最少时只剩下26人。1933年4月转移到琼山、文昌地区，开展隐蔽斗争。1936年5月，组成琼崖工农红军游击队，下辖第1至第7支队，每支队6~10人。

抗日战争全面爆发后，中共琼崖特委与琼崖国民党当局谈判达成协议，在琼山县云龙墟将琼崖工农红军改编为广东省民众抗日自卫团第14区独立队，下辖第1、第2、第3中队，共300余人。

1939年2月10日，日军侵入海南岛，国民党军撤至五指山区，独立队转入农村开展抗日游击战争。3月，独立队扩编为广东省琼崖抗日游击独立队总队，下辖第1、第2、第3大队，共1000余人，接连取得罗牛桥、罗板铺伏击战和袭击永兴墟、文昌县城日军的胜利，建立了琼文根据地。

1940年2月，独立总队开赴澄迈、临高、琼山边界的美合山区，建立抗日根据地，并组建特务大队和第4、第5大队。9月，独立总队以第1、第2大队合编为第1支队；以第3、第5大队合编为第2支队；总队直辖特务大队和第4

大队。至是年冬，独立总队发展到 3000 余人，游击活动遍及 11 个县。琼文平原根据地、美合山区根据地、六连岭根据地进一步巩固和扩大。

12 月 15 日，琼崖国民党顽固派掀起反共浪潮，调集保安团和澄迈、临高等县团防武装 3000 余人突然袭击美合根据地。独立总队奋起自卫反击，后主动撤出美合根据地。

1941 年 1 月，独立总队领导机关和特务大队转移至琼山、文昌地区，与第 1 支队会合，并以第 4 大队与儋县抗日游击队合编成立第 3 支队。2 月，第 2 支队由临高、儋县调回琼文，以巩固琼文抗日根据地。3~6 月，国民党军保安团 3000 余人向独立总队发动数次进攻，均被击退。

1942 年 2 月，独立总队以澄迈、临高、儋县地方武装组建第 4 支队。5 月起，独立总队在琼文根据地地方武装和民兵配合下，以一部兵力坚持在内线与日伪军作战，主力突围转移，在外线伏击、袭击日伪军。1943 年夏，总队领导机关转移到澄迈县六芹山，并挫败日伪军的"蚕食""扫荡"。1944 年秋，独立总队改编为广东省琼崖抗日游击队独立纵队，共 4000 余人。

1945 年 1 月，纵队领导机关及第 1、第 2、第 4 支队的主力大队进至白沙县阜龙地区。7 月初，以这 3 个支队的主力大队组建挺进支队，向白沙腹地进军，建立起白沙抗日根据地。抗日战争中，独立纵队共歼灭日伪军 5500 余人，部队发展到 5 个支队 7700 余人，根据地人口达 100 万以上，土地占全岛的一半。

1946 年春，广东省琼崖抗日游击队独立纵队改称广东省琼崖游击队独立纵队。2 月，国民党军第 46 军和琼崖保安团对白沙根据地进行"清剿"。为保存

琼崖抗日游击队一部

力量，独立纵队主力撤出白沙，转移至六芹山。各支队灵活运用游击战术积极打击国民党军，取得反"清剿"的胜利。9月，独立纵队恢复与中共中央中断了5年的无线电联络。11月，国民党军第46军撤出琼崖后，广东当局又派4个保安总队到琼崖继续"清剿"，被独立纵队击退。

根据中共中央关于重新开辟根据地、坚持长期斗争的指示，独立纵队领导机关及主力一部于1947年初进至白沙红毛峒。4月，从所属各支队抽调一部分部队组成前进支队，于10月中旬解放白沙全境，建立了五指山根据地。部队改编为中国人民解放军琼崖纵队，所属6个支队整编为第1、第3、第5总队，共辖8个支队（后改为团），8000余人。

1948年6月，琼崖纵队先后解放保亭、乐东等县，与白沙县连成一片，建立五指山中心根据地。为加速琼崖的解放，琼崖纵队从当年9月~1949年夏，集中主力向琼崖国民党军发动三次攻势，歼敌4100余人，解放20座城镇，进一步扩大和巩固了根据地。

1949年秋，国民党军第21兵团第32军及第50军第36师、山东省保安旅等部10万余人由大陆退踞琼崖后，对琼崖纵队进行"清剿"。琼崖纵队遂转入反"清剿"作战，保卫五指山中心根据地。先后攻占和逼退国民党军30多个据点，部队发展到2.5万人。

10月14日，广州解放。三天后，毛泽东致电林彪，指示第四野战军攻取海南岛，消灭残敌，平定全粤。

12月初，广西战役基本结束。第四野战军根据中央军委关于慎重从事、充分准备、争取于1950年春夏解决海南岛问题的指示，决定以第15兵团司令员

琼崖纵队领导人（左2为冯白驹）

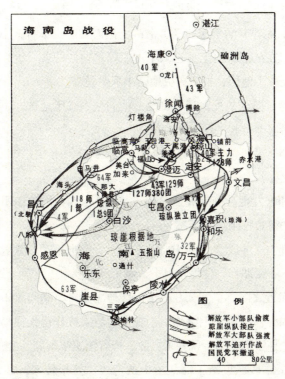

海南岛战役示意图

邓华、政治委员赖传珠指挥第40、第43军及炮兵、工兵各一部共10万余人，组成渡海作战兵团，在岛上琼崖纵队的配合下，发起海南岛战役。

月底，渡海作战兵团进驻雷州半岛及沿海地区。在当地人民政府协助下，渡海作战兵团征集大小帆船2130只，动员参战船工4000多人；对部队进行思想动员和战术、技术训练，准备解放海南岛。琼崖纵队在岛上以反"清剿"牵制国民党军兵力，做接应准备。

1950年2月1日，在中共中央华南分局第一书记、广东军区司令员兼政治委员叶剑英领导下，第15兵团在广州召开作战会议。

根据中央军委和毛泽东主席的指示，会议确定采取"积极偷渡、分批小渡与最后登陆相结合"的战役指导方针，即首先以小部队分批偷渡，加强岛上力量，为大规模强渡作有力策应；而后以主力在琼崖纵队及先登陆的部队接应下强行登陆，力求全歼国民党守军，并据此做出部署。

就在部队积极备战时，第43军第128师第382团第4连创造了用小木船打败敌军舰的辉煌战绩。

2月21日，副排长鲁湘云带领8名战士出海训练。不料，小木船划到海上不久风就停了。在茫茫大海上，这只小木船艰难地划行着。更为不幸的是，一艘国民党军舰发现了他们，耀武扬威地朝小木船驶来。

要么被俘虏，要么战死沙场，鲁湘云他们毫不犹豫地选择了后者。敌舰开炮了，在小木船周围掀起了巨大的浪花。

木船上只有1挺机关枪、4支冲锋枪、3支步枪，还有1个枪榴弹筒。硬拼肯定不行。怎么办？

机智的鲁湘云发现敌舰炮火虽然猛烈，但小木船在海浪中不停地起伏，如同一个漂浮物，很难打中。

鲁湘云立即有了主意，和战士们趴在船上一动也不动。敌舰果然上当，认为木船上的共军非死即伤，便停止射击，靠了上来。

就在两船靠近之际，鲁湘云和战士们猛地立起身，举起手中的武器向敌舰开火。一枚手榴弹落在甲板上爆炸了，舰上的敌人被炸得人仰马翻。敌人从来也没有见过这种打法，一下子就蒙了。敌舰拖着滚滚浓烟朝远处驶去。

木船打败了军舰，创造了海战史上的奇迹。捷报传来，渡海兵团全军振奋，大大增强了以木帆船渡海作战的信心。

时任第43军副军长的龙书金回忆道：

当时在渡海作战中，我军有的木船遭到敌军军舰拦截，敌军舰得意忘形地用缆绳搭钩拖住我军木船，企图当战利品，拖回去邀功请赏。我军木船上的指战员，沉着冷静，一方面利用敌舰的速度，快速驶向海南岛；另一方面乘敌人

国民党军舰被解放军的木船打败

解放军战士们练习滩头登陆

不守备的时候，紧紧抓住敌舰系在我船上的绳缆，迅速拉绳，使小木船渐渐靠近敌舰。当距敌军舰只有几米远时，我军指战员突然向敌舰猛烈开火，手榴弹、机关枪顿时在敌舰上开花，吓得敌人无处躲藏。此时，敌军舰上纵有再强大的火力，也无法对近在几米的小木船显示威力。敌人见势不妙，知道上当了，立即砍断缆绳快速逃跑。

3月初，渡海作战兵团决定乘守岛国民党军"清剿"琼崖纵队，东西两翼守备力量薄弱之机，由第40、第43军各组织1个加强营，利用北风、夜暗，分别向琼西北白马井和琼东北赤水港偷渡，以与岛上的琼崖纵队取得联系，为接应大部队登陆做准备。

5日19时，第40军第118师1个加强营800人，分乘13只帆船从雷州半岛西南端灯楼角起渡。

宽阔的琼州海峡波涛汹涌，一望无际。木帆船乘着北风顺流而下，朝着海峡对面的白马井地区驶去。

6日凌晨，风突然停了，加强营只能落帆摇橹继续前进，这大大耽误了在黎明前登陆的作战计划。

清晨，太阳露出水面。天海一色，万里澄澈，向来多雾的琼州海峡竟连一丝云雾都没有，船队无遮无拦地扑向"伯陵防线"。

上午9时，弯弯曲曲的海岸线终于出现在营长苟在松的视线里。这时，4

人民解放军登陆部队与琼崖纵队胜利会师

架敌机飞临船队上空，实施俯冲轰炸，激起了巨大的水花。木帆船在波浪中剧烈颠簸着，艰难而又顽强地前行。

离海岸越来越近了，两艘敌舰也开始炮击，连同岸上敌军的猛烈火力，试图阻击木帆船队靠岸。

紧急情况下，苟在松发出冲击号令。指战员们奋不顾身跳下船，从齐腰深的海水中向岸头冲去。上岸后，加强营迅速展开猛烈攻势，一举击溃守敌2个连。

经过近100海里的航程，加强营终于在白马井南侧超头圩登陆成功，与琼崖纵队第1总队总队长陈光球率领的2个团胜利会师。同是战友，却相隔天涯，初次相见，分外激动，倍感亲切。

一名加强营的战士回忆当时的情景说：

偷渡上岛后，来接应我们的是琼纵一总队的两个团。一见面，欢呼呀，跳跃呀，拥抱呀，中国人哪有拥抱这种礼节呀。可那时一下子就抱住了，激动地流泪呀。说话听不懂，我们讲什么他们也听不懂，呜里哇啦地比比画画，像群哑巴。可那时还用得着什么语言吗？彼此就是一个心情：可见到你们啦！

第118师加强营偷渡成功后，第40军军长韩先楚立即下令奇袭涠洲岛。

涠洲岛距北海以南25公里，面积不大，只有25平方公里。岛上驻有国民军南路指挥所及海军陆战队1个连700余人。涠洲湾内停有国民党海军2艘炮艇，控制着从大陆抢去的大帆船 300 多艘。

为免除渡海作战的后顾之忧，必须先要打掉这个海上钉子。尤其是那 300 多艘大帆船，都是好船，如果能缴获，就解决渡海的大问题了。

3 月 6 日 19 时，第 40 军第 119 师第 356 团在师长徐国夫的指挥下，由师参谋长夏克率领，分乘木帆船 87 艘，从北海以南的白虎头起航。

为迷惑敌人，第 356 团采取海上训练方式，向东沿海岸不远的近海进行编队航行训练。在海上航行了六七个小时后，突然转变航向，包抄到涠洲岛的南部。距海岸 100 米时，全团 3 个编队同时展开，向涠洲岛发起登陆进攻。

这时，岛上守敌还在睡梦中，被突如其来的进攻打得措手不及，很快就被全歼。第 356 团缴获船只 300 多艘，保证了随后渡海作战的需要。

10 日中午，雷州半岛东南海面上阴云密布，风雨交加，正是偷渡的好时机。13 时，第 43 军第 128 师 1 个加强营 1000 余人，在团长徐芳春的率领下，分乘 21 只木帆船从湛江东南侧硇洲岛拔锚起航，向海口市东南预定登陆地段赤水港，乘风破浪航行前进。

起初，天下着蒙蒙细雨，既便于航行又利于隐蔽。谁知，黄昏时分，海面上突然狂风大作，小山似的巨浪把木帆船一会儿抛上浪头，一会儿又狠狠地摔进低谷。风浪中，有的船帆篷被狂风撕破，有的船桅杆被折断，有的船舱被巨

在解放海南岛战役中记两次大功的第 40 军指战员

浪击穿。天渐渐黑了下来，船队队形散乱，无法联络，只好各自为战，以血肉之躯同狂风恶浪整整搏斗了十几个小时。

11日拂晓，风终于减弱了。上午9时，经过110海里的艰难航程后，在琼崖纵队独立团的接应下，第128师加强营除三艘船约百人失去联络外，其余在赤水港至铜鼓岭一带顺利登陆。

两支先遣部队登陆成功后，渡海作战兵团信心倍增，决定由第40、第43军各组织1个加强团，向琼北正面偷渡。

第40军第二批偷渡部队是由第118师1个团又1个营组成的加强团，约3000人，分乘81只木帆船从灯楼角起渡，目标是在临高县的临高角以东宽约20公里的海岸线上登陆。

26日19时，船队在第118师政治部主任刘振华、琼崖纵队副司令员马白山的率领下，准时起航了。

为坚决完成偷渡登陆作战任务，刘振华在指挥所命令各营领导，即使在失去统一指挥的情况下，也要以船为单位，只许前进不许后退，哪怕只剩下一艘船也要抢滩登陆。

但因中途风停并受浓雾潮汐影响，船队偏离了原定的航向。直至27日8时，才在琼崖纵队第1总队和当地群众接应下，于玉包港两侧约20公里的地段登陆。

31日22时，第43军加强团由第127师1个团又1个营3700余人组成，

登陆部队抢占滩头阵地

分乘88只木帆船,从雷州半岛东南侧博赊港起渡。经22海里的航程,成功地冲破国民党军的海上封锁,于4月1日5时在北创港登陆成功,同琼崖纵队第1总队第11团和独立团会师。

一个月内,人民解放军两批四支偷渡部队登陆成功,为渡海作战兵团主力渡海登陆作战创造了有利条件。

为阻止解放军再次登陆,薛岳决定停止在海南岛"清剿"琼崖纵队的行动,将所有兵力部署在海南岛北端,筑工事,挖沟堑,倾尽全力阻止解放军登陆。

4月10日,第15兵团决定以主力组成两个梯队,向琼北正面实施强渡登陆。具体部署为:

第一梯队由第40军6个团和第43军2个团组成西、东两路军,分乘350只帆船从雷州半岛南端各港湾同时起渡,并肩在琼北正面强渡琼州海峡;第二梯队由第43军5个团组成,在第一梯队后跟进;琼崖纵队第1总队、第40军已偷渡登陆的部队进至临高以北接应西路军登陆;琼崖纵队第3总队、第43军已偷渡登陆的部队进至澄迈县福山地区接应东路军登陆。

16日,渡海部队进入一级战备。然而,渡海需要的东北风却迟迟不见踪迹。呼啸的南风像是要专门跟渡海兵团过不去似的,呼呼地吹个不停。

下午,东风拂面,平潮起伏,正是解放军主力大部队南渡琼州海峡的理想时机。

黄昏后,渡海将士们纷纷登船。岸上挤满了送行的军民,一首新编的《渡海作战歌》唱得响彻云霄:

> 千万只帆船千万人马到,
> 千万个英雄怒火在燃烧;
> 千万挺机枪千万门大炮,
> 千万条火龙直奔海南岛;
> 千万个英雄奖章在海南岛上光辉闪耀,
> 千万面红旗迎着海风飘……

19时30分,随着一声令下,三颗红色信号弹同时升空,渡海作战兵团第

人民解放军万船齐发，直奔海南岛

一梯队 500 余只战船齐头并进，浩浩荡荡强渡琼州海峡。

途中，担负护航任务的第 40 军火力船队指挥船发现国民党海军主力舰之一的"太平"号尾击而来。

"太平"号是国民党海军第 3 舰队的旗舰，排水量 1430 吨，舰上设备好、火力猛。为渡海作战兵团护航的火力船则是由木帆船改装而成，船上的武器是临时安装的小口径火炮和轻、重机枪等，船上人员清一色的"旱鸭子"，是刚刚从陆军作战部队抽调组成的。

单从武器装备上看，双方明显不在一个等量级上。这就好比拿着长矛大刀与手持自动火器的敌人对决。然而，正如毛泽东在《论持久战》中所说的"武器是战争的重要因素，但不是决定因素，决定的因素是人不是物"。古往今来，战争的取胜因素决不仅仅依赖于先进的武器，更需要将士们强大的勇气和指挥员高超的智慧。

以弱胜强、以劣势装备战胜优势装备的敌人，历来是人民军队的优良传统。面对强敌，指挥船迅速迂回到"太平"号的右侧，利用其火力死角，以临时架设在船头的火炮猛烈射击。

"太平"号上的国民党军官兵做梦也没有想到，共军竟敢以小小的木帆船攻击他们的钢铁巨舰，一时被打得措手不及，只好胡乱开炮射击。在连中几发炮弹后，"太平"号上冒起了滚滚浓烟，舰上敌军被吓得魂飞魄散，开足马力掉头南逃。

这时，"太平"号的优势体现无遗，解放军的木帆船根本无法追上，官兵们只能眼睁睁地看着敌舰逃离战场，一个个急得直跺脚。三年后，1953 年 11 月 14 日凌晨，人民解放军海军 4 艘鱼雷艇在浙东海域对"太平"号实施攻击。这次，"太平"号被鱼雷击中，燃起了熊熊大火，失去动力，逐浪飘荡，最后于 7 时 42 分在高岛东南 18 海里处沉没。

在指挥船攻击"太平"号的同时，其他火力船也与国民党海军多艘军舰展开激烈战斗，又击伤 2 艘，掩护主力顺利航渡。

当船队距岸边五六十米时，先头船的勇士们纷纷跳入齐胸深的海水中，向陆地冲去。

17 日 3 时，渡海作战兵团的突击部队在琼崖纵队和先遣登陆部队的接应下，于临高角东西两侧突破了薛岳吹嘘的"固若金汤"的防线，占领滩头阵地，掩护后续部队向纵深发展。19 日夺占临高、福山、美台、加来等要点。

在渡海作战兵团第一梯队登陆后，薛岳还误认为是"小部队偷渡"，于 20 日急调第 62、第 32 军共 6 个师 3 万余人，在美亭地区向登陆部队反扑，企图消灭威胁海口市的解放军登陆部队于立足未稳之际，并对海口附近解放军形成包围。

薛岳自以为这招棋下得很高明，夸下海口："登陆共军即被全歼"，并在海口市布置召开"祝捷大会"的会场。

为围歼国民党军主力于美亭和黄竹地区，给后续部队登陆和攻占海口市创

抗战时期的薛岳（中）

造条件，渡海作战兵团令第 43 军已上岛的第 127、第 128 师主力在澄迈地区抗击，吸引国民党军增援；令第 40 军 7 个团由美台、加来地区折向澄迈疾进，对进攻第 43 军第 128 师的国民党军第 62、第 32 军和暂编第 13 师、教导师实施包围。

登陆部队在琼崖纵队第 3 总队配合下，形成对国民党军的内外夹击。经激战，全歼其第 32 军第 252 师，重创第 62、第 32 军和暂编第 13 师及教导师。

直到这时，薛岳才弄清楚并非"共军小股偷渡部队"，而是共军的大部队来了，顿时慌了手脚。眼见苦心经营的琼北防线土崩瓦解，为避免主力被全歼，薛岳急命部队向海口方向撤退。

正在台湾密切注视海南岛战局进展的蒋介石，看到如此死撑下去，国民党军将经不住消耗。他在反省大陆失败的原因时，认为兵力分散是国民党失败的致命伤，而目前最主要的是守住台湾。于是决定改变策略，收缩防线，集兵保台，宁使海南丧失，勿使台湾陷入险境。基于此，他下令薛岳撤离海口，放弃海南岛，率领有生力量回台。

薛岳受命后，请求蒋介石火速派舰艇接运部队回台，并命令岛上残部迅速南撤，他本人则乘飞机逃往台湾。

23 日，渡海登陆部队解放海口市。

次日凌晨，渡海作战兵团第二梯队第 43 军 5 个团在天尾港登陆，会同先上岛的部队分三路追击南逃的国民党军。

海口市人民群众举行集会，庆祝解放

追击大军势如破竹，以秋风扫落叶之势，对国民党军穷追猛打。

东路第 40 军第 119、第 120 师和第 43 军第 128 师及琼崖纵队第 3 总队、独立团等自海口、文昌经嘉积、万宁、陵水向南追击，于 30 日占领榆林、三亚。

中路第 43 军第 127、第 129 师自澄迈经那大向北黎、八所进击。

西路第 40 军第 118 师分水、陆两路，配合第 43 军主力追击向西逃跑的国民党军，于 4 月 30 日~5 月 1 日与第 43 军主力和琼崖纵队第 1 总队一起占领重要港口北黎、八所，歼国民党军第 4 军第 286 师和第 90 师 1 个团。

但由于解放军没有海空军可以拦阻海运，致使 7 万余名国民党残兵败将在丢盔弃甲之后逃到榆林等港口，并得以乘船撤往台湾。

5 月 1 日，海南岛全部解放，五星红旗插上了五指山！

此役历时 57 天，人民解放军伤亡 4500 余人，歼灭国民党军 3.3 万余人，创造了以木帆船为主，配以部分机帆船进行大规模渡海登陆作战，摧毁国民党陆海空军"立体防御"体系的战例，为解放其他岛屿的作战提供了宝贵经验。

参 考 书 目

中国军事百科全书编审委员会：《中国军事百科全书》，军事科学出版社，1997 年

《中国人民解放军第四野战军战史》编写组：《中国人民解放军第四野战军战史》，解放军出版社，1998 年

《星火燎原》（1-20），解放军出版社，2009 年

中共中央文献研究室：《毛泽东年谱》，人民出版社、中央文献出版社，1993 年

《毛泽东传（1893-1949）》，中央文献出版社，1996 年

《毛泽东军事文集》：军事科学出版社、中央文献出版社，1993 年

《罗荣桓传》，当代中国出版社，1991 年

《萧劲光回忆录》，当代中国出版社，2013 年

《萧劲光传》，当代中国出版社，2011 年

王伟：《罗荣桓元帅》，四川人民出版社，2009 年

《陈云传》，中央文献出版社，2005 年

杨万春、齐春元：《刘亚楼将军传》，中共党史出版社，1995 年

钟兆云：《百战将星：刘亚楼》，解放军文艺出版社，1996 年

胡哲峰、于化民：《毛泽东与林彪》，新世界出版社，2013 年

刘文秀：《林彪》，贵州人民出版社，2001 年

赵勤轩：《黑土狂飙：辽沈战役》，军事科学出版社，2000 年

平津战役纪念馆：《平津战役纪实》，天津人民出版社，1999 年

朱悦鹏等：《东北解放战争纪实》，长征出版社，2012 年

全国政协文史和学习委员会：《辽沈战役亲历记——原国民党将领的回忆》，中国文史出版社，2011 年

全国政协文史和学习委员会：《平津战役亲历记——原国民党将领的回忆》，中国文史出版社，2011 年

《中国人民解放军军史》（第 3 卷），军事科学出版社，2010 年

翟唯佳、曹宏：《中国雄师——第四野战军》，中共党史出版社，1996 年

柳建伟：《纵横天下——第四野战军征战纪实》，华夏出版社，2002 年

王迪康等：《第四野战军南征纪实》，解放军出版社，1993 年

马必前：《海南岛战役》，解放军文艺出版社，2010 年

节延华：《逝水沧桑：长沙起义与衡宝战役纪实》，湖南文艺出版社，1993 年

张少宏、李阳、李涛：《中国人民解放军战例》，黄河出版社，2014 年

王清魁：《中国人民解放军战役集成》，中国人民解放军出版社，1987 年

声　明

本书在编写过程中，参考引用了大量的图片资料。由于资料的来源广、头绪众多，在客观上难以逐一进行核实。特在此郑重声明：希望图片资料版权的所有者予以谅解，并向他们致以衷心的感谢。凡认定自己是本书所使用的某张图片资料的版权所有者，请提供可靠的证明材料，并请及时与作者或出版社联系，我们将根据有关规定，合理支付报酬。

图书在版编目（CIP）数据

战典.11，第四野战军征战纪实／李涛著．— 北京：作家出版社，2017.10
ISBN 978-7-5063-9764-3

Ⅰ．①战… Ⅱ．①李… Ⅲ．①纪实文学－中国－当代 Ⅳ．① I25

中国版本图书馆 CIP 数据核字（2017）第 266375 号

战典 11：第四野战军征战纪实

作　　者：李　涛
责任编辑：张　平
装帧设计：北京高高国际文化传媒
出版发行：作家出版社
社　　址：北京农展馆南里 10 号　　邮　　编：100125
电话传真：86-10-65930756（出版发行部）
　　　　　86-10-65004079（总编室）
　　　　　86-10-65015116（邮购部）
E-mail:zuojia@zuojia.net.cn
http://www.haozuojia.com（作家在线）
印　　刷：北京亚通印刷有限责任公司
成品尺寸：170×240
字　　数：337 千
印　　张：20
版　　次：2018 年 1 月第 1 版
印　　次：2018 年 1 月第 1 次印刷
ISBN 978-7-5063-9764-3
定　　价：45.00 元